AF290732

FSC
www.fsc.org
MIX
Papier aus ver-
antwortungsvollen
Quellen
Paper from
responsible sources
FSC® C105338

Annabel Rose

A Delicious Domination

plaisir d'amour

Annabel Rose
A Delicious Domination
© 2018 Plaisir d'Amour Verlag, D-64678 Linden-
fels
www.plaisirdamour.de
info@plaisirdamourbooks.com
© Covergestaltung: Mia Schulte
© Coverfoto & Innenteilgrafiken: ©konradbak -
stock.adobe.com, ©galyna2010 - stock.adobe.com
ISBN Taschenbuch: 978-3-86495-106-0
ISBN eBook: 978-3-86495-107-7

Die Weihnachtsfeier

Eiskalte, klare Luft dringt in meine Lungen, die in dicken, weißen Wolken wieder aus meinem Mund strömt. Dieser Dezember ist kalt. Richtig kalt. Eigentlich sollte ich da drinnen bei den anderen sein. Aber in dem Festsaal, in welchem die diesjährige Weihnachtsfeier für die Belegschaft aus der ganzen Region stattfindet, halte ich es nicht mehr aus. Die Luft ist stickig, ich kann dort nicht atmen. Das liegt nicht nur an der Temperatur und dem viel zu kleinen Saal für unsere Belegschaft, sondern vor allem an *ihm*. Rick Wolfermann. Seines Zeichens Zeitungsfotograf, mein Kollege und berühmt-berüchtigter Frauenheld der Firma. Ich finde es unerträglich, zuzusehen, wie meine sogenannten Kolleginnen um seine Aufmerksamkeit buhlen. Einfach widerwärtig!

»Rick, Schatziiii, könnest du ...?«, *»Rickie-Baby, kommst du maaal?«*

Zum Kotzen!

Und Rick kostet das natürlich aus. Logisch! Welcher Mann würde das nicht tun? Mir wird ganz schlecht, wenn ich höre, was er den lackierten Weibern für einen Honig ums Maul schmiert. E-kel-haft!

Ich atme die kalte Luft tief in mich ein und lasse sie mit einem Seufzen aus meiner Lunge entweichen.

Ach Jolanka, gib's doch zu: Es nervt dich immer noch, wie er sich letztes Jahr verhalten hat.

Ja! Na und? Wieso auch nicht? Dieser Vollarsch!

»Du bist etwas Besonderes in diesem Haufen notgeiler Hühner, Jola. Du bist nicht wie die. Du bist eine Klasse für sich.«

Ja, ja! Pffft!

»Wartest du auf mich, Jola? Ich nehme dich in meinem Taxi mit nach Hause.«

Ja, klar … Blödmann! Noch mal falle ich nicht darauf rein. Von wegen im Taxi nach Hause bringen! Kaum kreuzte Yvonne Löwczyk auf, hat er mich nicht mehr beachtet. Gott! Wie sie ihn angeschmachtet hat. Notgeile Hühner! In diesem Punkt zumindest hat er recht.

Jola, du bist eine dumme Kuh! Der wahre Grund, warum du so sauer auf Rick Wolfermann bist, ist der, dass du genauso auf ihn stehst wie die anderen blöden Weibsbilder, er aber nicht ein einziges Mal mit dir geflirtet hat.

Immer ist er so verdammt reserviert mir gegenüber. So korrekt und nüchtern. Und das ist einfach frustrierend. Zum Glück habe ich mir nie etwas anmerken lassen. Auch wenn Rick der sexiest man ever ist, dem ich je begegnet bin: Für einen weiteren Strich auf seiner Häschenliste bin ich mir definitiv zu schade.

»Was machst du hier draußen in der Kälte? Wieso bist du nicht drin?«

Ich zucke zusammen und schaue nach rechts.

Ach du Scheiße! Rick höchstpersönlich. Ich richte die Augen nach vorn und sage so beiläufig, wie es mir möglich ist: »Da drin kann man nicht atmen. Ich brauchte frische Luft. Außerdem werde ich sowieso gleich abhauen. Du kannst ruhig wieder reingehen, die anderen vermissen dich sonst.«

Er zieht erstaunt eine Augenbraue hoch, kommt näher und sagt mit seiner unvergleichlich rauchigen Stimme: »Die anderen können mir gestohlen bleiben. Ich warte schon den ganzen Abend darauf, dass du mit mir redest, aber jedes Mal, wenn ich zu dir rüberschaue, weichst du mir aus. Was ist los?«

Er steht ganz nah vor mir, in dem Weihnachtsmannkostüm, das er zum Geschenkeverteilen angezogen hat – nur den weißen Bart und die Mütze hat er abgelegt. Erstaunlicherweise sieht er selbst darin gut aus – oder liegt das an dem fahlen Licht der Gaststättenbeleuchtung? *Zu* gut sieht er aus. Das ist ja das Problem.

Ich schlucke hart und lache sarkastisch. »Mit mir? Gar nichts. Was soll denn mit mir sein?«

»Jola, wenn du immer noch wegen der Sache vom letzten Weihnachtsfest sauer auf mich bist … ich hatte zu viel getrunken und Yvonne … du kennst sie. Sie hängt wie eine Klette an einem, wenn …«

»Schon gut!«, blaffe ich ihn an. »Du bist mir keine Rechenschaft schuldig. Lass mich einfach nur in Ruhe, okay?«

»DAS«, sagt er mit Bestimmtheit, »ist das Letzte, was ich tun werde.«

Bei seinen Worten bildet sich in meinem Hals ein Klumpen, der mir umgehend in den Magen rutscht. Was soll das werden? Ein zweiter Versuch, mich in die Reihe seiner Anhimmlerinnen aufzunehmen? Nein danke! Ohne mich!

»Jola, ich weiß, dass es blöd gelaufen ist. Ich wollte dich nicht verarschen. Auch wenn du das denkst. Jedes Wort, das ich gesagt habe, war ernst gemeint.«

Ich kann nicht glauben, was er sagt. Das ist nicht Rick Wolfermann, der da spricht. *Wer zum Henker sind Sie, mein Herr?*

Er kommt noch ein winziges Stück näher und beugt sich etwas über mich. »Ich mag dich nämlich, weißt du?«

Ich schlucke trocken. Meine Knie werden weich, in meinem Bauch setzt ein merkwürdiges Flattern ein, und die Gänsehaut, die ich gerade bekomme, stammt eindeutig nicht von der kalten Luft hier draußen.

»Lass das!«, höre ich mich sagen und versuche, das Karussell in meinem Unterbauch zu ignorieren. »Das kannst du den anderen da drin erzählen, aber nicht mir. Ich haue jetzt ab. Gute Nacht.«

Als ich losgehen will, hält er mich am Jackenärmel fest.

»Jola, bitte! Bleib!«

Es klingt so inständig, dass ich unsicher werde.

Rick schaut mich an, sein Blick gleitet zu meinen Lippen, bleibt an ihnen hängen. Vor Nervosität lecke ich mir mit der Zunge darüber. Was will er mir damit sagen?

»Rickie-Baby, was machst du denn allein hier draußen? Komm doch wieder auf die Tanzfläche!« Das war die näselnde Stimme von Nadine Kallstatt.

Wie ertappt lässt Rick meinen Ärmel los und dreht sich um.

»Ooooh! Du bist ja gar nicht allein. Streit unter Liebenden?«, fügt sie zynisch hinzu, als sie mich erkennt.

Yvonne Löwczyk ist natürlich dabei. Die zwei sind unzertrennlich. Und wie nicht anders zu erwarten, muss Yvonne auch ihren Senf dazugeben. »Dann wollen wir mal nicht stören«, sagt sie spitz.

Beide drehen sich um, gehen zurück in Richtung Saal.

»Kommst du gleich wieder rein, Rickieee?«, säuselt sie noch, dann fällt die Tür hinter den zwei Giftspritzen zu und ich stehe allein mit Rick in der Kälte.

Na toll! Meine Wangen brennen wie Feuer. Morgen sind wir das Gesprächsthema Nummer eins in der Firma. Ich kann das Geschnatter jetzt schon hören. Ich sollte besser sehen, dass ich verschwinde, bevor das alles hier noch peinlicher wird. Gerade will ich ihm das mitteilen, als er mir zuvorkommt.

»Ich habe echt ein scheiß Timing bei dir«, sagt er und schaut für einen Moment auf seine Hände.

Ich bin sprachlos, kann es kaum glauben: Rick Wolfermann ist tatsächlich verlegen!

Im nächsten Augenblick betrachtet er mich schräg von oben herab.

»Würdest du mich ein Stück in deinem Auto mitnehmen?« Er sieht mich merkwürdig dabei an und unerklärlicherweise muss ich bei seinem Blick an eine Katze denken, die lauernd vor dem Mauseloch sitzt. Ich fühle mich überrumpelt von seiner Frage und weiß nicht, wie ich reagieren soll.

»Was? Wohin denn mitnehmen?« Automatisch bringe ich etwas mehr Abstand zwischen uns. »Gerade wolltest du noch, dass ich bleibe. Ich glaube, du hast zu viel getrunken.«

»Wenn du genau aufgepasst hättest, dann wäre dir aufgefallen, dass ich heute Abend nicht einen Tropfen getrunken habe. Aber du ignorierst mich ja die ganze Zeit. Wieso eigentlich?«

Mir fällt der Unterkiefer vor Staunen herunter, denn ich meine, einen Hauch Bedauern aus seiner Stimme herauszuhören.

»Waaaas?«, stottere ich. »Ich ignoriere dich überhaupt nicht. Der Einzige, der hier jemanden ignoriert, bist du. Ich bin doch Luft für dich. Es sei denn, du willst etwas Dienstliches von mir.«

Er macht ein betroffenes Gesicht. »Komme ich wirklich so bei dir rüber?«

Plötzlich ergreift er meine Hand und sieht mir in die Augen. Mir wird ganz flau im Magen, und ich gebe mir alle Mühe, seinem Blick standzuhalten.

»Kann ich irgendetwas tun, um diesen Eindruck zu ändern?«, fragt er mit einer Stimme, die so samtig klingt wie das Schnurren einer Katze – was das flaue Gefühl in meinem Magen noch verstärkt.

Himmel noch mal! Ich bin drauf und dran zu glauben, dass er es ernst meint. Redet er mit den anderen Mädels auch so? Wenn ja, verstehe ich, warum sie ihm alle zu Füßen liegen. Trotzdem werde ich mich nicht in eine Reihe mit den anderen stellen. Ich kratze alles, was ich an Coolness noch besitze, zusammen und sage vielleicht einen Tick zu kratzbürstig: »Spar dir das für Yvonne und Nadine auf. Bei mir zieht die Masche nicht.«

Oh Mann! Und wie das bei mir zieht. Verdammt!

Er macht ein Gesicht, als hätte ich ihm eine Ohrfeige verpasst.

»Du hältst das für eine Masche?« Er atmet schwer aus. Irgendwie wirkt er verletzlich. So kenne ich ihn überhaupt nicht. »Du musst ja eine schöne Meinung von mir haben. Was habe ich dir getan?«

Nichts! Das ist es ja gerade!

»War ich nicht immer höflich zu dir?«

Ja. Höflich. Korrekt. Überkorrekt sogar!

»Warum kannst du mich nicht leiden?«

»Aber ich kann dich leiden.« Sofort beiße ich mir auf die Lippen. Habe ich das tatsächlich laut gesagt?

Rick lächelt. Er grinst sogar richtig breit von einem Ohr zum anderen. Dann mustert er mich prüfend. »Wirklich?«

»Ja, verdammt«, sage ich zickiger, als ich eigentlich will, weil ich mich über mich selbst ärgere, dass mir das herausgerutscht ist. Ich schaue an ihm vorbei und fixiere die Lichtreklame an dem Haus vor mir. Ich kann ihm unmöglich in die Augen sehen. »Wenn du dich nicht gerade benimmst wie ein Blödmann, was leider meistens der Fall ist«, füge ich nachträglich hinzu.

Er bricht in schallendes Gelächter aus, was mich noch mehr irritiert. Er ist nicht eingeschnappt? Ich lerne eine ganz neue Seite an Rick Wolfermann kennen. Eine, die mir zugegebenermaßen recht gut gefällt. Okay, das stimmt nicht. *Sehr gut* gefällt.

»Ich kenne wirklich niemanden, der so herzerfrischend geradeaus ist wie du, Jola«, sagt er, nachdem er sich wieder beruhigt hat. »Das ist übrigens ein Kompliment«, ergänzt er augenzwinkernd und sorgt damit dafür, dass mir heute zum zweiten Mal in seiner Anwesenheit die Wangen glühen.

Zum Glück ist es dunkel, sodass Rick es nicht sehen kann. Und wenn doch, kann ich die Rötung immer noch auf die Kälte schieben.

»Also«, greift er den Faden wieder auf, »nachdem wir das geklärt haben, gibst du mir ja vielleicht doch eine Chance und nimmst mich ein Stück mit ...?«

Ich atme tief ein und aus und grummele schließlich ein »Ja« hervor. »Aber dann musst du dich beeilen. Ich fahre nämlich jetzt.«

»Kein Problem. Lass mich nur eben dieses alberne Kostüm loswerden und meinen Mantel holen.« Er dreht sich um, öffnet die Tür zum Lokal, bleibt abrupt stehen und sieht mich an. »Du wartest doch auf mich, oder?«

»Ja, ja. Ich warte«, antworte ich genervter, als ich tatsächlich bin. In Wirklichkeit bin ich hochgradig nervös – und habe auch etwas Angst, dass er mich wieder nur verarscht.

»Ich bin in zwei Sekunden zurück«, verspricht er und geht durch die Tür.

Ich kaue auf meiner Unterlippe herum und überlege, ob ich wirklich auf ihn warten soll oder nicht. Was, wenn er mich genauso hängen lässt wie letztes Jahr?

Unruhig trete ich in der Kälte von einem Bein auf das andere. Rick ist seit gefühlten fünf Minuten im Restaurant verschwunden. Aber die Uhr an meinem Handy sagt, dass es erst eine Minute und zwanzig Sekunden sind. Wie lange braucht man, um einen Mantel von der Garderobe zu holen? Dauert das wirklich so lange? Oder verarscht er mich schon wieder?

Zwei Minuten. Was soll ich nur machen? Ich

bin hin- und hergerissen. Gehen oder nicht gehen, das ist hier die Frage. Hamlet lässt grüßen.

Zwei Minuten und fünfzehn Sekunden. Wenn er jetzt nicht gleich auftaucht …

»Da bin ich«, sagt er und steht vor mir. Dieses Mal ohne das blöde Kostüm. In dem anthrazitfarbenen Anzug mit weißem Hemd und dunkler Krawatte sieht er sogar noch besser aus als sonst. Er zieht sich den schwarzen Mantel, den er über dem Arm trägt, an und fragt wie selbstverständlich: »Wo ist dein Wagen?«

Ich deute mit dem Finger nach rechts. »Ein Stück die Straße runter.«

»Ah, okay. Sollen wir?«

Ohne seine Frage zu beantworten, setze ich mich in Bewegung, Rick geht neben mir. Schweigend. Seltsamerweise macht mich das noch nervöser, als wenn er weiterreden würde.

Ganz ruhig, Jolanka. Bleib auf dem Teppich. Du nimmst ihn nur ein Stück mit. Das bedeutet GAR NICHTS!

Am Auto angekommen öffne ich die Türen per Knopfdruck und steige ein. Rick öffnet die Beifahrertür. Geschmeidig gleitet er auf den Sitz. Ich drehe mich und greife nach dem Sicherheitsgurt. Beim Anschnallen streift Ricks Hand meine, als auch er den Gurt einrasten lässt. Schlagartig durchzuckt mich ein Blitz, bohrt sich in meinen Bauch. Für einen Sekundenbruchteil halte ich die Luft an und spüre dem Gefühl nach.

Jola, bleib cool!

Ich drehe den Schlüssel in der Zündung, der Motor springt an, ich schaue erwartungsvoll zu Rick hinüber.

»Fahr los«, sagt er. »Worauf wartest du?«

»Ähm ... ich weiß nicht, wohin. Wo soll ich dich absetzen? Am Bahnhof?«

»Ich dachte, wir fahren zu dir.«

Mir bleibt die Luft weg. Ist er jetzt völlig übergeschnappt? »Zu mir? Wie kommst du denn auf die Idee?«

»Ich dachte, nachdem endlich klar ist, dass wir uns gut leiden können, wäre es besser, wir begeben uns an einen diskreten Ort. Wo wir ungestört sind. Aber wenn es dir lieber ist, in mein Hotel zu fahren und morgen früh mit mir und den anderen Kollegen von auswärts am Tisch zu frühstücken, können wir das gern machen.«

Also, jetzt verscheißert er mich richtig!

»Verarschen kann ich mich allein! Sag mir endlich, wo ich dich hinbringen soll.«

»Das sagte ich doch schon. Zu dir.«

»Kommt nicht infrage. Auf keinen Fall. Davon war auch nie die Rede. Und jetzt hör auf, mich für dumm zu verkaufen.«

»Nichts liegt mir ferner, als dich für dumm zu verkaufen, Jola. Dafür respektiere ich dich viel zu sehr.«

Kann mir mal jemand sagen, was hier los ist?

Ich verdrehe etwas angenervt die Augen. »Hör zu: Entweder sagst du mir jetzt, wohin ich fahren soll, oder du steigst wieder aus. Mir ist kalt, ich bin müde und ich will in mein Bett.«

»Fein«, sagt er und grinst. »Dann fahr los.«

Also jetzt reicht's!

»Solange du mir nicht sagst, wohin wir fahren, werde ich gar nichts tun«, sprudelt es aus mir heraus. »Auf jeden Fall fahren wir nicht zu mir.«

»Und warum nicht?«, fragt er so unschuldig, dass mir der Kragen platzt.

»Ganz einfach: Weil ich nicht die Absicht habe, mich in die Liste deiner Betthäschen einzureihen.«

Ich beiße mir auf die Lippen. *Mist!* Ich habe mich schon wieder von ihm provozieren lassen, und Rick sitzt neben mir und schmunzelt.

»Interessant«, sagt er nachdenklich. »Wer steht denn auf der Häschenliste?«

»Ich denke, das weißt du besser als ich. Und ich habe keine Lust mehr, dieses Gespräch noch weiterzuführen. Steig bitte aus.«

»Nein! Nicht, bevor du meine Frage beantwortet hast.«

»Das ist nicht dein Ernst!«

Ich schlucke schwer. Tatsächlich war das ein Schuss ins Blaue, denn außer dem, was Yvonne in der Firma herumerzählt, weiß ich im Grunde gar nichts.

»Oh doch. Das ist mein voller Ernst. Also: keine Hemmungen. Raus mit der Sprache.«

Ich schaue verlegen auf meine Hände und weiß nicht, was ich sagen soll.

»Also?«, fragt er herausfordernd.

»Yvonne Löwczyk?«, höre ich mich kleinlaut antworten.

»Yvonne also. Und wer noch?«

Ich komme mir vor wie bei einem Verhör. Verdammt! ER ist doch derjenige, der hier auf der Anklagebank sitzt – oder?

»Nadine?«

»Yvonne und Nadine? Sonst noch wer?«

Ich schüttele den Kopf, schaue ihn unsicher von der Seite an und glaube nicht, was ich sehe: Rick Wolfermann schmunzelt nicht. Nein. Er grinst. Was hat das zu bedeuten? Habe ich einen Volltreffer gelandet? Oder nicht?

»Eine kurze Liste, möchte ich meinen«, kommentiert er meine Aufzählung knapp.

Darauf fällt mir keine Antwort ein. Ich möchte am liebsten im Erdboden versinken und schaue wieder auf meine Hände. Ich will nur noch hier weg.

»Würdest du jetzt bitte aussteigen?«, mache ich einen zaghaften Versuch, aus dieser Situation herauszukommen.

»Nein, werde ich nicht. Deine Liste ist nicht nur sehr kurz, sie entspricht auch nicht der Wahrheit. Ich hatte nie was mit Yvonne. Nicht mit Yvonne und nicht mit Nadine. Und ich beabsichtige auch nicht, daran etwas zu ändern. Ich weiß nicht, woher du deine Informationen beziehst, aber du solltest dich mehr auf dein eigenes Urteilsvermögen verlassen als auf das Getratsche in der Firma.«

Ich sehe ihn erstaunt an. »Wie meinst du das?«

»Nun, wenn du besser aufgepasst hättest, dann wüsstest du, dass Yvonne schon mit der halben männlichen Belegschaft etwas hatte. Jemand wie sie käme für mich nie infrage. Nicht mal für eine Nacht. Und wenn du es ganz genau wissen willst: Ja, ich habe sie letztes Jahr nach der Weihnachtsfeier nach Hause gebracht. Aber nicht so, wie du denkst. Wir haben uns ein Taxi geteilt und ich habe mich brav im Auto von ihr verabschiedet und bin in mein Hotel gefahren. Allein. Ich würde nicht im Traum daran denken, eine Nacht mit ihr zu verbringen.« Er macht eine Pause, mustert mich. »Aber ich finde es äußerst anregend, dass du offenbar darüber nachdenkst, ich könnte es mit dir wollen.«

Mir klappt vor Staunen der Unterkiefer herunter. Das träume ich doch, oder nicht?

»Ich … habe nie gedacht, du könntest es mit mir … du könntest eine Nacht … daran habe ich nie gedacht. Ehrlich«, stammele ich vor mich hin.

Er zieht die Augenbrauen hoch und sieht mich abschätzend an. Als wenn er mich durchleuchten will. »Bist du sicher?«

Meine Kehle ist wie zugeschnürt. Steht mir die Lüge so deutlich ins Gesicht geschrieben? Er ergreift meine Hand, streicht mit dem Daumen darüber und blickt mich an.

»Würde es dich stören, wenn ich dir sage, dass ich mehr als nur einmal darüber nachgedacht habe, Jola?«

Mein Puls schießt in die Höhe wie eine Rakete auf der Abschussrampe, mir stockt der Atem. Was geschieht hier gerade? Kein Ton kommt über meine Lippen, stattdessen starre ich ihn an, als hätte er mich hypnotisiert. Er hebt meine Hand hoch, dreht sie um und haucht mir einen Kuss auf die Handfläche. Mein Körper reagiert so heftig auf diese Zärtlichkeit wie schon lange nicht mehr. Von dort, wo seine Lippen mich berührt haben, breitet sich Hitze aus. Hitze – und ein Kribbeln, das mit Lichtgeschwindigkeit durch mich hindurchsaust und mir den Atem raubt.

»Willst du immer noch, dass ich aussteige?«, fragt er plötzlich.

Es kommt kein Wort aus meinem Mund. Ich bin wie paralysiert. Was ist mit mir los? Warum jage ich ihn nicht zum Teufel?

»Lass uns zu dir fahren, Jola«, sagt er mit seiner rauchigen, tiefen Stimme und schickt damit einen Schauer über meinen Rücken. »Ich verspreche dir, ich benehme mich wie ein Gentleman.« Er grinst. »Es sei denn, du möchtest, dass ich für dich persönlich den Nikolaus spiele …«

Er vollendet den Satz nicht. Das ist auch nicht nötig, denn ich weiß genau, was er meint. Mein Verstand ist irgendwie lahmgelegt, stattdessen hat mein Körper das Kommando übernommen, und der schreit: *Ja! Ja! Ja!*

Ich lenke den Wagen aus der Parklücke und biege auf die Straße. Während der Fahrt sitzt

Rick schweigend neben mir. Das ist gut so, denn würde er weiterreden, könnte ich mich noch weniger konzentrieren als ohnehin schon. Alles in mir ist in Aufruhr, und ich fürchte, dass es mir auf die Stirn geschrieben steht.

Zwanzig Minuten später sind wir vor meinem Haus angekommen. Ich schließe die Tür auf, betrete das Treppenhaus, steige mit weichen Knien die Stufen in die zweite Etage empor. In meiner Wohnung hängen wir die Mäntel an die Garderobe, ich führe Rick ins Wohnzimmer und knipse die Stehleuchte in der Ecke neben dem Sofa an.

»Gemütlich hast du es hier«, sagt er nach einem Blick durch das Zimmer. »Stört es dich, wenn ich es mir bequem mache und das Jackett ausziehe?«

»Nein. Mach nur«, antworte ich und versuche, mir nicht anmerken zu lassen, welche Gedanken mir bei seinen Worten durch den Kopf gehen.

Rick zieht das Sakko aus, legt es über die Armlehne des Sessels und lockert die Krawatte, knöpft zwei Knöpfe seines Hemdes auf. *OH GOTT! Muss das sein?* Heiß! Er sieht heiß aus, wie er so dasteht, mit dem halb geöffneten Hemd, das den Ansatz seiner Brust erkennen lässt. *Hilfe!* Dieser Mann ist zu sexy für mich. Unwillkürlich kneife ich mir in die Wange, denn das kann alles nur ein Traum sein.

»Was machst du da?«

Ich fühle mich ertappt und wieder schießt Hitze in mein Gesicht.

»Nichts. Ich dachte nur einen Moment, ich träume.«

Ein Lächeln erscheint um seine Mundwinkel. Kein ironisches Lächeln oder ein belustigtes ... es ist irgendetwas anderes. Als wüsste er, was in meinem Kopf vor sich geht.

Plötzlich steht er vor mir, legt seine Hände auf meine Schultern, streift die Arme hinunter. Ich schlucke trocken. Die Nähe zu ihm verwandelt den Rest meines Verstandes in eine undefinierbare Masse. Dann nimmt er mein Gesicht in die Hände, beugt meinen Kopf zurück und haucht mir einen zärtlichen Kuss auf die Lippen, bevor er fragt: »Wo ist dein Schlafzimmer, Süße?«

Hey, hey, hey! Hat er vorhin nicht etwas von Gentleman gesagt?

»Was willst du in meinem Schlafzimmer?«, frage ich ihn halb benebelt.

»Dich«, antwortet er wie selbstverständlich.

»Du sagtest aber, du würdest dich wie ein Gentleman benehmen.«

»Tue ich das denn nicht?«

»Ähm ... nein. Ich habe nicht gesagt, dass ich mit dir schlafen will.«

»Mit Worten nicht«, erwidert er lächelnd. »Aber deine Augen sagen es die ganze Zeit, Jola. Die ganze Zeit.«

Noch bevor ich antworten kann, landen seine Lippen wieder auf meinen, und dieses Mal teilt er sie, küsst mich richtig, lässt mich seine Zunge spüren. Mit einer Geschmeidigkeit und Zartheit, die ich ihm niemals zugetraut hätte, windet sie sich durch jeden noch so kleinen Winkel meines Mundes … *WOW!* Wo zum Teufel hat er so küssen gelernt? Ich möchte gar nicht mehr aufhören und bin ein wenig enttäuscht, als er diesen Wahnsinnskuss unterbricht.

»Wo ist dein Schlafzimmer, Jola?«, wispert er heiser an meinem Hals.

Ich deute mit dem Arm in die Richtung, schließe die Augen und lege den Kopf in den Nacken. *Du darfst mich überall hinbringen, wenn du mich noch einmal so küsst wie gerade!*

Er nimmt meine Hand, zieht mich hinter sich her, schließt die Tür und bleibt mit mir im Raum stehen, genau zwischen dem Schrank und meinem Bett, das sich einladend hinter mir erstreckt.

Es kommt mir immer noch alles so unwirklich vor. Hier stehe ich mit Rick Wolfermann, dem heißesten Mann dieses Planeten, in meinem Schlafzimmer – und zittere. Ja, ich zittere. Vor Erregung. Aber auch ein bisschen aus Angst vor dem, was jetzt passieren wird. Auf was habe ich mich da nur eingelassen?

Er löst die Spange an meinem Dutt, sodass meine Haare bis zur Taille herunterfallen. Ricks Hände gleiten unter meinen Pullover, wo seine Fingerspitzen auf meine nackte Haut treffen. Er streichelt über meine Seite, gleitet zu meinem Rücken, schiebt den Pullover dabei höher, sodass mein Bauch entblößt ist. Dann küsst er mich. Weich. Ganz weich spielt seine Zunge an meinen

Lippen, ertastet die Zähne, den Gaumen, erforscht mich, nimmt mich zärtlich in Besitz. Meine Arme legen sich automatisch auf seine Schultern, meine Hände streifen durch sein seidiges Haar.

»Nimm die Arme hoch«, murmelt er an meinem Mund und ich folge seiner Aufforderung.

Nur eine Sekunde später zieht er mir den Pullover über den Kopf, lässt ihn auf den Boden fallen. Der BH folgt umgehend und schon stehe ich mit nacktem Oberkörper vor ihm. Er lächelt, malt einen erregenden Strich mit der Fingerspitze von meinem Schlüsselbein über die Innenseite meiner Brüste und lässt seine Daumen in kreisenden Bewegungen über meine Brustwarzen gleiten, die dieser Einladung nicht widerstehen können und sich ihm entgegenrecken.

»Zieh mich aus!«, sagt er, ohne die Liebkosung zu unterbrechen.

Zitternd vor Aufregung löse ich den Krawattenknoten vollständig auf, entferne den Schlips und knöpfe sein Hemd auf, das ich ihm abstreife. Seine Brust ist glatt, seine Bauchmuskeln gut definiert, nicht übertrieben. Er gefällt mir. Ich möchte seine Haut berühren, so wie er meine. Ihn spüren. An meinen Lippen schmecken. Mit den Fingerspitzen streiche ich über die sanften Wellen seiner Brust, über Bauchmuskeln, Rippenbögen und Brustwarzen.

»Gleichstand«, sagt er grinsend und taucht die Finger hinter den Bund meiner Jeans. Geschickt öffnet er Knopf und Reißverschluss und schiebt mir die Hose mit den Händen über die Hüften, dabei streife ich mir die Schuhe von den Füßen. Meine Jeans fällt an mir herunter, bildet ein unordentliches Knäuel, aus dem ich heraussteige. Ein Fußtritt und sie landet vor dem Schrank.

Meine Hände stellen sich leider weniger geschickt an, als ich seinen Gürtel öffnen will. Rick kommt mir zu Hilfe und gleich darauf gleitet die Hose an ihm herunter. Durch die Boxershorts ist seine Erektion deutlich erkennbar. Er drängt sich näher an mich heran – und jetzt fühle ich sie auch. Eine innere Unruhe packt mich, ein Gefühl, das ich nur zu genau kenne. Seine Nähe elektrisiert mich, ich bin erregt.

Er schiebt mich weiter durch den Raum, bis meine Kniekehlen gegen das Bett stoßen und ich rückwärts darauf falle. Rick stolpert ebenfalls, landet halb auf mir, fixiert für einen unendlich dauernden Bruchteil einer Sekunde meinen Blick und umschließt dann meine Lippen mit seinen. Sein Kuss beginnt sanft, wird eindringlicher. Er lässt mich spüren, dass er mich will – und das fühlt sich überraschend gut an. Nie hätte ich gedacht, dass es so sein könnte. Dass ER so sein könnte. Sex mit Rick, das war in meinen Gedanken nicht nur etwas vollkommen Unmögliches, es war vor allem nicht so … *vertraut*. Es fühlt sich beinahe so an, als ob wir uns in einem anderen Leben schon einmal geliebt hätten.

Seine Hände gleiten meine Seiten entlang, bis

sie auf das Bündchen meines Slips stoßen. Er unterbricht den Kuss, pellt mir den Slip von der Haut, wobei ich ihm helfe, indem ich mein Becken anhebe und ihm entgegenkomme. Er packt meine Söckchen an den Spitzen und zieht zweimal kräftig daran, dann liege ich vollkommen nackt vor ihm.

Er betrachtet mich. Sein Blick schweift über meine Brüste, über meine harten Knospen, die ich so überdeutlich spüre, als würde er sie mit den Händen berühren. Einen kurzen Moment verweilen seine Augen auf meinen Hüften und richten sich danach auf meine Scham. Seltsamerweise schäme ich mich nicht. Es fühlt sich gut an, wie er mich ansieht, mich mit den Augen in Besitz nimmt. Er lächelt, entledigt sich seiner Socken und schiebt sich zu guter Letzt die Boxershorts herunter.

»Gleichstand«, sage ich grinsend und kann nicht verhindern, dass ich ihm zwischen die Beine schaue.

Seine Erektion ist wunderschön. Kerzengerade. Dick. Weder zu lang noch zu kurz. Genau richtig. Ich fühle, dass ich bereit für ihn bin, und öffne meine Schenkel ein wenig mehr, in der Hoffnung, dass er sie weiter spreizt und mich nimmt. Ich will ihn in mir spüren. Scheißegal, ob morgen die Kollegen über mich lästern. Das hier ist es wert!

Urplötzlich ergreift er meine Unterschenkel, drückt sie mir entgegen, beugt sich über mein

Geschlecht – und dann fühle ich seine Zunge ein weiteres Mal. Warm und weich gleitet sie durch meinen Schoß und lässt mich wollüstig stöhnen. *Oh verdammt, ist das gut!* Ich versinke vollständig in der Matratze, fühle mich wie ein Topf Butter in der Sonne. Ich zerfließe unter seinen Zungenstreichen – und das im wahrsten Sinne des Wortes. Als er meinen Kitzler zum ersten Mal berührt, durchfährt mich ein Blitz, ein spitzer Schrei kommt aus meiner Kehle. Ich spüre, dass er an meiner Scham lächelt, dann wird mein Kitzler tief eingesaugt, und ein Finger spielt an der Öffnung zu meinem Lustkanal. Oder sind es zwei? Unter seinen Fingern, unter seiner Zunge verwandele ich mich in ein willenloses, stöhnendes Etwas. Er ist zärtlich, aber mit einer gewissen Bestimmtheit; er nimmt mich, aber ohne dabei grob oder verletzend zu sein. Es ist wundervoll – und ich überlasse mich ganz Ricks Führung.

Immer höher pusht er meine Lust. Ich keuche und schwitze, mein Atem geht stoßweise und ich kann den Gipfel schon fast erkennen …

»Dreh dich um!«, sagt er plötzlich.

Ich brauche einen Moment, um zu realisieren, was er gerade gesagt hat, bin wie benommen von dem Lustrausch, den er so abrupt unterbrochen hat. Dann aber rolle mich auf den Bauch.

»Knie dich hin!«

Lächelnd und von meiner Erregung getrieben, folge ich seiner Anweisung. Kaum habe ich meinen Po angehoben, als sich sein heißer, feuchter

Atem auf ihm niederschlägt. Seine Zunge, die eben noch meinen Kitzler verwöhnt hat, liebkost jetzt meinen Hintern. Nass und rau streicht sie über meine rechte Pobacke, malt einen elektrisierenden Kreis darauf, sodass sich alle meine Härchen aufrichten. Träge beschreibt seine Zunge einen Kreis nach dem anderen auf meinen Hinterbacken, schickt Hitze in meinen Bauch und in meinen Schoß. Seine Fingerkuppen tanzen über meinen unteren Rücken. Sie wandern weiter hinauf, gefolgt von seinen Lippen, die sich meine Wirbelsäule hinaufküssen. Unwillkürlich mache ich ein Hohlkreuz und komme so in den Genuss, seine harte Erregung an meinen Pobacken zu spüren.

Mittlerweile haben seine Lippen und Finger meinen Nacken erreicht. Auf einmal fühle ich einen festen Griff an meinem Haar. Mein Kopf wird in den Nacken gezogen, dann dringt Ricks Stimme rau und heiser an mein Ohr: »Sag, dass du es von hinten willst!«

»Ja«, hauche ich matt.

Es ist wahr. Ich will ihn. Jetzt. Und mir wird klar: Ganz egal, was er mich gefragt hätte … ich hätte zu allem Ja gesagt.

Seine Schenkel spreizen meine Beine auseinander, drängen sich dazwischen. Eine Hand hält immer noch mein Haar, mit der anderen setzt er seine Eichel an meinen feuchten Eingang. Er stupst ein, zwei Mal dagegen, was mich fast wahnsinnig macht, denn ich will ihn endlich spüren – und dann schiebt er sich mit einem einzigen, gezielten Stoß in mich.

Ich stöhne dumpf auf. Ein lautes Klatschen dringt an mein Ohr, das ich nicht einordnen kann, bis meine Pobacke zu brennen anfängt und ich weiß, dass er mir auf den Hintern geschlagen hat. Er zieht sich aus mir zurück und stößt erneut zu. Der Zug an den Haaren wird noch etwas stärker, es tut jetzt leicht weh – und dennoch fühlt es sich gut an.

Ricks Stimme ist plötzlich wieder an meinem Ohr: »Sag mir, was du willst.«

»Dich«, presse ich ächzend hervor. »Ich will dich.«

»Gefällt es dir von hinten?«

»Ja. Ja. Oh bitte … tu es endlich!«

Als er jetzt spricht, höre ich ein unterschwelliges Grinsen aus seinen Worten: »Mein böses Mädchen!«

Unmittelbar beginnt er, mich zu ficken. Ich gebe mich jedem seiner Stöße hin. Wieder und wieder treibt er sich in mich. Er ist nicht mehr zärtlich, aber das stört mich nicht. Ganz im Gegenteil. Ich bin hingerissen von der Heftigkeit seiner Leidenschaft und würde es auch nicht anders wollen. Alles in mir hungert nach Erlösung. Ich spüre meinen Körper nicht mehr, nur noch sein stetiges Eindringen und Zurückziehen, das meine Lust immer höher schaukelt – und dann ist der Moment da: Ein Grollen ballt sich in meinem Bauch zusammen, ich sehe die Welle auf mich zurasen und dann komme ich. Stöhnend bäume ich mich dem Orgasmus entgegen und presse dabei meinen Hintern fester an Ricks Lenden, bis ich zitternd auf die Matratze sinke.

Mein heißer Atem schlägt gegen das Kopfkissen, ich ringe nach Luft, mein Herz pocht wie verrückt. Rick liegt auf mir, über mir, halb neben mir, atemlos, genau wie ich. Er hat mein Haar losgelassen, seine Hand sucht meine, verschränkt sich mit ihr.

»Jola«, flüstert er. »Oh Jola, Jola, Jola.«

Ich öffne die Augen und sehe ihn an. Er haucht mir einen Kuss auf die Lippen, betrachtet mich einen Moment, bevor er sich endgültig aus mir zurückzieht und auf die Seite rollt. Mit einem Arm holt er sich ein Kopfkissen heran, lässt den Kopf darauf sinken und bedeutet mir mit einer Handbewegung, zu ihm zu kommen, was ich nur zu gern befolge. Ich spüre seinen Herzschlag an meiner Brust, als ich mich in seine Armbeuge schmiege, und sein Arm, der sich um mich legt, gibt mir Geborgenheit. Einmal mehr überrascht er mich mit dieser Geste, die – obwohl wir gerade miteinander geschlafen haben – unglaublich intim ist. Gar nicht so, als wäre dies unser erstes Mal oder nur ein schneller Fick.

Eine Weile schweigt er, schaut an die Decke, streichelt meinen Oberarm, während ich neben ihm liege und seine Nähe genieße.

»In zwei Wochen ist Weihnachten«, sagt er unvermittelt. »Feierst du mit deiner Familie?«

Ich nicke. »Ja, ich fahre zu meinen Eltern. Und du?«

»Ich fahre in die Berge. In eine Hütte. Ringsherum nichts als Einsamkeit und Schnee. Bis Neujahr.« Schweigend sieht er noch immer an die Decke. Ich frage mich, warum er mir das erzählt.

Ganz langsam richtet er seinen Blick auf mich. Er ist so ernst. Mein Herz krampft sich zusammen. Was will er mir sagen? Kommt jetzt die bittere Wahrheit? Bin ich doch nur ein weiteres seiner Betthäschen? Ich sehe ihn verunsichert an, schlucke hart, um mir meine aufkommende Panik nicht anmerken zu lassen.

Ein kleines Lächeln erscheint auf seinem Gesicht, dann fragt er: »Willst du mit mir kommen, Jola?«

Das Liebesnest

Ich hätte es mir denken können – und trotzdem bin ich enttäuscht. Ich hatte tatsächlich geglaubt, dass er es dieses Mal ernst meint und mich nicht wieder versetzt. Aber hier stehe ich am ersten Weihnachtsfeiertag auf dem Bahngleis dieses Kaffs, dessen Namen ich nicht aussprechen kann, und wer ist nicht da? Rick! Natürlich. Wer sonst?

Ich schultere den Rucksack, steige die Stufen des Bahnsteigs hinunter, durchquere die Unterführung und steige die Treppe zur Bahnhofshalle nach oben, gehe hinein. Wenigstens ist es hier drin nicht ganz so kalt wie auf dem Gleis. Dennoch auch hier: gähnende Leere und keine Spur von Rick. Frustriert seufzend lasse ich den Rucksack von den Schultern gleiten und mich auf eine der Bänke fallen. Ich ziehe mein Handy aus der Jackentasche und schaue in meine WhatsApp-Nachrichten.

Fehlanzeige!

Die letzte Nachricht von Rick ist von vorgestern: *Feier schön Weihnachten. Übermorgen feiern wir gemeinsam. Hole dich pünktlich ab. Kuss, Rick.*

Hinter *gemeinsam* steht ein Zwinker-Smiley, am Ende der Nachricht ein Herzchen. *Hole dich pünktlich ab.* Ha! Und wo steckt er dann, zum

Kuckuck?

Wo bist du?, tippe ich mit zittrigen Fingern in den Messenger und drücke auf Senden.

Die Nachricht geht raus, aber dann sehe ich, dass nur ein Häkchen in dem Feld angezeigt wird. *Na toll!* In was für ein Kuhdorf hat Rick mich eigentlich beordert? Hier gibt's anscheinend nicht mal überall vernünftigen Empfang. Ich starre auf das Display, als ob ich dadurch den zweiten Haken herbeibeschwören könnte, aber meine telepathischen Fähigkeiten sind wohl nicht die allerbesten. Ich seufze lautstark. Und nun?

Mein Blick schweift durch die Bahnhofshalle. Ich bin fast allein. Nur ein Schalter ist geöffnet, der Mann dahinter liest Zeitung. Etwas weiter, auf der gegenüberliegenden Seite, sitzt eine alte Frau, die einen Mops mit irgendetwas füttert. Entweder wartet sie, so wie ich, darauf, abgeholt zu werden oder auf ihren Zug. Ansonsten ist es hier menschenleer. Logisch! Wer reist auch schon am ersten Weihnachtstag in so ein Nest?

Ich öffne meinen Rucksack und krame irgendwo zwischen Kulturtasche und Unterhosen den Krimi hervor, den ich von Mutter zu Weihnachten geschenkt bekommen habe. Gerade als ich ihn aufschlagen will, öffnet sich die Tür zur Halle. Sofort schaue ich hoffnungsvoll auf – aber es ist nicht Rick. Enttäuscht folgen meine Augen einem Mann, der zielstrebig auf die alte Frau zusteuert. Der Mops wedelt mit dem Schwanz, als der Mann vor ihr steht. Er ergreift ihren Koffer und reicht ihr die Hand, woraufhin sie sich erhebt. Gemeinsam verlassen sie die Bahnhofshalle. Jetzt bin ich – abgesehen von dem Mann hinter dem Schalter - wirklich allein.

Meine Hände suchen in der Jackentasche nach dem Handy. Als ich es in der Hand halte und anmache, zeigt das Display immer noch das Gleiche an: nur ein Haken und natürlich keine Antwort von Rick. Eigentlich habe ich keine Lust zu lesen, aber was soll ich sonst machen? Also stecke ich das Handy wieder weg, schlage das Buch auf der ersten Seite auf und fange an. Bei Seite fünf, öffnet sich die Tür zur Bahnhofshalle erneut. Ich sehe zum Eingang hinüber – um abermals enttäuscht zu werden. Eine Frau mit Kinderwagen steuert auf den Schalter zu und sagt etwas zu dem Angestellten hinter dem Fenster. Sie holt ihr Portemonnaie hervor. Wieder geht die Tür auf. Ein Mann kommt herein. Er stellt sich neben die Frau – offenbar der Ehemann. Die Frau bezahlt, nimmt die Fahrkarten entgegen und geht mit Kind und Mann durch die andere Tür zu den Gleisen. Dann ist alles wie vorher.

Ich schaue auf die Bahnhofsuhr. Eine Dreiviertelstunde warte ich jetzt. Mir kommt es vor wie eine Ewigkeit. Was soll ich nur machen? Ich lege das Buch auf die Bank und gehe zu dem Abfahrtsplan, der zwei Bänke weiter an der Wand hängt. Wenn Rick mich hier hängen lässt, muss ich ja wenigstens wissen, wann und wie ich hier wieder wegkomme.

Allzu viele Verbindungen gibt es an Weihnachten nicht, der Plan ist überschaubar. Aber ich muss leider feststellen, dass die weiteste Strecke in Richtung Heimat bis nach München führt. *Jola, du bist ein Volltrottel.* Natürlich fahren die Züge hier nur bis München! Auf der Hinfahrt musste ich da auch umsteigen.

Also krame ich einmal mehr mein Handy hervor und gehe, während ich auf den Bildschirm schaue und die Seite mit den internationalen Zugverbindungen aufrufe, zu meiner Bank zurück. Das Ergebnis meiner Suche stimmt mich nicht gerade fröhlich: Erst in zwei Stunden fährt wieder ein Zug in meine Richtung, und ich hätte dann eineinhalb Stunden Aufenthalt, bevor ich weiterfahren kann. Nicht besonders rosige Aussichten. Wenn ich wenigstens die Adresse von der Hütte wüsste, auf die Rick mich eingeladen hat.

Ich hole dich ab, Jola. Den Weg zu erklären ist viel zu kompliziert.

Hält er mich etwa für zu doof, einer Wegbeschreibung zu folgen, oder was? Ich merke, wie ich allmählich sauer werde – und zwar nicht auf Rick, sondern auf mich. Wieso habe ich nicht darauf bestanden, dass er mir sagt, wo die Hütte ist? Wieso habe ich mich überhaupt auf das Ganze eingelassen? *Ja, ja, ich weiß schon. Rick ist nicht nur wahnsinnig gut aussehend, sexy und überzeu-*

gend, ich bin eben auch ein bisschen in ihn verschos-sen. Genau wie die anderen Mädels in der Redak-tion. Und die Tatsache, dass er mich gefragt hat, ob ich die Weihnachtstage mit ihm verbringen will, hat mich natürlich glauben lassen, dass ich irgendwie etwas Besonderes für ihn bin. Es hört sich ja auch zu romantisch an: *Nur wir beide, Jola. Eine Woche lang in einer Hütte in den Bergen* … Ich möchte die Frau kennenlernen, die da nicht schwach geworden wäre. Ich jedenfalls bin es geworden – und genau darüber ärgere ich mich klammheimlich.

Ich mache es den Männern immer zu leicht, glaube ich. Kaum ist da einer, der mir gefällt und ein bisschen Interesse an mir hat, sage ich zu allem Ja und Amen. Dabei steht in jeder zweiten Frauenzeitschrift, dass es besser ist, die Kerle erst mal zappeln zu lassen. Sie sollen sich anstrengen, ihre Herzensdame zu erobern … Aber ich kann so was nicht. Ich hasse diese Spielchen. Dafür bin ich einfach nicht der Typ. Ich mag mich nicht verstellen. Punkt.

Dennoch kommen jetzt Zweifel in mir hoch. Vielleicht hätte ich doch Nein sagen sollen? Dann säße ich zumindest nicht hier auf diesem Bahn-hof in der Pampa und würde mir nicht den Hin-tern abfrieren. *Verdammt nochmal, Rick, wo steckst du?*

In diesem Augenblick öffnet sich die Tür zur Bahnhofshalle zum vierten Mal. Freudestrahlend und mit einem Arm winkend kommt ein umwerfend gutaussehender Mann auf mich zu und ruft meinen Namen. Es ist Rick. Endlich!

Angesichts seines Lächelns fällt es mir schwer, es nicht zu erwidern und mir zumindest einen Anflug von Enttäuschung zu bewahren.

»Tut mir leid, dass du warten musstest«, sagt er mit ehrlichem Bedauern in der Stimme und drückt mir einen Kuss auf die Wange. Damit macht er es mir nicht nur noch schwerer, ihn weiterhin grimmig anzugucken, sondern der Klang seiner Stimme jagt mir auch einen Schauer über den Rücken. »Du bist doch nicht böse auf mich, oder?«

»Doch«, antworte ich zickig, weil ich nicht so schnell klein beigeben will. Soll er ruhig merken, wie ich mich gefühlt habe, als ich hier allein stand, ohne zu wissen, ob und wann er mich abholen würde.

»Oje«, antwortet er betreten. »Sieht so aus, als ob ich mir etwas einfallen lassen muss, um das wiedergutzumachen.« Das Lächeln ist aus seinem Gesicht verschwunden, er wirkt zerknirscht. »Tut mir ehrlich leid, Jola. Ich bin rechtzeitig aufgebrochen, ich schwöre es. Mein Wagen ist nicht angesprungen. Ich glaube, die Batterie ist leer. Und finde mal hier in der Gegend am ersten Weihnachtstag eine offene Tankstelle oder ein Taxi. Ich bin froh, dass ich den Bus erwischt habe. Deshalb bin ich so spät dran. Oder hast du etwa gedacht, ich lasse dich hier sitzen?«

Ich merke, wie meine Wangen anfangen zu

brennen, fühle mich ertappt und bekomme kein Wort heraus. Stattdessen sehe ich verschämt auf den Boden. *Ja, verdammt, ich hab tatsächlich gedacht, du verarschst mich.* Als ich Rick wieder ansehe, hoffe ich, dass mir meine Gedanken nicht ins Gesicht geschrieben stehen.

Sein Blick ruht prüfend auf mir, gibt mir das Gefühl, durchleuchtet zu werden. »Jola, Jola, Jola«, sagt er tadelnd. »Was soll ich nur mit dir machen? Hast du so wenig Vertrauen zu mir?«

Ich schlucke den Kloß, der sich in meinem Hals gebildet hat, herunter. »Rick, ich … es tut mir leid, ich …«

Seine Mundwinkel zucken. Er grinst. »Du ungezogenes Mädchen! Das wirst du mir wiedergutmachen!«

Die Art und Weise, wie er das sagt, erzeugt ein merkwürdiges Gefühl bei mir. Es hört sich an wie eine Drohung und gleichzeitig wie ein dubioses Versprechen. In meinem Bauch kribbelt es plötzlich. Einmal mehr frage ich mich, auf was ich mich da eingelassen habe. Was will Rick eigentlich von mir?

»Komm!«, sagt er und streckt die Hand nach meinem Rucksack aus. »Lass uns gehen. Der Bus fährt in ein paar Minuten zurück.«

»Moment!« Ich stopfe das Buch wieder in den Rucksack, verschließe ihn und schaue zu, wie Rick ihn schultert und dabei aufstöhnt.

»Was hast du da drin um Himmels willen? Steine?«

»Jetzt stell dich nicht so an«, versuche ich, ihn aufzuziehen. »Lauter ganz normale Sachen.«

»Normale Sachen?«

»Ja. Du weißt schon: eine Jeans zum Wechseln, zwei Pullis, Socken, Unterwäsche, ein Kleid, Kosmetik, einen Föhn, Schlafanzug … Was man eben so einpackt, wenn man eine Woche verreist.«

»Ich hab dir doch gesagt, du sollst nicht so viel mitnehmen.«

»Das ist doch nicht viel. Ich habe echt nur das Nötigste …«

»Das sehen wir uns später an«, sagt er bestimmt. »Lass uns jetzt zum Bus gehen und drinnen warten. Hier ist es viel zu kalt.«

Er fasst mich an der Hand und steuert mit mir im Schlepptau auf den Ausgang zu. Die Selbstverständlichkeit seiner Geste rührt mich. Es fühlt sich an, als ob er das schon tausendmal zuvor getan hätte. Als müsste es so sein. Als wären wir ein Paar. *Ein Paar.* Die Vorstellung, Rick und ich könnten ein Pärchen sein, hat etwas beunruhigend Aufregendes an sich. Etwas, das meinen Puls schneller schlagen lässt.

Als wir vor die Bahnhofshalle treten, schneit es. Der Bus steht nur wenige Meter vom Eingang entfernt, Rick geht schnurstracks auf ihn zu. Er lässt mir den Vortritt und bezahlt, nachdem auch er die Stufen erklommen hat, die Fahrkarten. Er schiebt mich bis in den hinteren Teil des Busses, wo ich mir einen Fensterplatz sichere, während

Rick den Rucksack in dem Fach über unseren Köpfen verstaut. Zwei Sekunden später sitzt er neben mir, legt einen Arm um mich. Wir schauen beide nach draußen. Sagen nichts. Sehen den am Busfenster vorbeitanzenden Schneeflocken zu.

Ricks Arm um mich fühlt sich gut an. So … vertraut! Ich möchte zu gern wissen, wie er das macht, dass ich dieses Gefühl bei ihm habe. Im Grunde kenne ich ihn kaum. Sicher, wir sind Kollegen, sehen uns im Büro … und okay: Wir haben eine heiße Nacht miteinander verbracht. Aber was weiß ich wirklich von ihm? Herzlich wenig, wie ich mir eingestehen muss. Und doch fühle ich mich ihm auf eine vertraute Weise nahe. Verrückt! Ob ich wohl meinen Kopf bei ihm anlehnen darf? Oder ist das zu aufdringlich? Zu intim? Ach verdammt! Ich tue es einfach und lasse meinen Kopf an Ricks Schulter sinken.

Sofort drückt sein Arm mich fester an ihn, und ich spüre, dass er mir einen Kuss auf mein Haar gibt. In meinem Bauch dreht sich plötzlich ein Kettenkarussell, das genau in dem Moment auf Wellenflug schaltet, als seine Stimme an meinem Ohr flüstert: »Du hast mir gefehlt, Jola.«

Ich schlucke hart. Seine Worte treffen mich unvorbereitet. *Aufwachen, Jola, aufwachen!* Das träume ich doch wohl. So was passiert nur in Filmen, aber nicht in der Wirklichkeit. Schon gar nicht, wenn es meine Wirklichkeit ist, die von Jolanka Schürmann.

Die Bustür geht auf, ein Mann steigt ein, kauft

eine Fahrkarte und setzt sich in die erste Reihe hinter dem Fahrer. Kaum hat der Fahrgast Platz genommen und die Tür sich hinter ihm geschlossen, rollt der Bus schwerfällig von dem Parkplatz vor dem Bahnhof, bremst an der Ausfahrt kurz ab und biegt dann auf die Hauptstraße, wo er Fahrt aufnimmt. Die Schneeflocken fliegen jetzt am Fenster vorbei. Meine Augen huschen rastlos zwischen den verschneiten Bäumen hin und her, auf der Suche nach einem Fixpunkt – aber den gibt es natürlich nicht, denn um uns herum ist alles in Bewegung.

»Erzähl mir was«, raunt er in mein Ohr.

Ich fühle mich überrumpelt. »Was soll ich dir denn erzählen? Was willst du denn wissen?«

»Alles, Jola. Was du magst und was du hasst. Wovon du träumst, wovor du dich fürchtest … eben alles. Jedes kleine bisschen.« Er nimmt meine Hand, dreht sie um, fährt mit dem Zeigefinger darüber. »Sogar, was die Linien hier in deiner Hand bedeuten«, er hebt den Blick, sieht mir in die Augen, bevor er weiterspricht, »und alles, was dein Herz schneller schlagen lässt.«

Er weiß es nicht, aber das, was er gerade gesagt hat, hat mein Herz spontan schneller schlagen lassen. Sehr viel schneller. Mir wird ganz flau vor lauter Aufregung. Einmal mehr überrascht mich dieser Mann. Er ist so einfühlsam, um nicht zu sagen romantisch. Nie und nimmer hätte ich das von Rick erwartet. Oder tut er nur so? Ist das nur eine Masche, um meinem kleinen Herzen die geheimsten Geheimnisse zu entlocken und sie dann gegen mich zu verwenden? Ich hasse mich dafür, dass ich diese Gedanken habe, aber ich kann nichts dagegen machen. Ich bin hin- und hergerissen zwischen der Angst, dass ich mich verletzbar mache, und dem Wunsch, dass ich mir das alles nicht nur einbilde, dass es keine Illusion, sondern Wirklichkeit ist.

»Ich … ähm … ich weiß nicht …«, stammele ich, weil ich keine Ahnung habe, was ich ihm erzählen soll. Man breitet ja schließlich nicht einfach so sein ganzes Leben vor jemandem aus, auch nicht, wenn dieser jemand Rick Wolfermann ist. »Ich gehe morgens zur Arbeit, fahre wieder nach Hause … treffe mich am Wochenende mit meinen Freundinnen und gehe zweimal die Woche zum Fitnesstraining. Du siehst: nichts Aufregendes. Eben das, was alle machen.«

Er schweigt einen Moment. »Das war's?«, fragt er und betrachtet forschend mein Gesicht. Auf mein Nicken hin fährt er fort: »Das glaube ich nicht. Komm schon! Erzähl's mir! Was ist deine heimliche Leidenschaft? Jeder hat so was. Was ist es? Sag's mir, Jola.«

Oh Gott! Das klingt zu dämlich. So spießig. Ich zögere, dann hole ich tief Luft und spucke das Wort aus: »Backen! Ich backe gern. Und ich male oder … zeichne ein wenig.« Den zweiten Teil des Satzes habe ich nur noch leise vor mich hingemurmelt. Zu behaupten, ich könne malen, ist übertrieben. Ich zeichne ganz passabel, aber wirklich gut bin ich nicht.

Rick schweigt. Ich traue mich nicht, ihn anzusehen. Er muss mich für total langweilig halten.

»Du backst?«, fragt er, als ob er mich nicht richtig verstanden hätte.

Wehe, er lacht jetzt! Verunsichert, wie er darauf reagiert, sehe ich ihn von der Seite an. »Ja, ich backe«, sage ich etwas bockig. »Aber keine Kuchen, sondern Macarons. Und zwar ausschließlich.«

»Macarons«, wiederholt er nachdenklich. »Das sind diese kleinen bunten Doppelkekse, die in der Mitte gefüllt sind, richtig?«

»Es sind keine Kekse«, korrigiere ich ihn. »Es sind Mandelbaisers. Und ja, sie sind bunt und gefüllt.«

»Die stehen doch manchmal bei dir auf dem Schreibtisch, oder? Und die machst du selbst?«

»Ja. Immer wenn ich Zeit und Lust habe.«

»Also weißt du … die Roten mag ich am liebsten.«

Mir klappt der Unterkiefer nach unten, und ich habe das Gefühl, dass mir meine Augen vor Staunen fast aus dem Gesicht springen. »Dann bist *du* also der heimliche Macaron-Dieb!«, platzt es aus mir heraus.

Er grinst. »Du bist mir deswegen doch nicht böse, oder? Ich konnte einfach nicht widerstehen. Jedes Mal, wenn ich bei dir in der Redaktion war und die auf deinem Schreibtisch standen, hab ich mir ein oder zwei gemopst. Die Roten sind wirklich die besten. Was genau ist in der Füllung?«

Seit Monaten frage ich mich, wer ungefragt immer wieder von meinen geliebten Macarons nascht. Ich hatte meinen Chef, Klaus Hübner, in Verdacht. Aber auf Rick wäre ich nie gekommen. Gut, dass ich nichts gesagt habe. Ricks Geständnis nimmt mir jedoch den Wind aus den Segeln. Wie könnte ich ihm jetzt noch dafür böse sein? Im Gegenteil, ich fühle mich irgendwie geschmeichelt. Rick Wolfermann mag nicht nur meine Macarons, er interessiert sich sogar für das Rezept. Ich kann es kaum glauben! Das haut mich um. Aber so leicht mache ich es ihm dann doch nicht.

»Das ist mein Geheimnis«, sage ich keck und muss zu meinem Ärger dabei grinsen. Ich bin eben doch nicht so cool, wie ich manchmal gern sein möchte. »Autsch!«, quietsche ich vor Schreck. Rick hat mir in die Wange gekniffen und betrachtet mich nun seinerseits mit einem Schmunzeln auf den Lippen. Dabei ist ein Funkeln in seinen Augen, das mich nervös macht.

»Du ungezogenes Mädchen«, sagt er mit einem Tonfall in der Stimme, als hätte er mir ein Kompliment gemacht. »Dafür habe ich etwas gut bei dir.«

Dieser Mann bringt mich ständig aus dem Konzept. Ich frage mich, wie er es schafft, dass ich mir dauernd vorkomme, als säße ich auf der Anklagebank. *Er* ist doch derjenige, der sich entschuldigen sollte, und trotzdem fühle ich mich gerade so, als ob ich mich verteidigen muss.

»Rick, jetzt sei doch nicht gleich beleidigt. Ich hab's nicht so gemeint. Wenn du das Rezept unbedingt haben möchtest …«

»Schhht!« Er legt mir einen Finger auf die Lippen. *Was ist jetzt wieder?* »Entschuldige dich nicht. Es gefällt mir, wenn du ungezogen bist, Jola. Es gefällt mir sogar sehr.«

Noch bevor mein überfordertes Hirn kapiert hat, was er damit meint, dringt er mit seiner Zunge in meinen Mund und küsst mich. Meine Gefühle fahren umgehend Achterbahn. Mir wird schwindelig und mein Körper beginnt zu kribbeln. Wie kann ein Mensch nur so geil küssen? Nur mit Mühe schaffe ich es, ein Stöhnen zu unterdrücken. Jeder Zungenschlag schickt winzige, elektrische Blitze in meinen Bauch, die dafür sorgen, dass es zwischen meinen Beinen pulsiert.

»Würdest du mir welche backen?«, murmelt er an meinem Mund.

»Was? Wie bitte?«, stottere ich vollkommen benebelt.

»Backst du mir ein paar Macarons, wenn ich dich darum bitte?«

Eine kalte Dusche ist nichts dagegen. Dieser Mann bringt mich noch um den Verstand! Wie kann er nur so gefühlvoll küssen und gleich darauf so nüchtern sein?

»Ja, sicher«, antworte ich noch etwas benommen. »Warum nicht?«

Er betrachtet mich mit einem selbstzufriedenen

Lächeln auf den Lippen, sein Blick wandert zwischen meinen Augen und meinem Mund hin und her. Instinktiv lege ich den Kopf zur Seite und schließe die Lider. Von mir aus kann er mich so weiterküssen, bis wir wieder aussteigen müssen – auch wenn mein Slip bis dahin so durchtränkt sein wird, dass man ihn auswringen kann.

Anstatt seine Lippen auf meinen zu spüren, bekomme ich von ihm einen Stupser unter das Kinn und öffne die Augen.

»Ich will es auch, Jola«, flüstert er. »Aber wenn wir so weitermachen, platzt mir entweder die Hose oder ich falle hier im Bus über dich her – und das willst du ganz bestimmt nicht, oder?«

Das Blut schießt mir in die Wangen, verlegen schaue ich nach unten und bemerke dabei die Wölbung in Ricks Jeans. Selbst durch den dicken Stoff zeichnet sich die Form seines Gliedes überdeutlich ab. Überraschenderweise ist meine Scham plötzlich wie weggeblasen und ich fühle so etwas wie ... Freude? Stolz? Erregung? Ich kann es nicht unterscheiden, es ist eine Mischung aus allem, die sich erstaunlich gut in meinem Bauch anfühlt.

Fast eine Stunde hat die Fahrt mit dem Bus gedauert, aber dann endlich holt Rick den Rucksack aus der Ablage über unseren Köpfen und wir steigen aus. Mit meinem Gepäck auf den Schultern stapft Rick durch den Schnee voraus, ich folge ihm. Hoffentlich ist es nicht so weit bis zur Hütte, es schneit nämlich immer noch und ich habe blöderweise keine Mütze dabei. Also ist es nur eine Frage der Zeit, bis mein Haar klitschnass ist. Keine erfreuliche Aussicht bei dieser Kälte.

Wir sind kaum hundert Meter gegangen, da hält Rick vor einem halb verschneiten Auto an, kramt in der Jackentasche herum und lässt mit zwei Handgriffen den Kofferraum des Wagens vor uns aufspringen.

»Was wollen wir denn am Auto? Sagtest du nicht, die Batterie sei leer?«

»Ist sie auch. Wir machen nur kurz Halt, um ein paar von deinen Sachen hierzulassen. Wir holen sie später. Dein Rucksack ist viel zu schwer. Wenn wir gleich den Berg hochfahren, wirst du schon merken, wovon ich rede.«

Kurzerhand und ohne mich um Erlaubnis zu fragen, öffnet Rick den Rucksack und holt meine Klamotten daraus hervor.

»Hey, hey! Was machst du denn?«, erhebe ich Einspruch und versuche, meine Kleider in den Sack zurückzustopfen.

»Jola, bitte!« Er sieht mich eindringlich mit seinen saphirblauen Augen an. »Vertrau mir! Es ist besser so. Wir holen den Rest deiner Sachen in zwei Tagen. Jetzt nehmen wir nur das Nötigste mit.«

Er reicht mir einen Overall und ein paar Handschuhe aus dem Kofferraum. »Zieh deine Jacke aus und das hier an. Damit ist es bequemer und wärmer auf dem Schneemobil.«

Mit einem resignierten Seufzen öffne ich den Reißverschluss des Overalls und steige mit den Füßen hinein, während Rick weiter sortiert, was ich mitnehmen darf und was nicht. Meine Stiefel durch die enge Öffnung am unteren Ende des Anzugs zu zwängen, ist gar nicht so leicht, aber dann gelingt es mir und ich streife ihn mir die Beine hoch. In der Zwischenzeit hat Rick meinen Kulturbeutel, mein Handy, ein paar Unterhosen und Socken in einen kleineren Rucksack gestopft und hebt ihn ein paarmal an, als wollte er ihn wiegen.

»Ich denke, das genügt fürs Erste. Den Rest holen wir, wenn du ihn brauchst. Komm, gib mir deine Jacke. Die lassen wir auch hier.«

Keine Ahnung, wieso, aber ich tue, was er sagt und ziehe die Jacke aus, die er mir abnimmt und in den Kofferraum legt. Ich beeile mich, in die Ärmel des Overalls zu schlüpfen, und schließe den Reißverschluss.

»Packst du bitte meinen Schlafanzug noch dazu?«

»Ich glaube nicht, dass du den brauchst«, sagt er und hat dabei ein anzügliches Grinsen im Gesicht.

Er überreicht mir den Rucksack und zieht sich selbst ebenfalls einen Skianzug an, dann klappt er den Kofferraum zu, geht halb um den Wagen herum, öffnet die Beifahrertür und holt etwas aus dem Handschuhfach. Als er sich wieder aufrichtet, legt er mir eine Skibrille an, stülpt mir die Kapuze über den Kopf und zurrt sie fest. Ich komme mir vor, als hätte ich einen Adventure-Bergsteiger-Trip gebucht, bei dem Rick den Bergführer spielt, der dem Grünschnabel – also mir – sagt, wo es langgeht. Er zieht sich selbst auch eine Brille an, schließt die Kapuze und ergreift meine Hand.

Nur ein paar Schritte weiter bleibt er vor etwas stehen, das wie ein Motorrad aussieht. Nur dass es statt Reifen hinten eine Schneekette und vorn so eine Art Ski auf jeder Seite hat. Er prüft, wie fest der Rucksack sitzt, stellt die Gurte nach und steigt dann auf die Maschine, indem er ein Bein über die Sitzbank schwingt.

»Setz dich hinter mich und halte dich gut fest. Lehn dich an mich, je näher, umso besser, verstanden?«

»Ich bin schon mal auf einem Motorrad mitgefahren«, entgegne ich und nehme hinter ihm auf der Bank Platz. Ich rutsche ganz nah an Rick heran, greife mit den Armen um seine Taille und schmiege meinen Kopf an seinen Rücken. Ich schließe die Augen und gebe mich für einen Moment der Illusion hin, wir wären ein Liebespaar.

»Gut. Dann weißt du ja, worauf es ankommt«, holt mich Ricks Stimme abrupt in die Wirklichkeit zurück. »Kann's losgehen?«

»Von mir aus, ja.«

Im nächsten Augenblick drückt er auf die Zündung und dann geht es auch schon die Hauptstraße hinunter. Als wir das Ortsausgangsschild passieren, gibt Rick Gas. Ich klammere mich fester an ihn. Ist das vielleicht Absicht? Drückt er deswegen so aufs Gas, damit ich mich stärker an ihm festhalte? Und wenn ja, bedeutet das dann, dass er es genießt, mich so nah an ihm zu spüren? *Jetzt reiß dich zusammen, Jola! Du baust schon wieder Luftschlösser, merkst du das nicht?*

Das Schneemobil fräst sich durch die Kurven, Schnee spritzt uns entgegen, aber dank der Schutzbrille macht das nichts. Nach ungefähr zehn Minuten biegen wir in einen Weg, der rechts und links von Bäumen gesäumt ist. Die Baumreihen werden immer dichter, der Weg schmaler und dunkler. Wir fahren durch einen Wald, es geht jetzt steil bergauf, und ich merke, wie die Fliehkraft an mir zerrt. Wir fahren und fahren … um uns herum nur Bäume. Mit einem Mal öffnet sich der Wald, wir erreichen eine Lichtung. In etwa hundert Metern Entfernung sehe ich ein Gebilde vor mir, das so gar nichts mit meiner Vorstellung von einer Skihütte gemein hat, sondern eher an ein Ufo aus Holz erinnert. Es sieht aus wie ein waagerecht halbierter Würfel mit abgerundeten Ecken. Ringsherum ist eine skelettartige Holzverkleidung angebracht, die an einen Brustkorb erinnert, zwischen dessen Rippen man ins Innere sehen kann. An senkrechten Holzleisten sind waagerecht verlaufende Streben befestigt, die das ansonsten aus

Glas bestehende Bauwerk umspannen – zumindest den Teil, den ich sehen kann.

Wir werden langsamer, halten an und steigen nacheinander vom Schneemobil herunter. Ich folge Rick ein paar Stufen hinauf, betrete hinter ihm das seltsame Ufo und finde mich in einem schmalen Gang wieder. Rick wendet sich nach links, also folge ich ihm und stehe gleich darauf in einer geräumigen Küche mit einer Küchenzeile und einer kleinen Kochinsel. Sie sieht aus wie eine Tischplatte, die auf einem massiven Sockel ruht und in die das Kochfeld eingelassen ist. Auf der Fensterseite stehen zwei Stühle davor.

Was mir sofort ins Auge springt, ist die Schlichtheit der Einrichtung. Alles ist aus dem gleichen Holz gefertigt: Fußboden, Wände, Schränke, die Küche … einfach alles. Man sollte meinen, bei so viel Holz käme rustikale Stimmung auf, aber das ist überhaupt nicht der Fall. Die Schrankfronten sind glatt und ohne Schnörkel, was den Raum ruhig wirken und zudem größer erscheinen lässt, als er ist. Das kann aber auch daran liegen, dass die Außenwände komplett aus Glas sind. Man hat das Gefühl, drinnen und gleichzeitig mitten in der Natur zu sein. Noch eine Sache fällt mir auf: Es ist warm hier drin. Auch Rick scheint das zu bemerken, denn er öffnet den Overall und zieht ihn sich aus. Ich streife meine Stiefel von den Füßen, entledige mich ebenfalls des Skianzugs, und stehe unschlüssig im Raum. Da wären wir also. Und jetzt?

Rick bewegt sich auf mich zu, drängt mich mit dem Rücken an die Kochinsel, sein Gesicht kommt meinem ganz nah.

»Darauf habe ich gewartet«, sagt er mit einem kleinen Lächeln und fixiert meine Lippen.

Seine Nähe, sein Blick machen mich fickerig, in meinem Bauch kribbelt es. Natürlich will ich, dass er mich küsst. Warum zum Kuckuck tut er es nicht einfach? Zumal er es doch offenbar auch will. Nervös lecke ich mir über die Lippen. Sein Lächeln wird einen Hauch intensiver, dann ist es so weit: Ricks Lippen landen auf meinem Mund, den ich ein wenig öffne. Im nächsten Moment spüre ich seine Zungenspitze an meiner. Das Kribbeln im Bauch wird fast unerträglich – und dann, als seine Zunge weiter in meinen Mund vordringt, löst sich die Spannung. Meine Knie, meine Beine, mein ganzer Körper geben unter diesem Kuss nach und werden weich. So weich, dass ich mich an Rick festhalten muss.

Seine Hände finden einen Weg unter meinen Pullover, streichen über meinen Rücken, meine Taille. Er unterbricht den Kuss und zieht mir den Pulli über den Kopf. Dass ich in meinem teuersten und schönsten BH vor ihm stehe, scheint ihn nicht zu beeindrucken, denn er greift hinter meinen Rücken, öffnet die Häkchen und streift ihn mir von den Schultern.

»Habe ich dir schon gesagt, dass du wahnsinnig schöne Brüste hast?«, flüstert er an meinem Hals und reibt mit den Handflächen über meine Brustspitzen, die sich daraufhin erheben. »Ich stehe total auf Brüste. Habe ich das schon mal erwähnt?«, murmelt er, ohne mit den kreisenden Bewegungen auf meinen Nippeln aufzuhören.

Unfähig zu sprechen, schüttele ich den Kopf. Ein elektrischer Stromstoß nach dem anderen bahnt sich den Weg von meinen Brüsten bis zu dem Knöpfchen an meiner Scham, das mit jedem Handstreich stärker pulsiert. Ich schließe die Augen, mein Kopf fällt in den Nacken und ich stöhne leise. Ich habe das Gefühl, er manipuliert mich, aber das ist mir scheißegal, denn es fühlt sich einfach zu gut an – und ja: Ich will ihn!

Mit einem Mal hält er inne, öffnet meine Hose. Eine Hand findet den Weg in mein Höschen, bis sie auf den pulsierenden Knoten trifft und ihn umkreist.

»Hey! Was machst du?«, presse ich halbherzig hervor. *Will er mich etwa hier …?*

»Ich ziehe dich aus, Jola. Was sonst? Ich will dich nackt, und zwar so schnell wie möglich.«

»Warum denn in der Küche, wo uns jeder sehen kann? Wollen wir nicht lieber ins Schlafzimmer gehen?«

»Dafür habe ich jetzt keine Zeit, Süße. Ich will endlich in dir sein.«

Seine Worte bewirken, dass mein Unterleib sich lustvoll zusammenzieht. Unwillkürlich beiße ich mir auf die Lippen. »Dann zieh wenigstens die Vorhänge zu. Ich komme mir so beobachtet vor«, versuche ich einen letzten Schein von Anstand zu wahren.

»Niemand beobachtet uns. Hier sind nur der Wald, Schnee, Einsamkeit und wir zwei. Und vielleicht ein paar Eichhörnchen oder Hasen. Glaub mir: Denen ist es total egal, was wir beide hier drin treiben.«

Er küsst mich, ohne dabei das gleichmäßige Massieren meines Lustknotens zu unterbrechen. Ich habe das Gefühl, genommen zu werden, ohne mich dagegen wehren zu können – und wenn ich ganz ehrlich bin, dann will ich mich auch gar nicht wehren. Ein Zucken rast unvermittelt durch meinen Unterleib und lässt mich in Ricks Mund stöhnen. Enttäuscht stelle ich fest, dass er daraufhin die Hand aus meiner Hose zieht und den Kuss unterbricht. Er macht mich noch wahnsinnig! Jedes Mal, wenn meine Erregung den nächsten Level erreicht, macht er einen Rückzieher und bringt mich damit fast um den Verstand.

»Ich glaube, ich habe ein Paket an Weihnachten noch nie so ungeduldig ausgepackt«, sagt er mit seiner sexy Stimme und ist dabei, meine Hose weiter zu öffnen und über die Hüften zu schieben.

»Ach Mist!«, entfährt es mir. *Ich Trottel! Weihnachten! Paket!* Siedend heiß fällt mir ein, dass ich in meinem Rucksack noch Ricks Weihnachtsgeschenk habe – nur dass der Rucksack im Kofferraum seines Wagens liegt.

Er sieht mich perplex an und runzelt die Stirn.

»Mist?«, fragt er ungläubig. »Ich weiß ja, dass du manchmal ein wenig unkonventionell reagierst, aber eine etwas andere Reaktion als *Mist* hätte ich mir schon erhofft.«

Ich möchte am liebsten im Erdboden versinken. Gibt es auf dieser Welt eigentlich einen Menschen, der sich noch dämlicher anstellt als ich?

»Das meine ich doch nicht«, stammele ich und merke, dass ich rot anlaufe. »Mir ist nur gerade eingefallen, dass ich dein Weihnachtsgeschenk im Auto vergessen habe. Tut mir leid, Rick.«

Ein Lächeln erscheint auf seinem Gesicht. Sieht so aus, als ob ich ihn überrascht habe und er sich freut. »Du hast ein Geschenk für mich? Was ist es denn?«

»Es ist ein …« In letzter Sekunde beiße ich mir auf die Lippen. Nein, ich werde es ihm nicht verraten! Soll er mal sehen, wie das ist, wenn man auf die Folter gespannt wird. »Ich schätze, da musst du dich gedulden, bis wir meine Sachen aus deinem Auto geholt haben«, antworte ich so bestimmt wie möglich.

»Eins zu null für dich.« Er verzieht den Mund zu einem Schmunzeln. »Ich habe auch ein Geschenk für dich und finde, du solltest es auspacken. Jetzt gleich. Es liegt auf dem Bett im Schlafzimmer.«

»Warum denn im Schlafzimmer?«

»Weil ich dachte, dass es der angemessene Ort dafür ist, deshalb, Frau Neugier. Willst du es dir nicht ansehen?«

»Doch«, entgegne ich trotzig und versuche, das Brennen in meinem Gesicht zu ignorieren. »Wenn du mir zeigst, wo das Schlafzimmer ist.«

Er tritt einen Schritt zurück, dreht mich um neunzig Grad und deutet mit dem Finger nach rechts. »Immer der Nase nach, du kannst es nicht verfehlen. Komm einfach wieder, wenn du es angezogen hast.«

Mit einem Schubs schiebt er mich in die angedeutete Richtung. *Angezogen?* Er hat mir was zum Anziehen gekauft? Ich tapse an der gläsernen Außenwand entlang und komme in den Wohnbereich, der sich nahtlos an die Küche anschließt. Hier steht nur ein großes, bequemes Sofa, von dem aus man nach draußen sehen kann. Hinter dem Sofa sind ein paar Regale, aber einen Fernseher oder so was kann ich nicht entdecken, und auch keinen Kamin. Schade! Ich biege noch einmal nach rechts und gelange tatsächlich in das Schlafzimmer. Dieses Ufo scheint keine Türen und Wände zu haben – außer nach draußen. Alles geht ineinander über. Das Schlafzimmer ist klein, aber gemütlich. Ein großer Schrank trennt den Schlafbereich vom Wohnzimmer, in der Mitte steht ein Bett, von dem aus man wieder in die Natur sehen kann. Auf der cremefarbenen Tagesdecke liegt ein kleines Paket, eingepackt in glänzendes, blaues Papier mit goldenen Sternchen drauf.

Ich setze mich und nehme das Paket in die Hand. Es ist so leicht. Darin soll etwas zum Anziehen sein? An der Schleife ist ein Anhänger befestigt. Ich klappe ihn auf: *Frohe Weihnachten – ich hoffe, die Größe stimmt.* Sachte ziehe ich an dem Schleifenband und falte das Papier auseinander. Zum Vorschein kommt eine violette Schachtel mit schwarzer Schrift. *Desire* steht darauf. *Oh mein Gott! Er hat mir Reizwäsche gekauft!* Mit zittrigen Fingern öffne ich die Schachtel. Meine Vermutung bestätigt sich: ein BH, ein Strapshalter und Strümpfe. *Moment mal! Wo ist der Slip?* Ich gucke noch einmal in die Verpackung: Fehlanzeige! *Typisch Mann! Kauft Reizwäsche und vergisst den Slip!* Gut, dass ich einen String in Schwarz dabeihabe. Ich pelle mir die Jeans von den Hüften und probiere die Strümpfe an. Sie fühlen sich wirklich toll an. So seidig. Die waren bestimmt nicht billig. Leider bin ich es nicht gewohnt, einen Strapsgürtel zu tragen, und die blöden Verschlüsse gehen immer wieder auf. Nach minutenlangem Kämpfen habe ich es endlich geschafft. Ich streife mir meinen String über und betrachte mich im Spiegel. Sieht gar nicht mal so schlecht aus. Fehlen nur die richtigen Schuhe dazu. Aber an High Heels habe ich natürlich nicht gedacht. Wozu auch, in einer Skihütte?

»Bist du fertig?«, tönt es aus der Küche.

»Gleich«, rufe ich zurück.

»Beeil dich!«

Ricks Ungeduld lässt mich schmunzeln. Ich fühle mich auf eine ungewöhnliche Weise gewollt. Um nicht zu sagen begehrt – und diese Vorstellung erzeugt ein Kribbeln in meinem Bauch. Der BH ist ein seltsames Ding: Die Träger sind an der Seite statt vorn befestigt und das Körbchen sieht aus wie abgeschnitten. So etwas Merkwürdiges habe ich noch nie gesehen. Erstaunlicherweise passt er mir. Zwar sind meine Brüste so gut wie nackt, denn der Stoff des Halters bedeckt nur den unteren Ansatz, alles andere ist frei. Trotzdem haben sie Halt in dem eigenartigen Ding. Ich schaue ein letztes Mal in den Spiegel, fahre mit den Fingern durch meine Haare und schüttele sie. *Meine Güte!* Ich sehe aus wie ein Vamp. Fehlt nur der rote Lippenstift – und der richtige Augenaufschlag.

»Bist du so weit?«

»Ja.«

»Dann komm endlich und lass dich ansehen.«

Ich atme tief durch, schlucke meine Nervosität herunter und mache ich mich auf den Weg zurück zu Rick.

Als ich die Küche betrete, lehnt er lässig an der Kochinsel. Er hat sich ebenfalls entkleidet – bis auf eine schwarze Unterhose. Als wir in meinem Schlafzimmer Sex hatten, war ich viel zu aufgeregt, um mir Rick genauer anzusehen, und auch das Licht war viel zu schummrig, aber jetzt … Mir bleibt die Spucke weg. Ich schlucke trocken. Er hat einen unglaublich tollen Körper. Seine Haut ist leicht gebräunt und schimmert seidig. Dagegen bin ich blass wie ein Käsekuchen, der den Ofen noch nicht gesehen hat. Ricks Muskeln sind gut erkennbar, aber nicht übertrieben ausgeprägt. Genau richtig. Er ist wirklich ein schöner Mann. Viel zu schön für mich. Etwas unschlüssig und verlegen bleibe ich im Raum stehen, Rick hingegen drückt sich mit der Hüfte von der Kochinsel ab und winkt mich zu sich heran. Während ich mich auf ihn zubewege, bemerke ich seinen Blick, der über meinen Körper gleitet. Ich fühle mich total nackt – obwohl ich es ja eigentlich nicht bin.

Um meine Verlegenheit zu überspielen, fange ich an zu reden. »Du hast vergessen, einen Slip zu kaufen, und der BH ist irgendwie …«

»Ich habe nichts vergessen«, unterbricht er mich. »Und der Hebe-BH steht dir ausgezeichnet. Genau das, was deine wunderschönen Brüste verdienen.« Er ergreift mit ausgestrecktem Arm meine Hand. »Komm her, Süße.«

Ich stolpere fast bei der schwungvollen Bewegung, mit der er mich zu sich heranzieht, und lande hart an Ricks Brust. Sofort legt er einen Arm auf meinen Rücken, presst mich ganz nah an sich, sodass mein Becken an seins stößt und ich die Härte zu spüren bekomme, die sich hinter der Boxershorts verbirgt. Augenblicklich reagiert mein Körper, mein Lustknoten beginnt zu pochen. Es ist unfassbar, welche Wirkung Rick auf mich hat. Ich erkenne mich nicht wieder!

Seine Daumen legen sich auf meine Brustwarzen, reiben zärtlich in Kreisen darüber. Das Kribbeln in meinem Bauch breitet sich überall aus. Es ist, als wenn ich unter Strom stehe. Unwillkürlich beiße ich mir auf die Lippen und stöhne verhalten.

»Du bist wahnsinnig sexy, Jola«, flüstert er an meinem Ohr. »Deine langen, schwarzen Haare, deine helle Haut … alles! Komm, dreh dich um.«

Obwohl ich mich noch Stunden an den Nippeln streicheln lassen könnte, tue ich, was er sagt. Rick greift unter meinen Armen hindurch und umschließt meinen Busen mit den Händen. Seine Daumen drücken sich in meine Brüste, zwirbeln meine Brustwarzen, ziehen sie lang, während sein Mund sich einen Weg von meinem Schlüsselbein den Hals hinaufküsst.

Ich kann nicht fassen, wie zärtlich er ist. Gleichzeitig nimmt er mich mit einer Bestimmtheit, die keinen Widerspruch duldet, und das fühlt sich so gut an, dass ich es einfach geschehen lasse. Ich versinke in seinen Küssen, die mir eine zarte Gänsehaut bescheren, und beuge meinen Kopf zur Seite, um ihn stumm aufzufordern, mich dort weiter zu küssen. Es ist einfach zu schön.

Plötzlich drängt er sein Becken an meinen Po, schiebt mich an die Kochinsel und presst meinen Oberkörper sanft, aber nachdrücklich mit einem Arm auf die kühle Arbeitsfläche. Seine Hände gleiten meinen Rücken hinab. Ich spüre seine Erregung überdeutlich zwischen meinen Pobacken, dann weicht er ein wenig zurück und streicht mit den Händen über Po und Oberschenkel.

»Der String steht dir ausgezeichnet.« Er zieht mir das Bündchen des Strings über die Hüfte und klemmt es unter dem Ansatz meiner Pobacken fest. »Aber ohne gefällst du mir noch besser«, höre ich ihn zufrieden nuscheln und muss unwillkürlich grinsen.

Ich spüre den Gummi des Bündchens unter den Pobacken, und dann fühle ich Ricks Finger, der durch meine Poritze streift und zwischen die Schamlippen taucht. Ein leises Schmatzen dringt an mein Ohr – ein untrügliches Kennzeichen meiner Erregung. Ich weiß nicht, ob es Zufall oder Absicht ist, aber als er meinen Glücksknopf berührt, durchzuckt es mich.

»Mmmh«, stöhne ich, denn ich kann meine Lust einfach nicht länger für mich behalten. Ab jetzt versuche ich erst gar nicht mehr, diese vor Rick geheim zu halten, sondern verschaffe meinen Gefühlen Gehör. Spielerisch gleitet sein Finger immer wieder über meine Schamlippen, taucht dazwischen, reibt über meine Klitoris …

Oh Gott, nimm mich! Mach schon!

»Oh bitte!«, jammere ich, denn ich will ihn endlich in mir spüren.

Hat er nicht gesagt, dass er es kaum noch erwarten könne, in mir zu sein? Warum zum Henker zögert er dann noch? Als hätte er meine Gedanken gelesen, höre ich ihn heiser hinter mir lachen, bevor er sich über mich beugt und mich mit seinem Körper ganz auf die Arbeitsfläche drückt. Anstatt mich jedoch seinen Schwanz fühlen zu lassen, lässt er zwei Finger in meiner Vagina tanzen.

»Du kannst es nicht erwarten, habe ich recht?«, raunt er mir ins Ohr.

Ich stöhne dumpf. Er macht mich wahnsinnig! »Oh, Rick«, presse ich mit einem unüberhörbaren Flehen in der Stimme hervor, »bitte ... tu es endlich!«

»Du willst es?«

»Ja, verdammt! Ja! Mach schon!«

»Was gibst du mir dafür?«, raunt er mir ins Ohr.

Seine Lippen küssen mich zwischen die Schulterblätter, Ricks Atem brennt sich feucht und heiß unter meine Haut. Ich kann kaum noch klar denken. *Was ...? Wie ...?*

»Was denn geben?«, stammle ich total überrumpelt. »Keine Ahnung. Was willst du denn?«

»Ich will alles von dir, Jola. Das habe ich dir schon im Bus gesagt.« Er zieht die Finger aus meiner Scheide, ich spüre, dass er sich die Shorts herunterstreift, und dann – endlich! – gleitet seine Eichel zwischen meine Schamlippen, presst sich an den Eingang zu meinem Lustkanal. »Ich will wissen, wovon du träumst.« Er zieht sich etwas zurück und presst sich erneut an mich. Mein Verlangen, ihn in mir zu haben, ist unbeschreiblich. Er soll es endlich tun!

»Ich will deine geheimsten Fantasien wissen. Sie wahr machen«, fährt er seelenruhig fort und drückt die Schwanzspitze gegen meine Scheide –

ohne jedoch einzudringen.

Ich schließe die Augen, spüre mit einem kehligen Stöhnen dem Schauer nach, der dabei durch meinen Körper rieselt. Meine Beherrschung hängt an einem seidenen Faden. Einem *einzelnen* seidenen Faden, um genau zu sein. *Oh Gott, ich glaube, ich sterbe, wenn er mich nicht sofort fickt!*

Er drückt sich fester an mich, ich spüre, dass er gleich in mir sein wird, und halte es vor Spannung kaum noch aus.

»Ich will ein Spiel mit dir spielen.«

Mein vor Lust vernebelter Verstand kann nicht reagieren. *Was für ein Spiel, zum Geier?*

»Jeden zweiten Tag erfülle ich dir einen erotischen Wunsch. Etwas, das du immer schon wolltest. Ganz egal, was. Und an den Tagen dazwischen tust du das Gleiche für mich. Ich bekomme die ungeraden Tage, du die geraden. Bist du dazu bereit, Jola?«

»Ja, verdammt!«, entgegne ich ungehalten, ohne genau verstanden zu haben, was er gerade vorgeschlagen hat. Ich bin einfach nicht in der Lage, noch klar zu denken. »Ja! Ja! Aber fick mich endlich!«

Obwohl ich sein Gesicht nicht sehen kann, höre ich, dass er beim Sprechen ein Lächeln auf den Lippen hat. »Ich mag es, wenn du vulgär bist, Süße.« Seine nächsten Worte klingen im Gegensatz zu ihrer Bedeutung wie ein Kompliment: »Mein böses, böses Mädchen, du.«

Mit einem Mal ergreift er meine Hände, dreht

mir die Arme auf den Rücken und hält sie fest. *Eeey! Was zum Henker …?* Noch bevor sich mein Protest in Worten manifestieren kann, ist er bereits in mir. *OH! Mmmmh!* Meine Augen klappen zu und mein Mund auf. Ich hatte vergessen, wie gut er sich in mir anfühlt. Aber jetzt sind die Erinnerungen an unsere erste Nacht mit einem Schlag wieder da. In einer geschmeidigen Bewegung zieht er sich aus mir zurück und dringt erneut vor. Jedes Mal, wenn er meinen Schoß aufs Neue füllt, lecke ich mir über die Lippen oder stöhne vor Entzücken. Es ist ein merkwürdiges Gefühl, so von ihm fixiert zu werden. Es tut ein bisschen weh und ist auch nicht gerade bequem, andererseits fühlt es sich irgendwie gut an. Als fürchtete er, ich könnte ihm entwischen, wenn er mich nicht festhält. Ob er das beabsichtigt hat oder nicht, kann ich nicht sagen. Mein Gehirn hat längst aufgehört, zu irgendwelchen logischen Schlussfolgerungen in der Lage zu sein. Ich weiß nur: Ich fühle mich von ihm so begehrt wie noch nie von einem Mann – und das ist einfach unbeschreiblich geil.

Seine Stöße werden tiefer, energischer, senden zuckende Blitze in meinen Bauch. Aus meinem Mund kommen Laute, von denen ich bisher nicht wusste, dass ich sie überhaupt hervorbringen kann. Alles in mir kribbelt, pulsiert, zerfließt … es ist wunderbar. Ich gebe mich seinen Stößen hin, lasse mich von ihm dem Höhepunkt entgegentreiben, der unaufhaltsam näher rückt. Er rammt sich jetzt regelrecht in mich. Hart klatscht sein Becken an meine Kehrseite, was dafür sorgt, dass meine Brustwarzen bei jedem Stoß über die Arbeitsplatte reiben. Meine klagenden Laute, die Geräusche unserer aufeinandertreffenden Leiber, füllen die Küche. Ich merke, wie er pumpt und die prickelnde Unruhe in meinem Unterbauch von einer Sekunde auf die andere in ein dumpfes Grollen verwandelt, das auf mich zurast. Schneller als ich Piep sagen kann, überrollt mich der Orgasmus. Ich drücke mich ins Hohlkreuz, alles wird steif und dann komme ich.

Hinter meinem Rücken höre ich ein verhaltenes Stöhnen, der Griff an meinen Handgelenken lockert sich und ich weiß: Rick ist ebenfalls gekommen. Er atmet schwer, lässt meine Arme los und beugt sich über mich. Obwohl er nicht ganz auf mir liegt, spüre ich sein Gewicht. Es eine gute Schwere. Die Hitze, die aus jeder seiner Poren dringt, hüllt mich einen warmen Kokon, in dem ich mich geborgen fühle. Ich könnte stundenlang so liegen bleiben. Rick drückt mir einen Kuss auf die Wange, dann stemmt er sich mit den Armen hoch und gleitet aus mir heraus. Ich versuche, mich mit ebensolcher Leichtigkeit wie Rick aufzurichten, aber mein Körper ist von der ungewohnten Haltung total steif, und ich fürchte, ich biete keinen sehr ladyliken Anblick.

Eine Dusche und eine Riesenportion Spaghetti mit der besten Tomatensoße der Welt später sitzen wir satt und zufrieden mit einem Glas Wein am Küchenblock. Rick hat gekocht und ich habe ihm dabei zugesehen. Ich glaube, das ist das erste Mal in meinem Leben, dass ich an Weihnachten Spaghetti gegessen habe. Bei uns zu Hause gibt es am ersten Weihnachtsfeiertag immer einen klassischen Braten – und ich gestehe: Ich vermisse das kein bisschen. Die Spaghetti waren al dente und die Soße einfach köstlich. Ich bin erstaunt, dass Rick kochen kann. Er steckt voller Überraschungen.

Wir haben die Vorhänge vor der Fensterfront zugezogen, der Raum wirkt gemütlich. Intim. Seit einer geschlagenen Stunde höre ich Rick zu. Er kann toll erzählen, und seine sexy Stimme sorgt dafür, dass meine Ohren jedes Wort von ihm verschlingen. Sagt man das? Keine Ahnung. Jedenfalls bin ich in den Klang seiner Stimme verliebt und habe dank Rick ein paar interessante Details über das Holz-Ufo gelernt.

Es ist ein Kubus, hat er mir erklärt, ein Designerhaus ohne Innenwände. Oder fast. Das Dach ist selbsttragend, deshalb auch die geschwungene, abgeflachte Ufo-Form, und ruht auf dem einzigen Raum, der echte Wände hat: dem WC. Alle anderen Raumunterteilungen bestehen aus Regalen oder Schränken. Türen gibt es hier keine, stattdessen kann man im Kreis herumlaufen, immer an der gläsernen Außenfassade entlang. Die ganze Technik befindet sich unter dem Haus und ist nur von außen zugänglich. Die Hütte, wie er unsere Behausung nennt – für mich bleibt es ein Ufo! – gehört seinem Cousin Benjamin, der gleichzeitig sein bester Freund ist. Er sagt, sie sähen aus wie Brüder und hätten sich in der Schule gern einen Jux daraus gemacht, die Lehrer zu verarschen, indem sie die Namen getauscht haben.

»Ben war immer schon der Macher von uns beiden und ich der Kreative. Ich hatte die Ideen und Ben das Know-how. Leider sehen wir uns nicht mehr sehr oft, seit er das Geschäft seines Vaters übernommen hat.«

Die letzten Sätze habe ich kaum noch richtig wahrgenommen, denn auch wenn Ricks Stimme megasexy ist, macht sich so langsam, aber sicher der Schlafentzug der gestrigen Nacht bei mir bemerkbar. Die Reise im Nachtzug war alles andere als erholsam. Dann die Warterei am Bahnhof, die Fahrt durch die Kälte, das Essen und der Rotwein … all das lässt meine Augenlider immer schwerer werden.

»Ich langweile dich mit meinen Geschichten«, sagt er, worauf ich wie aus einem schlechten Traum hochschrecke.

»Waaas? Langw… nein! Ich höre dir total gern zu. Du kannst toll erzählen. Wirklich. Ich bin nur unheimlich müde von der langen Fahrt und … von dem Rotwein.«

Er lächelt milde. »Wie rücksichtslos von mir, entschuldige. Möchtest du schlafen gehen?«

Ich nicke matt und erhebe mich vom Stuhl. Als

ich nach dem Teller greife, um ihn in die Spülmaschine zu stellen, legt sich Ricks Hand auf meinen Arm.

»Schon gut. Ich mache das. Geh ruhig ins Bett, ich komme gleich nach.«

Er küsst mich auf die Stirn, dreht mich an den Schultern um und gibt mir einen Schubs in die richtige Richtung. Seine Geste weckt gemischte Gefühle in mir. Einerseits fühle ich mich auf zärtliche Weise umsorgt und andererseits wie ein kleines Mädchen, das von seinem Vater ins Bett geschickt wird. Mein Verstand ist jedoch zu träge, um zu entscheiden, ob mir das gefällt oder nicht. Also trotte ich ins Bad, putze mir die Zähne, ziehe Strapshalter, Strümpfe und BH aus und krabbele ins Bett unter die Decke. Ich bin sogar zu müde, um mir meine Bettsocken gegen kalte Füße anzuziehen, ohne die ich eigentlich nicht schlafen kann. Die Bettwäsche knistert ein bisschen, fühlt sich an wie frisch bezogen. Ich liebe frische Bettwäsche. Das seidige Gefühl auf der Haut. Den Duft nach Reinheit ... Mein Kopf sinkt in das Kissen, ich drehe mich auf die Seite und fühle, wie mein Geist abdriftet. Alles wird schwer, verschwimmt ...

Ich wache so auf, wie ich gestern eingeschlafen bin. Allein. Wo ist Rick? Ich strecke mich und gähne, reibe mir die Augen, bevor ich mich aufsetze. Sanftes Licht fällt durch die Vorhänge, taucht den Raum in ein angenehmes Halbdunkel.

Mein erster Weg führt mich ins Bad. Ein bisschen Wasser im Gesicht bringt mein Hirn dazu, allmählich seine gewohnte Tätigkeit aufzunehmen, und jetzt höre ich aus der Küche leise Musik. Der Duft von Kaffee steigt mir in die Nase. Ich gehe zurück ins Schlafzimmer, ziehe mir Slip und T-Shirt an und begebe mich in die Küche. Hier sind die Vorhänge aufgezogen, das Tageslicht, das vom Schnee ringsherum reflektiert wird, dringt hell und klar in den Raum. Zu hell für meine noch müden Augen, die ich deswegen zusammenkneife. Rick sitzt mit nacktem Oberkörper am Küchenblock vor einem Laptop, eine Glaskanne mit Kaffee neben sich. Auf dem freien Platz stehen ein Teller, eine Tasse, frisches Brot, zwei Sorten Marmelade, etwas Käse, Wurst, Honig und eine Packung Müsli. Als er mich erblickt, klappt er den Laptop zu, lächelt und winkt mich zu sich heran.

»Ausgeschlafen, Prinzessin? Trinkst du morgens Kaffee oder Tee? Ich habe Earl Grey, Assam, einen Chai und Pfefferminztee, falls du einen willst. Komm her und setz dich.«

Oh Gott! Er ist ein Morgenmensch! Ich überhaupt nicht. Vor der ersten Tasse Tee darf mich in der Regel niemand ansprechen. So viel Dynamik am Morgen bin ich einfach nicht gewohnt.

»Earl Grey wäre toll«, murmele ich maulfaul und lasse mich auf den freien Stuhl sinken.

»Ein Earl Grey für die Dame«, sagt er im Tonfall

eines Kellners, der eine Bestellung entgegengenommen hat. Er geht um den Küchenblock herum, setzt frisches Wasser auf und holt aus einer Dose einen Teebeutel hervor, den er in meine Tasse hängt. »Du bist ein kleiner Morgenmuffel«, stellt er mit einem Grinsen auf den Lippen fest.

»Ich bin kein Muffel«, widerspreche ich ihm. »Ein Muffel hat schlechte Laune. Ich habe aber keine schlechte Laune, sondern bin noch nicht richtig wach. Das ist alles.«

Sein Grinsen wird noch breiter. Er beugt sich zu mir herunter und flüstert: »Ich mag es, wenn du deine Krallen ausfährst, Jola. Zeig sie mir ruhig und fauche ein wenig. Ich werde dir dein Fell schon glätten und dich zum Schnurren bringen. Mein Kätzchen!«

Das Fell glätten? Was meint er denn damit? Hält er mich etwa für eine Zicke? Das ist unfair! Ich bin keine Zicke. Aber er ist hellwach, während sich mein Gehirn noch im Halbkoma befindet und auf seine Bemerkung keine Antwort parat hat. Anscheinend mache ich ein ziemlich dämliches Gesicht, denn er lacht plötzlich, was mich noch mehr verunsichert und meine angeschlagene Stimmung nicht gerade hebt.

»Entschuldige«, sagt er und drückt mir einen Kuss auf die Wange. »Ich wollte dich nicht auslachen. Aber selbst ein Blinder hätte in deinem Gesicht lesen können, was dir durch dein hübsches Köpfchen geht.«

Ich schlucke und starre ihn an. Was soll das

heißen? Dass er meine Gedanken lesen kann?

Das Wasser im Topf hat angefangen zu kochen. Rick geht mit meiner Tasse in der Hand um die Insel herum, brüht den Tee auf, stellt sie vor mir ab und setzt sich neben mich.

»Ich meinte das durchaus als Kompliment. Ich mag es, wenn du deinen eigenen Kopf hast und dir nicht die Butter vom Brot nehmen lässt. Frauen, die zu allem Ja und Amen sagen, fand ich noch nie besonders reizvoll. Du kannst mit mir über alles reden, Jola. Ich kann es vertragen, glaub mir. Ich will es sogar. Wenn du willst, kannst du gleich damit anfangen.«

Ich sehe ihn von der Seite an. »Dann hältst du mich nicht für eine Zicke?«

Er lächelt. »Nein, Süße. Tue ich nicht.«

Erleichtert atme ich aus. Ich entferne den Teebeutel aus der Tasse, schnappe mir eine Scheibe von dem Brot und bestreiche es mit Butter und Honig. Ich liebe Honig!

»Ich denke, du hast Angst, verletzt zu werden, und fährst deshalb gern deine Krallen aus. Pech in der Liebe gehabt, richtig?«

Ich bin platt. Woher weiß er das?

Mir fehlen die Worte, aber das macht nichts, denn er erzählt unbeirrt weiter: »Das wird sich von jetzt an ändern. Ich werde für dich da sein. Versprochen.« Ich verschlucke mich fast am heißen Tee und ziehe skeptisch die Augenbrauen hoch. »Ich weiß, ich habe dir bisher nicht sehr viel Anlass gegeben, mich als besonders vertrauenswürdig einzustufen. Aber das war einfach schlechtes Timing. Du wirst sehen. Ab sofort werden sich deine Wünsche erfüllen. Wie wär's, wenn du mir den ersten direkt erzählst?«

Irgendwie habe ich das Gefühl, etwas verpasst zu haben. Wovon redet er? »Was denn für Wünsche? Ich verstehe nur Bahnhof.«

»Es ist ein Spiel, Jola. Ich habe dir davon erzählt. Gestern. Du hast Ja gesagt. Weißt du nicht mehr?«

Ein Spiel ... ein Spiel ... Die Rädchen in meinem Hirn laufen auf Hochtouren, aber ich kann mich beim besten Willen an kein Spiel erinnern. Er sieht mich abwartend an, dann höre ich von weither ein inneres Echo: *Jeden zweiten Tag erfülle ich dir einen erotischen Wunsch. Etwas, das du immer schon wolltest. Und du tust das Gleiche für mich.* Nervös lecke ich mir mit der Zunge über die Lippen. *Oh Gott! Ich kann das nicht!* Schon in der Schule habe ich es gehasst. Flaschendrehen. Wahrheit oder Pflicht. Ich habe mich immer davor gedrückt. Und überhaupt: Ich habe noch nie mit jemandem über so etwas gesprochen. Und ausgerechnet mit Rick darüber zu reden, das ist schlicht und ergreifend ... vollkommen unmöglich!

»Ah«, sagt er mit einem kleinen Lächeln. »Ich sehe, du erinnerst dich wieder.«

»Ähm ... ja. Irgendwie«, gebe ich lahm zu. »Nur ... ich glaube nicht, dass ich die Richtige dafür bin. Tut mir leid, Rick, wenn ich dich jetzt enttäusche.«

»Wieso glaubst du, dass du nicht die Richtige dafür bist? Hast du so etwas denn schon mal gemacht?«

»Was?« Mir fällt die Kinnlade herunter. »Nein!« Meine Stimme klingt, wie ich zugeben muss, etwas hysterisch. »Natürlich nicht! Für wen hältst du mich?«

Statt einer Antwort sieht er mich schweigend an. *Was soll das? Warum sagt er nichts?* Er macht mich nervös. Seine Augen kleben an meinem Gesicht, an meinen Lippen. Einen Sekundenbruchteil schweifen sie über mein T-Shirt, meinen Bauch, meine Beine. Ich komme mir nackt vor – dann fixiert er wieder meinen Blick.

»Ich halte dich für eine ausgesprochen intelligente, hübsche, wahnsinnig sexy und sinnliche Frau, mit der ich so viel Zeit wie möglich verbringen möchte – und …« Er macht eine Pause.

Jetzt bin ich es, die an seinen Lippen klebt wie Zuckerwatte an einem Holzstäbchen. Wie kann er diese Dinge nur einfach so aussprechen? Als wären sie das normalste der Welt? Oh Mann! Er hält mich für intelligent. Für hübsch. Für sexy. Noch nie hat ein Mann in einem einzigen Satz so viele tolle Dinge über mich gesagt. *Sprich weiter! Oh bitte, weiter!*

»… und ich halte dich für ein bisschen ängstlich.«

PATSCH!

Schlagartig bin ich hellwach. Eine Ohrfeige ist

nichts gegen das, was er gerade gesagt hat. Ich brauche eine Sekunde, um den Schreck zu verarbeiten, dann platzt es aus mir heraus: »Wieso ängstlich? Wovor sollte ich denn Angst haben? Etwa vor dir?«

Er schmunzelt, seine Augen blitzen vergnügt, als er mir antwortet. »Ich denke, du hast Angst, richtig zu leben. Das zu tun, was du wirklich willst. Du fürchtest dich vor der Liebe. Davor, verletzt zu werden. Ein bisschen fürchtest du dich auch vor mir …«, er beugt sich zu mir herunter und flüstert: »… oder besser gesagt vor dem, was du denkst, was ich mit dir vorhabe. Habe ich recht?«

Sein Gesicht ist ganz nah vor meinem. Ich spüre seine Wärme, sein Atem streichelt meine Wangen. *Woher weiß er das alles?* Er hat ins Schwarze getroffen. Aber so was von ins Schwarze! Es ist schon fast unheimlich, wie genau er mich durchschaut. Meine Lippen sind wie zugeklebt, mein Hals verschnürt, kein Ton kommt aus meinem Mund.

»Aber eine Sache gibt es, die größer als deine Furcht ist – und das ist ein Riesenglück für mich.« Während er das sagt, ist er noch näher gekommen, seine Lippen sind nur einen Hauch von meinen entfernt. Er ist so nah, dass ich unwillkürlich die Augen geschlossen habe.

»Was?«, frage ich ihn wie betäubt. »Was meinst du?«

»Deine Neugier, Süße. Du bist die neugierigste

Person, der ich je begegnet bin, und das ist wundervoll.«

Ich will protestieren, aber schon berühren seine Lippen meine. Ricks Zunge erobert warm und weich meinen Mund. Mein Protest schmilzt unter seinem Kuss dahin, löst sich auf wie eine Brausetablette bei der geringsten Berührung mit Wasser. Eigentlich müsste ich über das, was er gesagt hat, empört sein, aber ich muss leider zugeben, dass er recht hat. Letztendlich war es meine Neugierde, die mich dazu bewogen hat, Rick mit zu mir nach Hause zu nehmen – und auch hierher zu fahren und die Weihnachtstage mit ihm zu verbringen. Genau deshalb kann ich nicht beleidigt sein. Schon gar nicht, wenn er mich so küsst wie jetzt und meine Haut am ganzen Körper prickelt. Von Sekunde zu Sekunde wird sein Kuss intensiver. Süßer. Tiefer … bis ich sehnsüchtig in seinen Mund seufze und meine Finger in seinen seidigen, schwarzen Haaren vergrabe.

Ich spüre, dass er den Mund zu einem kleinen Lächeln verzieht, bevor er an meinen Lippen murmelt: »Wir schweifen vom Thema ab, Schätzchen.« Er sieht mich an, grinst. »Ich glaube, du wolltest mir gerade verraten, was du dir von mir wünschst. Also: Ich bin ganz Ohr.«

Verdammt! Lange halte ich dieses Auf und Ab nicht mehr aus. Er macht mich total verrückt. In einem Moment sprüht er nur so vor Lust und Leidenschaft und im nächsten ist er so sachlich und nüchtern wie ein Nachrichtensprecher. Diese heiß-kalten Wechselbäder sind nun mal nicht mein Ding.

»Rick, bitte. Können wir das nicht sein lassen? Warum können wir nicht einfach eine gute Zeit miteinander haben?«

»Das könnten wir natürlich ... aber du musst zugeben: Mein Vorschlag ist um einiges reizvoller als deiner, oder etwa nicht?«

»Naja ...«

»Siehst du. Genau deswegen werden wir *mein* Spiel spielen, mein widerspenstiges Kätzchen.«

In Nullkommanichts ist eine von Ricks Händen unter meinem T-Shirt verschwunden, streicht über meinen Bauch, über die Ansätze meiner Brüste und Brustwarzen. Das Kribbeln auf meiner Haut verlagert sich in meinen Bauch, breitet sich überall aus. Ich beiße mir auf die Lippen.

»Heute ist dein Wunschtag, Jola«, flüstert er mit heiserer Stimme. »Also: Was wünschst du dir? Sag schon. Möchtest du Zärtlichkeit? Leidenschaft? Pure Lust? Vielleicht Ekstase?«

Seine Lippen küssen sich einen Weg von meinem Schlüsselbein den Hals nach oben. Ich kann nicht klar denken. Wie um Himmels willen soll ich die Frage beantworten, wenn sich mein Innerstes unter seinen Küssen schon wieder zusammenzieht?

»Oder willst du, dass ich mit deiner Lust spiele? Was ist es? Sag's mir.«

Oh Gott, ja. Alles. Ich will das alles, aber eigentlich

… nein! Das kann ich ihm nicht sagen! Was soll er von mir denken?

»Ich kann nicht, Rick. Bitte …«

»Warum nicht? Es ist ganz leicht. Sag einfach: Rick, ich wollte schon immer mal, dass …«

»Ich kann nicht. Bitte!«

»Warum nicht?«

»Es …« Verschämt senke ich den Blick. Blut schießt mir in die Wangen, der Puls rauscht in meinen Ohren. »Es ist mir zu peinlich.«

»Sieh mich an, Jola.«

Ich zögere, schlucke meine Scham herunter und schiele ihn schräg von unten herauf an.

»Du musst dich bei mir für gar nichts schämen, hörst du? Hast du Angst, ich könnte schlecht über dich denken?«

Ich nicke zaghaft.

»Das musst du nicht. Genau das Gegenteil ist der Fall. Pass auf.« Er zieht den Arm unter dem T-Shirt hervor und ergreift meine Hand. »Ich mache den Anfang, okay? Immerhin war gestern ein ungerader Tag und ich habe noch einen Wunsch gut. Du warst nur so müde, dass ich ihn nicht mehr aussprechen konnte.«

Ich will schon Ja sagen, als mir wieder einfällt, was er gestern noch über das Spiel gesagt hat: *Ich bekomme die ungeraden Tage, du die geraden.* Moment mal! Fünfundzwanzigster, siebenundzwanzigster, neunundzwanzigster, einunddreißigster Dezember, erster Januar … macht fünf Tage für ihn und für mich … nur drei?

»Wieso bekommst du fünf Tage und ich nur drei?«, platze ich mit meinen Gedanken heraus. »Das ist ungerecht.«

Er grinst über beide Ohren. »Soll das heißen, du hast deine Meinung gerade geändert und möchtest mir mehr von deinen Fantasien erzählen?«

»Was? Nein! Heißt es nicht. Aber wieso bekommen wir nicht gleich viele Tage? Das ist nicht fair.«

»Nennen wir es Wiedergutmachung.«

»Wie bitte? Was denn für eine Wiedergutmachung?«

»Dafür, dass du meinem Wunsch, bereits am Heiligen Abend anzureisen, nicht nachgekommen bist und mein kleines Herz sich den ganzen Tag – und insbesondere in der Nacht – schmerzlich nach dir gesehnt hat. Ich finde, dafür, dass du mich hier einsam und allein hast sitzen lassen, habe ich eine Entschädigung mehr als verdient.«

Ich weiß nicht, was ich davon halten soll, und starre ihn mit offenem Mund an. Er schmunzelt spitzbübisch, seine Augen funkeln. Macht er sich über mich lustig? Rick einsam und allein? Schmerzlich gesehnt? Nach mir? In meinem Bauch breitet sich ein flattriges Gefühl aus. Ein Teil von mir möchte zu gern glauben, was er da gerade gesagt hat, aber ... *Bleib auf dem Teppich, Jola! Das glaubt er doch selbst nicht!*

»Na schön«, lenke ich ein, weil mir auf die Schnelle keine passende Antwort einfällt. »Aber du machst den Anfang.«

»Kein Problem«, sagt er mit normaler Stimme und lässt meine Hand los. »Ich möchte, dass du dieses T-Shirt endlich ausziehst. Ich möchte, dass du hier drin nur das trägst, was ich dir gestern geschenkt habe.«

»Was? Wie bitte? Ich soll den ganzen Tag nackt hier herumlaufen? Warum? Dazu ist es viel zu kalt …«

»Erstens«, unterbricht er mich und deutet auf seine Boxershorts, »laufe ich hier auch so gut wie nackt herum, weil es nämlich zweitens nicht im Geringsten zu kalt ist und weil ich es mir drittens von dir wünsche und du versprochen hast, meinen Wunsch zu erfüllen. Genügt das?«

Darauf weiß ich nichts zu sagen. Er hat leider recht. Hier drin ist es mollig warm, und ob ich nun ein T-Shirt trage oder nicht, macht, was die Temperatur angeht, wirklich keinen Unterschied. Trotzdem gibt es da noch etwas, das mich stört.

»Wieso darf ich keinen Slip anziehen? Du hast auch eine Hose an.«

»Weil man bei Männern im Gegensatz zu Frauen äußerlich sofort erkennen kann, ob sie erregt sind oder nicht – und weil es bei Männern einfach unsexy aussieht, wenn der Schwanz schlapp in der Gegend herumhängt. Frauen hingegen sehen immer sexy aus – das ist jedenfalls meine Meinung.«

»Wenn das so ist, warum kann ich dann nicht gleich auf alles verzichten und ganz nackt sein?

Warum muss ich mich erst in den Fummel schmeißen?«

»Weil der Fummel dich noch heißer aussehen lässt, Süße. Vor allem aber, weil du mir darin gefällst.«

Gegen Rick zu gewinnen, ist gar nicht so leicht. Ich habe das Gefühl, er ist mir immer eine Nasenlänge voraus. Notgedrungen gebe ich mich geschlagen und erhebe mich von dem Stuhl, um ins Schlafzimmer zu gehen.

»Wo willst du hin?«, fragt er überrascht.

»Mich umziehen. Du hast doch gesagt …«

»Das kannst du später noch. Komm her und setz dich wieder. Wir sind noch nicht fertig.«

Ich drehe mich um, gehe zurück, setze mich aber nicht, sondern bleibe vor der Kochinsel stehen. Mir ist schon klar, was er will. Jetzt bin ich dran! Es fällt mir irgendwie leichter, im Stehen darüber zu reden, wenn ich mich an etwas festhalten kann – und mit etwas Abstand zwischen mir und Rick. Meine Hände liegen auf der Arbeitsfläche. Ein bisschen fühle ich mich wie ein Zeuge, der von einem Anwalt vernommen wird. Überdeutlich spüre ich meinen Herzschlag, meine Hände sind feucht vor Nervosität. *Wehe, er lacht! Wehe!* Dann packe ich sofort meine Sachen und haue ab.

»Also, ich kann mir wünschen, was ich will. Ganz egal, was, ja?«

Er nickt. »Absolut. Nur raus damit.«

»Versprich erst, dass du nicht lachst.«

»Ich verspreche es.«

»Okay.« Ich schlucke meine Aufregung hinunter, schaue auf meine Hände. Ihn dabei auch noch anzusehen, bringe ich nicht fertig. »Ich würde gern gezeigt bekommen, wie man einen richtig guten Blowjob macht.«

Es ist heraus. *Oh Gott! Was denkt er jetzt von mir?* Ich komme mir verrucht vor. Schlimmer! Er sagt nichts. Meine Augen fixieren immer noch meine Hände, keine Ahnung, was für ein Gesicht er gerade macht. Schließlich halte ich die Spannung nicht mehr aus und sehe ihn an. Nicht ein Anflug von Lächeln ist in seinem Gesicht zu erkennen. Stattdessen sieht er überrascht und etwas ungläubig aus.

Er steht auf, kommt zu mir und ergreift meine Hände. »Du musst mich nicht beeindrucken, Jola. Sag einfach, was du dir wünschst.«

Ich verstehe erst nicht, was er meint, dann fällt der Groschen. »Aber das habe ich«, erwidere ich etwas heftiger, als ich eigentlich will. »Ich habe das nicht gesagt, um dich zu beeindrucken. Genau das wünsche ich mir.«

»Wirklich? Bist du sicher?«

»Ja, verdammt noch mal! Wieso glaubst du mir nicht?«

Er lächelt. »Scht! Du brauchst nicht zu fluchen. Ich glaube dir. Ehrenwort. Es ist nur ein sehr ungewöhnlicher Wunsch. Für eine Frau. So etwas wünschen sich im Allgemeinen Männer, deshalb bin ich ein wenig überrascht.«

»Und? Wirst du mir meinen Wunsch erfüllen?«

»Ich werde es versuchen, Süße. Es gibt da allerdings ein kleines Problem.«

Meine Augenbrauen ziehen sich zusammen. Will er sich jetzt herausreden? Was soll das? »Was denn für ein Problem?«

»Ich fürchte, ich kann dir nicht zeigen, wie *man* einen Schwanz gut bläst.«

»Warum nicht? Du bist doch ein Mann, du musst doch wissen …«

»Das hat damit nichts zu tun. Was ich meine, ist: Ich kann dir höchstens erklären, was einen guten Blowjob für mich persönlich ausmacht. Ob das auch für andere Männer gilt, kann ich dir leider nicht sagen.«

»Oh!« Trotz meiner fast dreißig Jahre komme ich mir gerade wie ein Teenager vor, der dank der *Bravo* eine neue Erkenntnis gewonnen hat. »Gibt es denn so große Unterschiede?« Kaum habe ich die Frage ausgesprochen, fällt mir auf, wie dämlich sie sich anhört. Jetzt fühle ich mich erst recht wie ein unerfahrenes Küken, das bei Dr. Sommer anklopft. Am liebsten möchte ich im Erdboden versinken.

»Gewisse grundlegende Dinge sind natürlich bei allen Männern gleich. Jeder Mann findet es geil, wenn sein Schwanz zwischen den Lippen einer schönen Frau verschwindet. Das Gefühl der warmen, feuchten Mundhöhle, der Blick in ihre Augen … ich würde mal behaupten, es gibt keinen Mann, den das nicht antörnt. Aber jeder hat eben seine Vorlieben. Genau wie bei euch Frauen. Manche mögen es, wenn der Kitzler direkt stimuliert wird, für andere ist das kaum auszuhalten. So geht's uns Männern auch.«

Allmählich verstehe ich, was er mir sagen will: Es gibt kein allgemeingültiges Rezept, wie man einem Mann richtig gut den Schwanz bläst. Das ist ernüchternd. Aber irgendwie auch beruhigend.

»Und was sind deine Vorlieben?«, frage ich.

»Hingabe.«

»Wie bitte?«

»Ein guter Blowjob ist für mich, wenn ich merke, dass es der Frau Spaß macht. Dass sie es genießt, mir einen zu blasen. Wenn sie sich hingibt – für mich.«

Ich muss seine Worte einen Moment sacken lassen, dann nicke ich. »Ich verstehe … Also hängt es nur von mir ab. Wie viel Lust ich darauf habe, das für dich zu tun, richtig?«

»Ja, so könnte man es sagen.« Er zieht mich ganz nah an sich heran, eine Hand drückt meinen Kopf an seine Brust, die andere hält mich im Rücken fest. Erst jetzt bemerke ich die Beule in Ricks Hose, sein hartes Glied presst sich an meinen Schambereich. Dass ihn unsere kleine Unterhaltung so erregt hat, freut mich irgendwie und lässt auch meine Lust erneut aufkeimen.

»Was noch?«, fragt er leise an meinem Ohr. »Sag mir, was du dir noch wünschst.«

»Warum denn alles auf einmal?«

Er lässt meinen Kopf los, sodass ich ihn ansehen kann. »Weil ich meine Wünsche an dich dann besser abstimmen kann. Ich habe nämlich mehr als genug davon, und da wäre es doch Verschwendung, wenn wir uns beide das Gleiche wünschen würden.« Er hält mich wieder fest, streichelt mit der Hand über mein Haar. »Sag schon, Jola. Spann mich nicht auf die Folter.«

Mein Brustkorb hebt und senkt sich, ich atme tief ein und aus, bevor ich ihm antworte. »Das, was du vorhin gesagt hast. Das mit der Zärtlichkeit und dass du mit meiner Lust spielst.«

Seine Hand streichelt mich weiter. Bis hierher ging es, aber jetzt kommt der schwierige Teil. Ich atme noch einmal zittrig aus, dann sage ich ganz leise: » Was ich wirklich wissen möchte, ist, wie es sich anfühlt, wenn ... wie sich Analverkehr anfühlt.«

Seine Lippen berühren mein Haar, er lässt mich los, nimmt mein Gesicht in beide Hände und sieht mich an. Seine Augen funkeln wie ein Sternenhimmel in einer klaren Winternacht. »Du bist unglaublich, Jola. Ein Traum für jeden Mann. Deine Wünsche sind nicht nur sehr ungewöhnlich, sie sind auch wahnsinnig erregend.«

Seinen letzten Satz beendet er mit einem Kuss, seine Hände zerren an meinem T-Shirt, streifen es mir hoch. Wir unterbrechen den Kuss, damit Rick mir das Shirt über den Kopf ziehen kann, dann küsst er mich weiter, streift mir den Slip dabei über die Hüften. Plötzlich packt er mich an der Taille und hebt mich auf die Arbeitsplatte, entfernt das Höschen und drängt sich zwischen meine Beine.

»Jola«, flüstert er heiser und küsst meinen Hals, während er mit Daumen und Zeigefinger meine Brustwarzen zwirbelt und langzieht. »Ich will dich jetzt.«

Sein Geständnis trifft mich einerseits unvorbereitet, andererseits bin ich schon lange für ihn bereit und habe diesen Moment herbeigesehnt. Anstatt ihm zu antworten, schlinge ich meine Beine um seine Taille und stemme die Fersen auf seine Pobacken.

»Ich mag es, wenn du so gierig bist«, sagt er mit einem Lächeln und drückt mich auf die Arbeitsfläche. «Ich liebe es sogar.«

Dann dringt er in mich ein. Nicht langsam und vorsichtig, sondern mit einem gezielten Stoß. Ich schnappe nach Luft. Sein Schwung war so heftig, dass er mich ein Stück über die Kochinsel geschoben hat. Er ergreift meine Schenkel, zieht mich wieder zu sich heran, sodass ich ein Hohlkreuz machen muss. Er umschließt meine Beine mit den Armen. Dann fickt er mich, stößt schnell zu. Tief. Hart. Bei jedem Stoß reiben meine Schulterblätter, mein Rücken, meine Pobacken über die kalte, harte Tischplatte. Es ist unbequem, aber das ist mir egal. Er nagelt mich förmlich auf die nackte Holzfläche. Meine Hände suchen nach Halt, und ich versuche, mich irgendwie abzustützen, um nicht herunterzufallen. Im nächsten Augenblick legt sich sein Daumen auf meine Klit und reibt mit genau dem richtigen Druck darüber. Ein Zucken schießt durch meinen Bauch, ich bäume mich stöhnend auf, sehe den Orgasmus auf mich zurasen – dann geht alles blitzschnell …

Alles nur ein Spiel?

Es ist Nachmittag. Rick und ich liegen nebeneinander auf dem Bett, wir haben beide etwas zu lesen, aber Rick ist der Einzige, der tatsächlich liest. Eine Zeitschrift über Fotografie. Ich dagegen starre lediglich auf die Seiten des Buches vor mir. Meine Augen wandern über die Zeilen, aber ich habe keine Ahnung, was die Buchstaben, die ich gerade überflogen habe, bedeuten. Meine Gedanken sind bei dem vergangenen Tag.

Nach dem Sex am Morgen waren wir spazieren. Hand in Hand sind wir durch den Schnee gestapft. Wortlos. Die kalte Luft nur durch die Nase in unsere Lungen pumpend. Rick ist ein guter Beobachter. Man merkt, dass er ein visueller Mensch ist. Mit dem Handy hat er ein paar Aufnahmen von verschneiten Zweigen und Spuren im Schnee gemacht – und von einem Eichhörnchen, das auf dem Sprint von einem Baum zum nächsten einen winzigen Moment innegehalten und sich suchend umgesehen hat. Vielleicht, ob es von irgendetwas bedroht wird? Dann ist es weitergerannt. Er hat ein gutes Auge – und was man mit einer Handykamera alles anstellen kann, hätte ich im Leben nicht für möglich gehalten.

Als wir nach zwei Stunden mit rot gefrorenen Gesichtern wieder in unserem Holz-Ufo angekommen waren, haben wir gemeinsam geduscht, danach hat Rick uns eine heiße Schokolode gemacht. Ich liebe Schokolade. In jeglicher Form. Und der Käsekuchen dazu war einfach traumhaft. Ich freue mich schon, wenn wir morgen ins Dorf fahren und die Zutaten für die Macarons kaufen. Natürlich werde ich die roten mit Cassisfüllung machen, von denen er so schwärmt. Wenn wir aber irgendwo einen kleinen Spirituosenladen finden, werde ich außerdem Marc-de-Champagne-Macarons machen. Ich schmecke bereits jetzt, wie sie zu der heißen Schokolade auf der Zunge zergehen …

Unwillkürlich muss ich bei dem Gedanken daran seufzen. Ich lasse das Buch sinken und schaue über meine Fußspitzen hinaus ins Freie. Es ist nicht mal vier Uhr nachmittags, aber das Tageslicht ist nur noch schwach. Spätestens in einer halben Stunde ist es draußen zappenduster. Ich sehe zu Rick hinüber. Er ist ganz vertieft in seine Lektüre. Es scheint ihn überhaupt nicht aus der Fassung zu bringen, dass ich mit Strapsen und halbnackt neben ihm liege. Ich hingegen muss mich die ganze Zeit beherrschen, um ihn nicht ununterbrochen anzufassen. Er hat einen tollen Körper, glatte Haut, die sich über seinen Muskeln, die auch im normalen Zustand gut zu erkennen sind, spannt. Unser Gespräch von heute Morgen geht mir im Kopf umher. Wenn ich ihn richtig verstanden habe, dann muss ich den Anfang machen. Das Dumme ist nur: Ich weiß nicht, wie ich den Anfang machen soll. Soll ich mich einfach an ihn kuscheln? Meine Hand in seine Hose schieben? Und dann? Ich habe das noch nie gemacht, einen Mann an seinem Glied berührt, wenn er nicht erregt ist. Mögen Männer das überhaupt? *Verdammt! So wird das nie was! Was soll ich nur machen?* Frustriert seufze ich ein weiteres Mal.

»Langeweile?«

»Nein, nicht Langeweile, nur …«

»Lust?« Er grinst. »Ich beobachte dich schon eine Weile, also versuche erst gar nicht, es zu leugnen.«

Ich höre wohl nicht recht! »Du hast mich beobachtet? Wie denn? Du hast doch gelesen.«

»Ich kann beides. Du hast die ganze Zeit unruhig herumgezappelt und geseufzt. Denkst du, ich bekomme das nicht mit?«

»Und warum hast du dann nichts gesagt?«, frage ich empört.

»Ich wollte abwarten, was du tust.«

»Und wenn ich nichts getan hätte?«, erwidere ich trotzig.

»Das hättest du. Über kurz oder lang. Da bin ich mir sicher.« Endlich legt er die Zeitschrift zur Seite. »Komm her, Süße! Knie dich neben mich und küss mich.«

Ich verschränke die Arme vor der Brust und starre vor mich hin. Was denkt er sich? Erst hält er mich hin, und dann soll ich auf Kommando springen? Geht's noch, Herr Wolfermann? Doch dann berührt sein Zeigefinger meinen Arm, streichelt sanft darüber, sodass ich eine Gänsehaut bekomme. Als er jetzt spricht, ist seine Stimme ganz samtig: »Jola-Schätzchen. Komm her zu mir und küss mich. Küss mich, als wärst du in mich verliebt.«

Mein Kopf wendet sich blitzschnell zu ihm. »Was? Warum sagst du das?«

»Vielleicht«, sagt er und streichelt meinen Arm weiter, »weil mir die Vorstellung gefällt. Vielleicht, weil ich es gern möchte?«

Augenblicklich dreht sich ein Karussell in meinem Bauch. Was versucht er da anzudeuten? Ist das sein Ernst? Will er etwa, dass ich mich in ihn verliebe? Und wenn ja: warum? Weiß er nicht, dass er es mir mit solchen Sprüchen fast unmöglich macht, mich nicht in ihn zu verlieben? Und mich in Rick zu verlieben, ist wirklich das Letzte, was ich gebrauchen kann. Das mit uns kann einfach nicht gutgehen.

Seine Hand schließt sich um meinen Oberarm, zieht mich sanft, aber bestimmt in seine Richtung. »Küss mich, Jola. Komm schon. Küss mich, wie du noch keinen Mann geküsst hast.«

Jetzt tu nicht so genötigt, Jola. Du willst es doch! Im Grunde bist du doch froh, dass er so hartnäckig ist.

Mit einem Seufzen gebe ich mich geschlagen. Ich richte mich halb auf, knie mich quer zu ihm auf das Bett und senke mein Gesicht auf seins herab. Unsere Lippen berühren sich, meine Zungenspitze tastet sich voran, trifft auf seine, und dann dringe ich in Ricks Mund. Er empfängt mich, erwidert meinen Kuss, folgt mir jedoch nicht in meinen Mund, als ich mich zurückziehe, sondern wartet ab. Auf diese Weise zwingt er mich, ihn weiter zu küssen. Ich bin mir nicht sicher, ob es so ist, wie er es erwartet. Doch irgendwann kommt ein leises *Mmmh* aus seiner Kehle, also scheine ich meine Sache nicht so schlecht zu machen.

Beim zweiten *Mmmh* berührt seine Hand meine linke Brust und zupft an der Spitze, was ich mit nun meinerseits mit einem Stöhnen in seinen Mund beantworte. Ich will mich von ihm entfernen, um Luft zu holen, denn nicht nur mein Busen beginnt, unter seinen Fingern zu prickeln. Rick aber drückt meinen Kopf mit der anderen Hand fest nach unten, sodass mir nichts anderes übrig bleibt, als ihn weiter zu küssen. Unser Kuss wird ungestüm, es entsteht ein kleiner Kampf und ich bin überhaupt nicht enttäuscht, dass Rick dabei gewinnt. Endlich fühle ich seine Zunge in meinem Mund, was das Kribbeln in meinem Schoß beinahe unerträglich werden lässt. Als hätte er es geahnt, gleitet seine Hand von meiner Brust über den Bauch zu meiner Scham und streichelt über die Schamlippen. Seine andere Hand hält meinen Kopf, sodass ich seinen Küssen nicht ausweichen kann, was ich zugegebenermaßen auch gar nicht will. Mein Körper summt unter der zärtlichen Massage seiner Finger wie ein Bienenstock, und seine Zunge in meinem Mund lässt mich förmlich zerschmelzen.

Rick wäre aber nicht Rick, wenn er es dabei belassen würde, das hätte mir klar sein müssen. Zielsicher ertastet er meinen Glücksknopf und reibt ihn mit sanftem Druck in langsamen, kreisenden Bewegungen. Es dauert nicht lange, bis das erste Zucken durch meinen Körper schießt. Ich schnaufe und hole durch die Nase tief Luft, denn meine Lippen sind wegen Ricks Hand auf meinem Hinterkopf an seinen wie festgeschweißt. Seine Zunge dringt jetzt mit kurzen, akzentuierten Stößen in meinen Mund – während sein Finger die ganze Zeit auf meiner Klit tanzt. Das nächste Zucken ist um einiges stärker, ich bäume mich auf und stöhne in seinen Mund. Immer kürzer werden die Abstände, und dann spüre ich ein untrügliches Grollen im Bauch. Es rollt heran, mein Körper drückt sich durch, wird starr wie ein Brett. Gerade rechtzeitig lässt Rick meinen Kopf los, sodass ein tiefes Stöhnen aus meinem geöffneten Mund kommt, als der Orgasmus mich durchrüttelt. Meine Knie und Arme zittern, ich bin außer Atem und lasse mich auf Ricks Oberkörper sinken, wo ich mit dem Kopf auf seinem Bauch liegen bleibe und dem Höhenflug mit klopfendem Herzen nachspüre.

Die Hand, die meinen Kopf noch bis vor wenigen Augenblicken festgehalten hat, krault jetzt durch mein Haar. Es sind kleine Gesten wie diese, mit denen er mir immer wieder das Gefühl gibt, dass da tatsächlich mehr als nur Begehren zwischen uns ist. Ich beschließe, dieses Gefühl noch ein wenig zu genießen, und beginne, Ricks Unterbauch zu streicheln. Dabei berührt meine Hand das Bündchen der Boxershorts und erspürt eine bekannte Härte. Schlagartig öffne ich die Augen. Es ist dunkel im Zimmer, dennoch erkenne ich schemenhaft eine Beule in der Hose direkt vor mir. Ich strecke meine Hand aus und reibe zärtlich über die Wölbung. Plötzlich wird es heller im Raum. Rick hat eine der Nachttischleuchten angeknipst. Warmes Licht erfüllt den Raum, in den Fenstern ringsherum spiegeln wir uns. Wenn ich geradeaus schaue, sehe ich jetzt ganz deutlich Ricks gewölbte Boxer vor mir, und etwas weiter entfernt, im Fenster, blickt mir mein Spiegelbild entgegen.

Anstatt mich jedoch zu betrachten, richte ich den Blick auf die Schwellung vor meinen Augen. Plötzlich habe ich das Bedürfnis, ihm das Gleiche zu gönnen wie er mir. Dass ich ihm dabei nicht in die Augen sehe, sondern den Rücken zukehre, macht es leichter für mich. Ich schiebe meine Hand zwischen das Bündchen und Ricks Haut und schließe sie um den harten, heißen Schaft. Ich will sie darübergleiten lassen, aber die Unterhose behindert meine Bewegung. Ich richte mich ein wenig auf und streife sie Rick über die Hüften bis auf die Oberschenkel.

»Ja! Zieh mich aus«, raunt er hinter meinem Rücken und hilft mir, indem er sein Becken anhebt.

Sobald ich ihn von der Boxershorts befreit habe, umschließt meine Hand seine Männlichkeit. Es ist das erste Mal, dass ich ihn so nah vor Augen habe und jedes Detail erkennen kann. Er ist schön. Gerade. Dick. Nicht ganz rund, sondern ein bisschen abgeflacht, mit einer schön ausgeprägten Eichel und stark geädert. Eine bläuliche, besonders deutlich sichtbare Ader verläuft rechts an der Seite. Mit den Fingerspitzen folge ich ihrem Verlauf bis hinauf zur Penisspitze, kreise leicht darüber. Sie fühlt sich so zart und glatt unter meinen Fingern an, dass ich Lust auf mehr bekomme. Ich küsse die samtige Spitze und fahre mir anschließend mit der Zunge über die Lippen. Ich schmecke kaum etwas, also lasse ich meine Zunge dieses Mal direkt um die Eichel kreisen. Der Geschmack ist schwer zu beschreiben – aber er ist nicht unangenehm.

Ich manövriere mich in eine bequeme Position, indem ich mich auf den Bauch drehe, den rechten Arm auf Ricks Bauch ablege und mit der Hand sein Glied umschließe. Meine linke Hand ruht auf seinem Oberschenkel, meine Knie berühren das Kopfende des Bettes, weshalb ich die Beine in der Luft anwinkle. Ich beuge den Penis leicht seiner Bauchdecke entgegen, damit ich ihn mit dem Mund besser erreichen kann, als hinter mir ein Stöhnen ertönt. Vor Schreck lasse ich los.

»Habe ich dir wehgetan?«

»Nein, Süße. Im Gegenteil.« Seine Hand gleitet

über meinen Rücken, bleibt auf meinem Po liegen. »Mach weiter.«

Ich ergreife erneut Ricks Schaft. Dieses Mal setze ich ganz unten an, lecke die volle Länge seines Penis entlang und beuge ihn mir dabei allmählich entgegen, sodass ich die Eichel am Ende mit der Zunge umkreisen kann. Ricks Hand streichelt derweil meinen Po, knetet ihn zärtlich in wellenförmigen Bewegungen. Ich lecke noch einmal um die glatte Spitze, dann öffne ich meinen Mund und stülpe ihn über die Kuppe. Besonders tief kann ich ihn nicht aufnehmen. Entweder ist mein Mund zu klein oder Ricks Schwanz einfach zu groß für mich. Ich muss mich wirklich anstrengen, mehr als nur die Eichel in meinen Mund zu schieben, aber es scheint ihn nicht zu stören, denn er streichelt und knetet meinen Po weiter. Es gefällt mir. Als ob er mir damit sagen will, dass ich es richtig mache. Irgendetwas stört mich trotzdem. Ich möchte ihn gern tiefer in meinem Mund spüren. In dieser Position schaffe ich das aber nicht. Also gebe ich meine bequeme Haltung auf, knie mich hin und krabbele über das Bett, bis ich Rick zwischen meine Beine nehmen kann.

Ich blicke ihm jetzt ins Gesicht. Das gefällt mir viel besser, als mein eigenes Spiegelbild in den Fensterscheiben zu sehen. Mit der rechten Hand ergreife ich sein Glied. Mein Kopf sinkt bedächtig, bis ich die Schwanzspitze mit den Lippen berühre und schließlich meinen Mund nach und nach über den Schaft schiebe. Der Unterschied ist beeindruckend. Für mich jedenfalls. Warum habe ich das nicht gleich so gemacht? Ich kann ihn so viel tiefer aufnehmen – und das genießt Rick ganz eindeutig, denn ich höre ihn genussvoll seufzen. Mit steter Langsamkeit lasse ich meinen Mund immer wieder über seinen Schwanz gleiten – einzig meine lange Mähne, die mir ständig ins Gesicht fällt, stört mich dabei. Gerade will ich mir eine Strähne hinter ein Ohr klemmen, als Rick mit beiden Händen durch mein Haar fährt. Er zwirbelt es zwei, drei Mal, und in Nullkommanichts sind zwei Zöpfe entstanden, die er an den Enden festhält.

Als mein Kopf sich jetzt auf ihn herabsenkt, habe ich das Gefühl, dass Rick ein wenig an den Zöpfen zieht. Es ziept – aber es gefällt mir auch, dass er die Führung übernommen hat. Schließlich habe ich ihn ja darum gebeten, mir zu zeigen, wie ich es machen soll. Die Art und Weise, wie er das tut, ist zugegebenermaßen etwas ungewöhnlich, jedoch auch sehr direkt.

»Ich könnte dir stundenlang zusehen, Süße.«

Stundenlang? Ich bin mir nicht sicher, ob das ein Kompliment sein soll. Stundenlang halte ich das bestimmt nicht durch. Will er denn nicht kommen?

»Du bist wunderbar. Glaubst du, du bekommst ihn noch ein Stück tiefer in den Mund?«

Keine Ahnung, ob ich das schaffe, aber ich will es unbedingt versuchen. Unerklärlicherweise möchte ich, dass er … ja, was eigentlich? Stolz auf mich ist? Mich wertzuschätzen weiß? Ich kann es nicht genau beschreiben. Irgendetwas in dieser Richtung ist es jedoch, das meinen Ehrgeiz geweckt hat. Als er das nächste Mal an den Zöpfen zieht, öffne ich den Mund etwas weiter – und tatsächlich: Es gelingt mir, ihn ein oder zwei Zentimeter tiefer aufzunehmen. Einen Moment lässt er mich in dieser Position verharren. Ich habe das Gefühl, er prägt sich haargenau ein, was er sieht, bevor er lockerlässt und ich den Rückzug antreten kann. Ein Prickeln ist dabei durch meinen Körper gerieselt, und ich spüre eindeutig, dass ich schon wieder feucht werde. Die Art und Weise, wie er mir zeigt, was er mag, ist wahnsinnig aufregend. Eine Mischung aus Zärtlichkeit und … Dominanz. Seltsam, dass mir dieses Wort dazu einfällt, denn es gehört so gar nicht in meinen Alltag. Dennoch trifft es die Situation wie der berühmte Nagel auf den Kopf – und ich muss sagen: Es gefällt mir nicht nur, sondern erregt mich auch.

»Dreh den Kopf beim nächsten Mal ein wenig«, höre ich ihn murmeln und weiß erst nicht genau, was er meint.

»Zur Seite«, ergänzt er, und ich folge seinem Hinweis. Ein raues, beinah gehauchtes »Oh Jola, Süße«, ist die Antwort darauf, und mir wird umgehend klar, warum er mich darum gebeten hat: Sein Glied ist noch tiefer als zuvor in meinem Mund verschwunden – es fehlen maximal drei

Fingerbreiten, dann wäre er ganz in mir.

Ab jetzt wiederhole ich die Kopfdrehung bei jedem Eindringen und probiere beim dritten Mal aus, wie es ist, wenn ich die Bewegung beim Herausgleiten in der anderen Richtung ausführe. Das Ergebnis ist ein dunkles Knurren, gefolgt von einem heftigen Ziehen an den Zöpfen und einem gestöhnten »Oh Gott, Jola!«.

Dieses Spiel macht mir mehr und mehr Spaß. Ich entdecke eine ganz neue Seite an mir. *Was hat er vorhin gesagt? Er könnte mir stundenlang zusehen?* Mittlerweile bin ich auch so weit, dass ich stundenlang so weitermachen könnte. Ich hätte im Traum nicht vermutet, dass es mich so antörnen könnte, Rick einen zu blasen. Aber das tut es – und ich habe das Gefühl, dass mein Geschlecht inzwischen klitschnass ist. Sein Atem hat sich verändert, er atmet schwer, stöhnt hin und wieder – ich denke, er ist gleich so weit. Freudige Aufregung lässt meinen Körper summen und meine Brustwarzen prickeln. Nicht nur, dass ich zum ersten Mal überhaupt einen Blowjob mache, ich werde gleich auch zum ersten Mal erleben, wie es ist, wenn ein Mann in meinem Mund kommt. Und zwar nicht irgendein Mann, sondern Rick. *Der* Mann meiner Träume schlechthin!

»Genug!«, sagt er abrupt, lässt mein Haar los und drückt meinen Kopf von sich weg.

Etwas geschockt und einigermaßen ratlos sehe ich ihn an. *Was hat er denn? Habe ich was falsch gemacht?* »Was ist los? War es nicht gut für dich?«

»Nicht gut?« Er ringt nach Atem. »Machst du Witze?«

Perplex starre ich in sein Gesicht. Ich verstehe kein Wort von dem, was er sagt. »Warum darf ich nicht weitermachen? Willst du nicht kommen?«

»Doch«, entgegnet er schwer atmend. »Aber ich bin noch nicht dran.«

Noch nicht dran? Wie bitte? Was habe ich jetzt wieder verpasst? Bevor ich dazu komme, meiner Ratlosigkeit Ausdruck zu verleihen, hat er mich auf den Rücken gedreht und kniet zwischen meinen Beinen. Mit den Händen fixiert er die Arme neben meinem Kopf und sieht mich an.

»Ich habe ein ungeschriebenes Gesetz, Jola. Es heißt zwei plus eins. Das bedeutet: Für jedes Mal, das ich komme, wirst du zweimal kommen, plus einmal zusätzlich. Habe ich einen Orgasmus, wirst du drei haben. Habe ich zwei, hast du fünf… da ich heute Morgen einen Orgasmus hatte, du aber erst zwei, bin ich dir noch einen schuldig.«

»Schuldig? Was? Wieso …?«

Er grinst mich an. »Weil ich es so will, Jola. Weil ich es so will.«

Ohne weiteren Kommentar lässt er meine Arme los, ergreift stattdessen die Beine und biegt sie mir entgegen. Sein Atem fächert über mein nasses Geschlecht. Ich bekomme eine Gänsehaut, denn ich ahne, was jetzt kommt. Keine Sekunde später bestätigt sich meine Vermutung: Warm und weich streift seine Zunge durch meinen Schoß, leckt sich durch mein nasses Tal hinauf zu meinem Kitzler. Die Berührung ist – obwohl zärtlich – so intensiv, dass mein Körper erzittert. Ein lauter Schrei entweicht meiner Kehle und ich kralle mich mit den Händen in die Laken.

»Du bist so nass, mein Kätzchen. So nass«, nehme ich seine Stimme undeutlich zwischen meinen Schenkeln wahr, bevor er wieder über meine Schamlippen leckt.

Ich lasse das Laken los. Meine Hände tasten nach Rick, finden seine Haare, in denen ich nach Halt suche, denn ich fürchte, sonst vollkommen zu zerfließen – bis nichts mehr von mir übrig ist. Als seine Zunge zum zweiten Mal meinen Kitzler streift, schiebt er zwei Finger in mich und bewegt sie vor und zurück. Sein Mund schließt sich um meinen Lustknopf und saugt daran, während er mich mit den Fingern fickt.

Oh Gott! Ich halte das nicht aus! Meine Hände krallen sich abwechselnd in sein seidiges Haar und lassen wieder los. Ich will mich aufbäumen, der Lust entgegenstemmen, aber es geht nicht. Ricks Arm presst mich fest auf die Matratze. Also überstrecke ich meinen Kopf, als das nächste Zittern durch mich rast – und dann komme ich. Ein Erdbeben ist nichts gegen das Zucken in meinem Unterleib. Mein Kopf biegt sich nach hinten, drückt sich in das Kissen, und aus meinem geöffneten Mund kommt ein lautes Stöhnen

– bis das letzte Beben erstirbt und ich ermattet und mit klopfendem Herzen zusammensinke.

Ungenau nehme ich ein schmatzendes Geräusch wahr, als Rick die Finger aus meiner Scheide zieht, meine Beine loslässt und sich über mich kniet. Er streichelt meine Wange, schiebt mir eine Strähne aus dem Gesicht. Obwohl meine Augen geschlossen sind, spüre ich, dass er mich ansieht. Also öffne ich sie und erwidere seinen Blick. Was ich sehe, trägt nicht dazu bei, meinen Herzschlag wieder zu normalisieren. Er lächelt. Das ist es aber nicht allein. Es sind seine Augen. Ricks Pupillen sind riesig. Tiefschwarz. Umgeben von einer hauchdünnen, blauen Korona. Sie funkeln und glitzern. Zärtlichkeit erkenne ich in seinem Blick, aber auch Begierde und ungebremste Lust. Noch nie hat mich ein Mann so angesehen, und ich weiß auf einmal, was es bedeutet, wenn man sagt, man möchte sich in einem Blick verlieren, denn genau das fühle ich gerade.

Sein Daumen streift über meine Lippen, über die rechte Wange, seine Hand gleitet an meinen Hals, der Daumen legt sich auf meine Kehle – dann küsst er mich.

»Ich will dich, Jola«, murmelt er an meinen Lippen. »Ich will dich jetzt.«

Mein Verstand hat sich noch nicht zurückgemeldet, kann nicht verarbeiten, was er soeben gesagt hat. Seine Lippen liegen auf meinen – und das macht die Sache nicht besser. Ganz im Gegenteil: Adrenalin schießt durch meine Adern, pusht meinen Puls wieder nach oben. Ich fühle den Druck von Ricks Penisspitze an meiner Scheide und bemerke, dass mein Körper sich ihm von allein entgegendrückt, ihn geradezu auffordert, mich zu nehmen.

»Sag, dass du es willst«, flüstert er heiser.

»Ja«, hauche ich ihm entgegen – zu mehr bin ich nicht fähig.

»Sag, dass du mich in dir spüren willst. Sag es!«

»Ja, Rick. Ich will dich in mir. Ich will.«

Er lächelt zufrieden. »Das ist mein Mädchen«, sagt er mit normaler Stimme.

Von einer Sekunde zur nächsten verstärkt sich der Druck an meiner Vagina, seine Eichel weitet meinen engen Eingang, und dann ist er auch schon in mir. Er zögert nicht lange, seine Bewegungen sind von Anfang an schnell und fließend. Ich spüre, wie geladen er ist – und das schraubt meine Erregung in ganz neue Dimensionen. Das Tempo, das er vorlegt, reißt mich mit sich, ohne dass ich dem etwas entgegenzusetzen hätte, und lässt das allzu bekannte Grummeln in meinem Bauch anschwellen. Seine Hand umschließt locker meinen Hals, sie liegt nur da, ohne Druck. Ich habe keine Angst. Natürlich spüre ich sie, und unterschwellig ist da dieses Gefühl, dass er jeden Moment zudrücken könnte. Irgendwie glaube ich aber nicht, dass er es tun wird. Nein. Ich weiß es! Deswegen habe ich auch keine Angst. Im Gegenteil. Ich habe den Eindruck, dass er mich will. Dass ich ihm gehören soll – und das ist erregender als alles, was ich bisher kennengelernt habe.

»Sag mir, wann du so weit bist«, presst er Wort für Wort zwischen den Stößen hervor.

»Ja«, keuche ich genauso atemlos wie er. Ich bin schon lange kurz vor dem Höhepunkt und halte mich nur wegen Rick zurück. »Ich. Bin. So. Weit.«

»Dann komm, Jola, komm!« Er stemmt sich in mich, sein Becken drängt sich so hart an meins, dass es schon wehtut. »Komm! Jetzt!«

Beim zweiten *Komm!* überrollt mich bereits der Orgasmus. Mein Kopf fällt in den Nacken, mein Becken hebt sich Rick entgegen und dann schüttelt mich das Beben in meinem Bauch durch. Ein dunkles Stöhnen ist alles, was ich um mich herum noch wahrnehme. Es wird es heiß in mir, ich spüre, wie er kommt – und dieses Gefühl ist so erregend, dass mich umgehend eine neue Welle erfasst.

Als der Höhenflug abklingt, prickeln meine Beine, mein Unterleib, meine Brüste … mein ganzer Körper. Ich keuche, als hätte ich gerade einen Marathonlauf hinter mir. Ganz allmählich wird alles schwer, kommt zur Ruhe. Ricks Hand liegt nicht mehr auf meinem Hals. Er hat sich mit den Unterarmen neben mir abgestützt, schwebt über mir. Seine Arme zittern. Von der Anstrengung oder von der Erregung? Ich weiß es nicht. Er schaut mich an und sieht für mich auf einmal anders aus als der Rick Wolfermann, den ich kenne. Irgendwie ungewohnt und … verletzlich. Es ist ein bisschen, als ob er einen Vorhang zur Seite geschoben hätte und mich einen Blick in seine Seele werfen ließe. Die ganze Zeit habe ich das Gefühl, er will etwas sagen, aber er betrachtet mich nur schweigend.

Ich muss blinzeln. Der Augenblick ist vorüber, ich sehe wieder den gewohnten Rick. Seine Arme geben nach und er sinkt auf mich. Seine rechte Hand sucht meine, verschränkt sich mit ihr. Meine Beine schließen sich um ihn, meine freie Hand fährt durch sein feines, schwarzes Haar. Wieder habe ich dieses Gefühl, dass da mehr zwischen uns sein könnte. Und jetzt bekomme ich Angst. Merkwürdig. Dass er seine Hand auf meine Kehle gelegt hat, hat mir nichts ausgemacht. Aber die Gefühle, die jetzt in mir aufkeimen, lassen mich innerlich frösteln. Ich will mich nicht in Rick verlieben. Nicht in Rick! Nur ist da etwas in meinem Hinterkopf, das mir noch viel mehr Angst macht: Ich glaube nämlich, es ist bereits zu spät.

Es ist stockfinster im Zimmer, nur der Mond scheint durch einen Spalt zwischen den zugezogenen Vorhängen und malt einen Streifen Licht auf den Fußboden. Auf dem Leuchtzifferblatt des Weckers stehen die Zeiger auf Viertel nach fünf. Ich will aufstehen, aber ich kann nicht. Ricks Arm ruht auf meiner Taille und hält mich fest. Sein Körper ist an meinen geschmiegt, ich spüre seine Brust an meinem Rücken, seine Schenkel an meinen. Er liegt in der Löffelchenstellung hinter mir. Ich glaube es nicht! In der Löffelchenstellung! Mein Herz schlägt einen Takt schneller. Worte wie Geborgenheit, Fürsorge, Nähe schwirren durch meinen Kopf. *Bleib auf dem Teppich, Jola. Bleib ganz ruhig. Das ist Zufall. Reiner Zufall!*

Zufall? Wirklich? Schon am Nachmittag bin ich nach dem Sex neben ihm eingeschlafen und mit dem Kopf auf seiner Brust wieder aufgewacht. So was ist mir noch nie passiert. Und dann ausgerechnet bei Rick! Als ich von ihm abrücken wollte, hat er mich festgehalten, mit seiner sexy Stimme gesagt, ich solle liegen bleiben und meinen Arm gestreichelt. Natürlich sind wir irgendwann aufgestanden, haben gekocht, gegessen und sind später schlafen gegangen. Er hat mich fragend angesehen, als ich meine Bettsocken hervorgekramt habe. Und als ich ihm erklärt habe, dass ich mit kalten Füßen nicht schlafen kann, hat er nur gemeint: »Die brauchst du nicht mehr. Ab jetzt bin ich dein Fußwärmer.«

Ich bin auch tatsächlich ohne Socken eingeschlafen, weiß aber nicht, ob das an Ricks fußwärmenden Qualitäten gelegen hat oder nicht doch vielmehr an dem Sex, den wir hatten. Ich glaube, ich habe seit meiner Ankunft hier mehr Orgasmen gehabt als im gesamten vergangenen Jahr.

Vorsichtig, ohne Rick zu wecken, versuche ich, den Arm ein Stück anzuheben, damit ich mich aus dem Bett schleichen kann. Ich würde zwar lieber hier liegen bleiben, aber ich muss aufstehen. Ich muss! Meine Bemühungen, seinen Griff um mich zu lockern, bewirken jedoch genau das Gegenteil. Sein Arm schließt sich fester um mich, und hinter meinem Rücken murmelt eine noch schläfrige Stimme: »Wo willst du hin?«

»Ins Bad. Mir die Nase pudern.«

»Um diese Zeit? Bleib liegen. Schlaf weiter.«

Ich seufze. »Ich muss mal auf die Toilette, Rick. Bitte!«

»Sag das doch gleich.« Er lockert den Griff, sodass ich aufstehen kann. »Beeil dich«, raunt er mir zu, als ich an ihm vorbeigehe.

Ich bin schnell fertig, fühle mich erleichtert, klettere zurück ins Bett und schlüpfe unter die noch warme Decke. Ich drehe mich auf die Seite, sehe ihm ins Gesicht. Im schwachen Mondlicht kann ich es zwar nur schemenhaft erkennen, aber ich erkenne genug, um festzustellen, dass er selbst im Schlaf gut aussieht. Manchmal denke ich immer noch, ich träume das alles. Unwillkürlich strecke ich meine Hand aus, um ihn zu berühren und mich zu vergewissern, dass dies die Realität ist. Nur wenige Zentimeter trennen meine Hand von seinem Gesicht, als er plötzlich die Augen aufklappt. Hastig ziehe ich die Hand zurück.

»Was hast du?«, fragt er.

»Nichts«, antworte ich hektisch, weil ich mich ertappt fühle. »Ich wollte nur … sehen, ob du schläfst.«

Er schweigt. Ich wüsste zu gern, was jetzt in seinem Kopf vor sich geht.

»Komm her!«, sagt er und zieht mich an sich, bettet meinen Kopf an seine Brust. »Und jetzt sag mir, was du hast. Was wolltest du gerade? Warum hast du die Hand zurückgezogen?«

Einmal mehr erstaunt er mich. Ich komme mir in seiner Gegenwart wie ein offenes Buch vor, in dem er liest. Also beschließe ich, ihm die Wahrheit zu sagen, auch wenn ich mich dabei ein bisschen albern fühle.

»Es ist alles so unwirklich«, läute ich mein Geständnis ein. »Dass ich hier bin, meine ich. Das mit uns. Ich … wollte dich nur anfassen, um zu sehen, ob ich mir das alles nicht nur einbilde, verstehst du?«

Er drückt mich fester an sich. »Ja, Jola. Ich verstehe, was du meinst. Aber das ist keine Antwort darauf, warum du die Hand weggezogen hast.« Er ergreift meine Hand, führt sie an seine Wange. »Ich bin hier, Jola. Ich bin da. Die ganze Zeit. Und du darfst dich davon überzeugen, wann immer du es für nötig hältst. Verstanden?«

»Ja«, murmele ich und stelle zu meinem Entsetzen fest, dass ich auf einmal einen Kloß im Hals habe, der mir die Kehle zuschnürt. Wenn ich ein Buch bin, dann liest er nicht nur die Buchstaben auf dem Papier, nein, er liest sogar das, was zwischen den Zeilen steht. Noch nie habe ich mich von einem Menschen so vollständig verstanden und dabei gleichzeitig so nackt und verletzlich gefühlt. Seine Worte haben mich in meinem tiefsten Innern berührt. Als hätte er mein Herz gestreichelt. Meine Stimme zittert, als ich weiterspreche: »Rick?«

»Hm?«

»Bitte tu mir nicht weh, ja?«

Sein Arm lässt mich los, mit dem andern drückt er mich auf den Rücken, beugt sich über mich, streichelt mir über Stirn und Wange. »Ich habe es dir schon mal gesagt und ich sage es noch einmal: Ich mag dich, Jola. Ich mag dich, verstehst du?«

Seine Lippen berühren meine, und eh ich mich versehe, küsst er mich. *Ich mag dich,* höre ich ein Echo in meinem Kopf, in meinem Bauch setzt ein Trommelwirbel ein. Sein Kuss ist zärtlich, und während er meinen Mund erforscht, verschafft er sich mit den Knien einen Platz zwischen meinen Beinen, ist plötzlich über mir.

»Berühr mich«, sagt er, indem er meine Hand zwischen seine Beine schiebt.

Ich ergreife sein Glied, massiere es mit sanften Vor- und Rückwärtsbewegungen, sehe ihn an. *Er mag mich.* Was um Himmels willen bedeutet das? Ich habe Angst, zu viel in seine Worte hineinzuinterpretieren, und wünsche mir gleichzeitig so sehr, dass ich mich nicht irre.

»Ich würde dir niemals absichtlich wehtun, Jola.

Denk nicht mal daran.« Sein Kopf senkt sich herab. Er küsst mich, dringt in mich ein. Langsam. Sieht mich dabei an – und dann … fickt er mich nicht, nein … er macht Liebe mit mir.

Vertrau mir!

Allmählich gewöhne ich mich daran, den ganzen Tag mehr oder weniger nackt herumzulaufen. Aber nach dem Frühstück haben Rick und ich uns ausnahmsweise angezogen und sind mit dem Schneemobil ins Dorf gefahren, um ein paar Besorgungen zu machen. Der Kühlschrank ist nämlich bis auf zwei angebrochene Gläser Marmelade und einen winzigen Rest Käse geplündert. Rick geht mit mir in den einzigen Supermarkt im Ort. Obwohl der Laden nicht übermäßig groß ist, ist er gut sortiert. Sogar eine kleine Flasche Marc de Champagne für die Macarons kann ich ergattern. Unser Einkaufswagen wird voller und voller, und ich frage mich allmählich, wie wir das alles auf dem Schneemobil ins Ufo bringen sollen.

Rick stopft ein paar kleinere Teile in den Rucksack und hält ihn mir hin. »Meinst du, du kannst ihn tragen?«

Er erscheint mir schwerer als der, den ich umhatte, als wir hier angekommen sind, aber ich nicke. »Ja, ich denke schon. Was machen wir mit dem Rest?«

»Wir deponieren die Sachen im Kofferraum vom Auto. Dann bringe ich dich zur Hütte und fahre noch mal ins Dorf. Der Wagen muss repariert werden – und wenn ich zurückkomme, bringe ich den Rest mit. Einverstanden?«

»Wie lange wirst du weg sein?«

»Vielleicht zwei oder drei Stunden. Warum?«

Die Vorstellung, drei Stunden allein im Ufo zu sein, behagt mir irgendwie nicht. Was ist, wenn Rick etwas passiert? Da oben gibt's keinen Empfang, kein Telefon, nichts … nur Schnee und Einsamkeit. Dann sitze ich dort fest und kein Mensch weiß, wo ich bin.

»Hast du etwa Angst, ich komme nicht wieder?«

»Nein, das nicht. Aber was ist, wenn dir unterwegs etwas passiert?«

»Mir passiert nichts«, sagt er bestimmt und schultert den großen Rucksack, in dem sich die übrigen Lebensmittel befinden. Gemeinsam gehen wir zum Auto, der Schnee knirscht bei jedem Schritt unter unseren Schuhsohlen.

»Es kann immer etwas passieren. Das kannst du nicht wissen.«

»Mir passiert schon nichts, Jola. Oder vertraust du mir nicht?« Er mustert mich prüfend und fügt mit einem Lächeln hinzu, das nicht zu dem leicht drohenden Unterton in seiner Stimme passt: »Daran müssen wir dringend etwas ändern.«

Am Auto angekommen, öffnet Rick die Kofferraumhaube, lässt den schweren Rucksack von den Schultern gleiten. »Brauchst du noch etwas?«, fragt er und hat die Hand schon an der Haube, um sie wieder zuzuklappen.

»Ja. Warte bitte.« Ich grabe in meinem Gepäck herum, hole Ricks Geschenk hervor und überreiche ihm das ziemlich zerknitterte Päckchen. »Hier. Dein Weihnachtsgeschenk.«

Er nimmt es entgegen, lässt den Blick einen Moment darauf ruhen, bevor er die Handschuhe auszieht, das Papier aufreißt und den Deckel des Buches betrachtet.

»Ein Fotobildband.« Er kling überrascht, klappt ihn auf, blättert durch die Seiten. »Der war sicher teuer.«

»Gefällt er dir?«

Er nickt. »Ja. Die Fotos sind toll. Hier …«, er hält mir eine Seite hin, »siehst du? Wie der Fotograf mit Licht und Schatten spielt, wie das Bild dadurch fast grafisch wirkt? Das ist eine sehr schöne Aufnahme. Danke, Süße.« Das Buch verschwindet im Rucksack bei den Lebensmitteln, Rick drückt die Kofferraumhaube zu. »Ich sehe es mir nachher in Ruhe an, okay? Lass uns zurückfahren.«

Wir steigen auf das Schneemobil und sind eine halbe Stunde später wieder in unserem Liebesnest angekommen. Rick will sich umgehend verabschieden, aber dann hält er inne, stellt den Laptop auf den Küchenblock und macht ihn an.

»Wenn du Langeweile hast, kannst du ein paar von meinen Bildern ansehen.« Er zeigt mir ein Verzeichnis. »Das Passwort ist Gast1204. Kannst du dir das merken?«

Ich nicke. »Ja, sicher. Ist leicht. Zwölfter Vierter.

Mein Geburtstag.«

Ein Grinsen umspielt seine Lippen. »Ich weiß. Und auch, dass du nächstes Jahr dreißig wirst.«

Mir klappt der Unterkiefer herunter. Ich bin sprachlos. »Du hast meinen Geburtstag als Passwort benutzt?«

»Ja. Hast du was dagegen?«

»Ich … ähm … nein. Natürlich nicht. Ich bin nur … überrascht. Und ich darf mir alles ansehen?«

»Ja. Alles, was sich mit dem Passwort öffnen lässt. Berufliches darf ich dir leider nicht zeigen – alles andere kannst du nach Herzenslust durchwühlen. Aber viel Spannendes wirst du nicht finden. Die Bilder sind wirklich das Beste auf diesem Rechner.« Er gibt mir einen Kuss auf die Stirn. »Bis nachher. Mach dich schön für mich. Wenn ich wiederkomme, spielen wir ein bisschen.«

Er geht zur Tür, ich sehe ihn auf das Schneemobil aufsteigen, er winkt noch einmal, dann entfernt er sich und verschwindet im Dunkel der Bäume. Ich bin allein. Ein merkwürdiges Gefühl macht sich in mir breit. Obwohl er kaum eine Minute fort ist, fühle ich mich ohne ihn plötzlich irgendwie leer. Es ist erschreckend, wie schnell ich mich an seine Anwesenheit gewöhnt habe – und wie sehr sie mir fehlt. Was soll das nur werden, wenn wir wieder in der Firma sind und uns nicht jeden Tag sehen? Will er das überhaupt? Mich weiterhin jeden Tag sehen? *Jetzt reiß dich mal zusammen, Jolanka! Du machst dir schon wieder*

Gedanken über ungelegte Eier! Warte doch erst mal ab.

Ich gebe mir einen Ruck, gehe ins Schlafzimmer, um endlich den Overall loszuwerden, in dem ich bereits anfange zu schwitzen. Ich krame Strümpfe, Strapshalter und Hebe-BH aus der Schublade und ziehe alles an. Sofort fühle ich mich besser, auf eine sonderbare Art befreit. Als ob ich eine Verkleidung getragen hätte und mich jetzt ungeschminkt geben kann. Eben so, wie ich wirklich bin.

Ich beschließe, mit den Macarons anzufangen und Rick damit zu überraschen, wenn er zurückkommt. Die Zutaten dafür waren alle im Rucksack: Milch, Mandeln, Puderzucker, Vanillepudding, Eier, Butter, zwei Sorten Likör und Lebensmittelfarbe. Ich binde mir eine Schürze um, lasse zunächst die Butter weich werden und kümmere mich darum, die gemahlenen Mandeln und den Puderzucker noch einmal durchzusieben, danach koche ich den Vanillepudding und lasse ihn abkühlen. Jetzt geht's an den Macarons-Teig: Eiweiß steif schlagen, dann erst Puderzucker und zuletzt die Mandeln unterheben. Ich stelle eine Hälfte in den Kühlschrank, in die andere gebe ich ein paar Tropfen rote Lebensmittelfarbe, bis die Masse einen schönen, rosaroten Pastellton hat. Eine Spritztülle gab es in dem Supermarkt leider nicht, aber ein Gefrierbeutel mit abgeschnittener Spitze tut es auch. Vorsichtig tupfe ich fünf Reihen mit je sechs Tuffs auf das

Backpapier und betrachte mein Werk. Sie haben einen guten Stand und sind fast alle gleich groß. Perfekt. Ich entsorge die Plastiktüte und mache ein bisschen Ordnung, denn jetzt beginnt die langweilige Phase beim Macaronsbacken: das Warten, bis die Masse genügend angetrocknet ist, bevor sie in den Ofen kann. *Verdammt! Der Ofen!* Den hätte ich beinahe vergessen. Ich schalte ihn ein, stelle den Timer auf zwanzig Minuten, damit der Backofen die richtige Temperatur hat, wenn die Macarons so weit sind, und stehe danach etwas ratlos in der Küche.

Mein Blick fällt auf Ricks Laptop. Soll ich wirklich? Ich meine: Kennen wir uns bereits so gut, dass ich in seinen Privatsachen herumstöbern darf? Ich gebe zu: Es juckt mich in den Fingern. *Alles, was sich mit dem Passwort öffnen lässt, kannst du nach Herzenslust durchwühlen*, klingt mir seine Stimme im Ohr. Na schön! Rick hat leider recht: Ich bin wohl tatsächlich die neugierigste Person der Welt. Offenbar hat er aber Vorkehrungen getroffen, damit ich nur das sehen kann, was ich soll. Also gehe ich um den Block herum, setze mich auf einen der beiden Hocker, klappe den Bildschirm nach oben und gebe das Passwort ein. Sofort erscheint das Verzeichnis, das er mir gezeigt hat, bevor er abgefahren ist. Ich klicke auf den Ordner *Bilder*, der Datenbaum öffnet sich. Fünf Unterordner sind dort. Alle heißen mehr oder weniger gleich: *Menschen,* gefolgt von einer Jahreszahl.

Ich entscheide mich für die goldene Mitte. Wieder gibt es zwei Ordner: *Öffentlich* und *Privat*. Ich führe die Maus auf den öffentlichen Ordner und es erscheint eine Flut von Bildern. Alles Menschen aus dem öffentlichen Leben: viele Politiker, Leute aus Film und Fernsehen, Sportler … alles Mögliche. Eins ist aber allen Bildern gemein: Es sind Momentaufnahmen, Schnappschüsse, die in einem Augenblick entstanden sind, in dem die Personen sich unbeobachtet gefühlt haben müssen, denn sie schauen besorgt, wütend, traurig … nach innen gekehrt. Es ist, als wenn Rick ein kleines Stück ihrer Seele fotografiert hätte. Ich bin so fasziniert davon, dass ich zusammenzucke, als der Timer des Backofens piepst.

Widerstrebend erhebe ich mich, schiebe das vorbereitete Blech in den Ofen und hole die andere Hälfte der Macarons-Masse aus dem Kühlschrank, spritze wieder fünf Reihen mit je sechs Tuffs auf das Backpapier und kehre zum Laptop zurück.

Meine Wahl fällt dieses Mal auf *Privat*. Ich bin enttäuscht. Nur gut ein Dutzend Bilder. Alles Porträts von Leuten, die ich nicht kenne. Sie gucken ernst, müde, traurig … Ich nehme mir den nächsten Ordner vor, wähle direkt den privaten Unterordner. Schon besser. Eine ganze Reihe von Aufnahmen mit Porträts – ausschließlich Frauen. Sie haben fast alle die Augen geschlossen, den Mund wie zum Schrei geöffnet, aber sie sehen nicht aus, als ob sie Schmerzen hätten. Im Gegenteil, manche lächeln sogar. Die Fotos zeigen ihre Gesichter in Nahaufnahme, einen Teil des Halses oder der Schultern kann man auch erkennen, aber irgendetwas fehlt. Ich blättere vor und zurück, betrachte die Aufnahmen wieder und wieder – und dann habe ich es. Auf keinem der Bilder ist ein Kleidungsstück zu sehen. Nicht mal der Ansatz eines Kragens oder T-Shirts. Nichts. Die Erkenntnis durchzuckt mich wie ein Blitz: Sie sind alle nackt! Und nicht nur das. Dieser Ausdruck im Gesicht, der geöffnete Mund … sie haben einen Orgasmus.

Oh mein Gott! Rick hat all diese Frauen fotografiert, als sie Sex hatten. Aber mit wem? Doch nicht mit ihm? Oder? Der Gedanke, Rick könnte mit all diesen Frauen Sex gehabt haben, gefällt mir überhaupt nicht und hinterlässt ein bohrendes Gefühl in meinem Bauch. Zum Glück meldet sich der Timer des Backofens. Die erste Charge ist fertig. Ich hole sie heraus, setze das Blech vorsichtig ab und schiebe die weißen Tuffs in den Ofen. Die Butter ist inzwischen weich genug und lässt sich gut mit dem abgekühlten Vanillepudding verrühren. Auch diese Masse teile ich und gebe in die eine Hälfte ein wenig Cassislikör, in die andere Marc de Champagne. Ich löse das Gebäck von dem Backpapier, bestreiche die eine Hälfte der Füßchen mit der Cassiscreme und setze einen zweiten Tuff dagegen. Fertig. Die rosaroten Macarons wandern in den Kühlschrank, gerade rechtzeitig, um die weißen aus dem Ofen zu nehmen und ebenfalls mit Creme zu bestreichen. Nachdem auch sie im Kühlschrank verstaut sind, lege ich die Schürze ab und setze ich mich wieder vor den Laptop.

Der letzte Ordner ist der aktuellste. Es juckt in meinen Fingern. Ein Klick und er öffnet sich. Hier gibt es wie zuvor zwei Unterordner, aber keinen Öffentlichen mehr. Der eine heißt *Privat* und der andere *Privatissime*. Vor lauter Aufregung bekomme ich feuchte Hände, fühle mein Herz pochen. Dann strecke ich die Hand nach der Maus aus und bewege den Zeiger auf *Privatissime*. Es ploppt ein Fenster auf:

Geben Sie das Passwort ein.

Ich versuche es mit *Gast1204*.

Fehlanzeige. *Geben Sie das Passwort ein.*

Hm. Schade. Aber damit habe ich rechnen müssen. Also gehe ich ein weiteres Mal auf *Privat*. Ein Klick und der kleine Aktenordner auf dem Bildschirm klappt auf. Ich erkenne jede Menge Schwarz-Weiß-Bilder, ein Video ist ebenfalls dabei. Ich beschließe, mir zunächst die Bilder anzusehen und das Video für später aufzuheben. Dieses Mal sind nicht nur Frauen abgelichtet, es sind auch Männer dabei – aber die Gesichter der Frauen stehen wieder im Vordergrund. Je länger ich sie betrachte, umso mehr Emotionen entdecke ich darin. Und obwohl es sich um alltägliche Personen handelt und nicht etwa um Models, liegt eine ganz eigene Schönheit in den Gesichtern. Im Gegensatz zum letzten Ordner hat Rick hier auch die Körper der Frauen fotografiert. Einige sind mit Seilen gefesselt. *Bondage*, schießt es mir durch den Kopf. Natürlich kenne ich den Begriff, aber das hier hat rein gar nichts mit meiner Vorstellung von Gefesseltsein zu tun. Die Frauen auf den Bildern sind nämlich nicht einfach an einen Stuhl oder ein Bett gebunden. Die Seile und Knoten um ihre Körper ergeben interessante Muster und lassen ganz neue Formen entstehen. Eins der Fotos zeigt den Körper einer Frau, nachdem die Fesseln entfernt wurden. Die Rillen des Seils sind deutlich als Abdrücke in der Haut zu erkennen. Es sieht wunderschön aus. Aber tut das nicht weh? Wenn ich mir die Gesichter der Frauen ansehe, möchte ich meinen nein. Sie sehen nicht so aus, als ob sie unter schrecklichen Schmerzen leiden. Vielmehr ist ihr Blick irgendwie abwesend. Entrückt. Ich meine sogar so etwas wie Genuss in den Gesichtern zu bemerken.

Ich möchte wissen, was auf dem Video ist und bewege den Mauszeiger auf das Symbol. Der Filmbetrachter öffnet sich, das Video lädt. Die Kamera ist unruhig, wackelig, ich muss genau hinsehen, um etwas zu erkennen – dann wird das Bild ruhig und klar. Ich sehe ein Podest, auf dem ein stabiles Metallgerüst aufgebaut ist. Drumherum stehen viele Leute, die auf irgendetwas zu warten scheinen. Ein Mann und eine Frau betreten die Bühne. Er trägt eine schwarze Hose, sonst nichts, sie hat einen halb transparenten schwarzen Body an, ihre Haare sind zu einem Dutt hochgesteckt. Er fesselt zunächst ihre Hände, indem er Seile um die Handgelenke wickelt und die Enden durch einen Metallring zieht, sodass die Frau mit erhobenen Armen im Raum steht. Als Nächstes knotet er das Seil um ihre Taille, Hüfte, Oberschenkel und führt auch hier die Enden durch den Metallring. Schließlich zieht er mit aller Kraft an dem Seil – und die Frau schwebt mit einem Mal waagerecht in der Luft.

Es folgt ein Cut. Die Aufnahme ist kurz unterbrochen, dann sehe ich den Mann aus einer anderen Perspektive an den Seilen ziehen. Er legt sich dabei sogar auf den Boden – bis die Frau kopfüber und senkrecht in der Luft schwebt. Er fixiert sie in dieser Position und gibt ihr einen Schubs. Sie schwingt sanft hin und her. Ihr Körper hängt nur an den Seilen, die sich um ihre Taille, Hüfte und das eine Bein winden, das andere Bein ist frei und angewinkelt, die Hände hinter dem Kopf gefesselt. Die Kamera zoomt auf ihr Gesicht. Es sieht geradezu friedlich aus. Dann ist der Film zu Ende, die Frau ist als Standbild auf dem Monitor zu sehen.

Ich betrachte sie noch einen Moment, bin fasziniert von ihrer Ausstrahlung, ihrem friedvollen Gesicht. Dann aber drücke ich die Escape-Taste und blättere ein weiteres Mal durch die Fotos. Eins gefällt mir besonders gut. Es zeigt eine Frau, die mit dem Rücken an der Brust eines Mannes lehnt, ihr Kopf ist seitlich nach hinten gekippt. Sein linker Arm umschließt ihre Taille, der andere Arm liegt halb auf ihrem Brustkorb, seine Hand an ihrer Kehle. Die Augen der Frau sind geschlossen, ihr Mund ist leicht geöffnet. Es erinnert mich daran, wie Rick seine Hand auf meine Kehle gelegt hat. Es hat sich gut für mich angefühlt – und ich kann beinahe nachempfinden, was die Frau auf dem Bild gefühlt haben muss, als das Foto entstanden ist.

Ich bin so in den Anblick versunken, dass ich nicht mitbekommen habe, dass das Schneemobil vor dem Ufo angehalten hat. Erst als sich die Tür zum Ufo öffnet und kalte Luft hereinströmt, merke ich, dass Rick zurück ist.

»Wie ich sehe, hast du die Bilder gefunden«, sagt er, indem er den Riesenrucksack auf der Tischplatte absetzt und mir einen Kuss auf die Wange haucht. »Was siehst du dir gerade an? Zeig mal her.« Er beugt sich über mich und schaut auf den Monitor. »Gefällt dir das Bild?«, fragt er und zieht sich den Overall aus.

»Ja. Ich finde es sehr schön.«

»Ich auch«, entgegnet er, öffnet den Kühlschrank und beginnt, den Rucksack zu leeren. »Oh, du warst ja fleißig!« Er nimmt sich eins von den frischen roten Macarons und schiebt es sich in einem Happs in den Mund. »Mmmh! Wundervoll!«, murmelt er mit halb vollem Mund und schnappt sich eins von den weißen. Ich verlasse meinen Platz vor dem Laptop und helfe Rick, die

Sachen in den Kühlschrank und die Regale zu räumen. »Die sind köstlich.« Er greift sich noch eins von den roten. »Alle für mich?«

»Du kannst sie gern alle aufessen«, entgegne ich großzügig.

»Womit sind die weißen gefüllt?«

»Marc de Champagne. Ich dachte, sie passen gut zu deiner heißen Schokolade.«

Er nickt, kaut zu Ende. »Um auf die Bilder zurückzukommen«, sagt er, nachdem er den Mund geleert und sich die Finger genießerisch abgeleckt hat, »ich mag diese Geste. Sehr. Sie hat so etwas Archaisches an sich.«

»Archaisch?«

»Ja. Etwas, das tief in uns verwurzelt ist, das an unsere Instinkte appelliert. Wie bei Raubtieren zum Beispiel. Hast du mal gesehen, was die machen, wenn eine Situation zu brenzlig wird? Dann drehen sie sich auf den Rücken und bieten dem Anführer ihren Bauch und ihre Kehle dar. Ihre verwundbarsten Stellen. Sie liefern sich ihm auf Gedeih und Verderb aus. Es ist eine Geste der Unterwerfung.« Er stellt sich ganz nah vor mich, fixiert meinen Blick, legt seine Hand in meinen Nacken. »Nicht nur bei Raubtieren«, sagt er leise und lässt die Hand um meinen Hals herum gleiten, bis sein Daumen auf meiner Kehle liegt. »Wie ist das für dich? Hast du Angst, wenn ich dich so anfasse?«

»Nein.«

»Nein? Ich könnte aber zudrücken. Macht dir

das keine Angst?«

»Nein.«

»Sag mir, was du fühlst.«

»Als du das gestern gemacht hast, habe ich gedacht, du willst mich haben. So, als wenn ich dir
gehören soll.«

»Und fühlst du das jetzt auch?«

»Ja.«

Ein kleines Lächeln erscheint um seine Mundwinkel, er nickt. »Ja«, flüstert er und zieht mich
mit dem anderen Arm an sich. »Und ist das ein
gutes Gefühl für dich?«

Meine Emotionen fahren schon wieder Achterbahn. Es kommt mir alles so unwirklich vor. Als
wäre ich eine Schauspielerin in einem Liebesfilm.
Ja, es fühlt sich wunderbar an. Aber es zu sagen,
es zuzugeben … Ich habe Angst, es auszusprechen. Angst vor dem, was danach mit mir geschieht. Schweigend erwidere ich Ricks Blick,
meine Lippen sind wie zugetackert.

»Sag es, Jola«, flüstert er und kommt meinem
Gesicht noch näher. »Fühlt es sich gut für dich
an? Sag's mir!«

Ich schlucke hart, schließe die Augen. Es fällt
mir irgendwie leichter, wenn ich ihn dabei nicht
ansehen muss.

»Ja«, wispere ich kaum hörbar. »Es fühlt sich
gut für mich an.«

Er klingt erleichtert, ein Anflug von Freude und
Glück ist in seiner Stimme, als er flüstert: »Oh
Jola!«

Im nächsten Augenblick wird mein Kopf nach hinten gebogen, Ricks Lippen berühren meine. In null Komma nichts erobert seine Zunge meinen Mund. Sein Kuss ist stürmisch. Leidenschaftlich. Besitzergreifend. Mir wird schwindelig, ich muss mich an ihm festhalten.

»Dann vertraust du mir also doch ein wenig?«

Ich bringe ein schwaches Nicken zustande. Er lächelt, seine Augen blitzen. »Mach die Augen zu, Süße.«

Ich tue es und höre erst einen Reißverschluss, danach das Rascheln einer Plastiktüte. Seltsam. Ich dachte, wir hätten den Rucksack komplett ausgepackt. Was hat er denn noch darin? Ich komme nicht dazu, mir die Frage zu beantworten. Stattdessen zucke ich zusammen, als sich etwas Seidiges um meine Augen legt und am Hinterkopf festgezurrt wird.

»Was … ist das?«, frage ich und taste über mein Gesicht.

Rick nimmt meine Hände von den Augen und hält sie fest. Mein Puls schaltet umgehend einen Gang höher.

»Eine Augenbinde. Siehst du noch etwas?«

Ich schüttele den Kopf. »Nein. Es ist alles pechschwarz.«

»Gut.«

»Warum …? Wieso …? Was hast du vor?«

»Sehen, wie weit du mir vertraust. Bleib bitte einen Moment so stehen.«

Unwillkürlich suche ich nach Halt, lege meine

rechte Hand auf die Arbeitsfläche. Wieder höre ich ein Rascheln. Ich nehme an, dass er den Rucksack an die Seite räumt, ein klappendes Geräusch sagt mir, dass er den Laptop zugemacht hat.

»Kannst du noch einen Moment warten?«, höre ich Ricks Stimme und versuche zu orten, von wo er zu mir spricht.

»Ja. Es geht. Was machst du?«

»Nur ein paar Vorbereitungen treffen, mein neugieriges Kätzchen. Es dauert nicht lange. Bleib hier stehen.«

Notgedrungen tue ich, was er sagt. Ich komme mir etwas albern vor. Mit verbundenen Augen. Einfach nur hier herumstehend. Andererseits packt mich eine gewisse Unruhe. *Vorbereitungen* hat er gesagt. Was muss er denn vorbereiten? Das Geräusch von nackten Fußsohlen auf dem Holzfußboden sagt mir, dass er die Küche verlässt. Erstaunlich, wie schnell die anderen Sinne sich schärfen, wenn einer ausfällt. Dennoch breitet sich die Unruhe in mir weiter aus. Mit den Ohren zu *sehen* ist eben doch nicht das Gleiche wie mit den Augen. Was macht er denn so lange?

Gerade will ich nach ihm rufen, da höre ich ihn näher kommen. Endlich!

»Fertig«, sagt er und ergreift meine Hände.

Sofort fühle ich mich sicherer – jedoch nur für einen Moment, denn er lässt sie wieder los und fährt fort: »Ich möchte, dass du die Hände auf den Rücken nimmst und genau tust, was ich sage, okay?«

»Ja, okay.« Ich bin erstaunt, wie ruhig meine Stimme klingt, denn in mir drin kommt es mir vor, als hätte ich Lampenfieber.

»Mach einen kleinen Schritt zur Seite und dann zwei Schritte nach vorn«, höre ich Ricks Stimme.

Ich folge seinem Wunsch.

Sofort kommt die nächste Anweisung: »Dreh dich um neunzig Grad nach rechts, dann wieder zwei Schritte.«

Ich muss schmunzeln. Das Spiel beginnt, mir Spaß zu machen. Rick führt mich durch das Ufo, und ich ahne, wo die Reise enden wird. Je länger er mir sagt, wie ich mich bewegen soll, umso sicherer fühle ich mich. Meine Vermutung bestätigt sich, denn er befiehlt mir schließlich, ich solle mich um hundertachtzig Grad drehen und dann fallen lassen. Ich plumpse auf das Bett und muss sagen, dass Rick seine Sache wirklich gut gemacht hat. Ich bin kein einziges Mal irgendwo angeeckt oder habe mich gestoßen.

Als ich mir die Augenbinde abziehen will, hält er mich jedoch zurück: »Warte! Wir sind noch nicht fertig.« Er drückt mich aufs Bett. »Jetzt beginnt der interessante Teil. Mach es dir bequem.«

Unter Ricks Führung rekel ich mich auf dem Bett, suche mir eine gemütliche Position.

»Streck die Arme aus.« Ich recke sie in die Luft, in die Richtung, in der ich ihn vermute, und höre ihn gleich darauf leise lachen. »Nein, Süße, nicht nach oben. Zur Seite.«

Ich tue es, liege wie ein großes T auf dem Bett und frage mich, was er vorhat. Ob das mit den Vorbereitungen zusammenhängt, die er erwähnt hat?

»Ich werde jetzt deine Hände an das Bett fesseln«, flüstert er an meinem rechten Ohr. Sofort im Anschluss schlingt sich etwas Weiches um mein Handgelenk. Der Arm wird ein Stück nach oben gezogen, ich spüre, wie die Schlaufe festgezurrt wird. Mein Arm ist fixiert.

»Du fesselst mich? Warum? Ich dachte, du willst mein Vertrauen testen.«

»Genau darum geht es«, höre ich ihn an meinem anderen Ohr und werde auch auf der linken Seite ans Bett gebunden.

»Aber wieso musst du mich deswegen anbinden?«

»Weil du mir so ausgeliefert bist und dich nicht wehren kannst. Ein Aspekt, den ich ungeheuer reizvoll finde.«

Ich schlucke trocken und ziehe an den Schlaufen, aber meine Arme können sich keinen Zentimeter bewegen. Er hat recht. Obwohl mir mein Kopf sagt, dass Rick nichts Schlimmes mit mir tun wird, stellt sich in meinem Bauch ein flaues Gefühl ein. Zumal ich nicht die leiseste Vorstellung davon habe, was er zu tun beabsichtigt. Die Bilder von den gefesselten Frauen auf Ricks Laptop kommen mir wieder in den Sinn. Will er das etwa mit mir nachmachen?

Das Bett drückt sich neben mir ein, ich spüre,

dass Rick sich hingesetzt hat, seine Hand legt sich auf meinen Bauch. »Aufgeregt?«

»Ja«, gebe ich zu und muss feststellen, dass meine Stimme ein wenig zittert.

»Vertrau mir einfach, Jola, und lass dich fallen, dann wird alles wunderschön.«

Ich versuche, meine Aufregung herunterzuschlucken, und antworte so tapfer wie möglich: »Okay.«

»Mach deinen Mund auf.«

Mein Unterkiefer klappt nach unten, ich nehme einen bekannten Geruch wahr, kann ihn aber auf die Schnelle nicht einordnen. Etwas berührt meine Lippen, schiebt sich – von Ricks Hand geführt – in meinen Mund. Vorsichtig beiße ich zu, dann kommt ein *Mmmh* aus meiner Kehle und ich muss lächeln. Rick hat mir eins von den roten Macarons gegeben, das ich genüsslich auf der Zunge zergehen lasse.

»Hunger?«, fragt er mit einem Lächeln auf den Lippen, das ich in seiner Stimme hören kann.

Ich nicke. »Ja. Mehr, bitte!« Meine Aufregung ist mit einem Schlag verflogen. Ich öffne freiwillig den Mund und warte gespannt darauf, was ich als Nächstes zu kosten bekomme. Dieses Spiel macht mir richtig Spaß.

Ein glattes, rundes Bällchen findet den Weg in meinen Mund. Es zerplatzt an meinem Gaumen, als ich draufbeiße. Ich schmecke eine Mischung aus Süße und tomatiger Säure. Eine Kirschtomate. Lecker! Es folgen zwei Oliven, ein Stückchen

Käse, ein Löffel Joghurt, eine Mandel, eine Marzipankartoffel, zwei Himbeeren, ein Radieschen, dessen Schärfe mir die Nase kribbeln lässt, und ein Löffel Nutella. Mein Mund ist angefüllt von dem Nuss-Nougat-Geschmack, ich fühle mich pudelwohl. Genussvoll lecke ich mir über die Lippen und öffne erwartungsvoll den Mund.

Es kommt aber nichts. Stattdessen streichelt mich etwas Hauchzartes an der Stirn, gleitet zu den Wangen, über Hals und Dekolleté, wo es meine Brüste umkreist. Es ist fedrig, zart und gleichzeitig ruft es einen Kitzel hervor, der mir eine Gänsehaut beschert und dafür sorgt, dass meine Brustwarzen zu kribbeln anfangen. *Was ist das?*

Ich komme nicht dazu, weiter darüber nachzudenken, denn etwas anderes zwickt mich an der Innenseite des rechten Unterarms. Es bewegt sich unaufhörlich hinauf, steuert zielstrebig auf meine Achselhöhle zu und nähert sich meiner rechten Brust. Je mehr es sich ihr nähert, umso sensibler reagiert meine Haut. Oder bilde ich mir das ein? Als das merkwürdige Etwas über meinen Nippel fährt, schnellt mein Puls in die Höhe. Ich bäume mich auf und sauge die Luft zischend zwischen den Zähnen ein.

Sofort streichelt das fedrige Ding darüber. Erleichtert atme ich aus, beruhige mich wieder, sinke in die Matratze und gebe mich Ricks Streicheleinheiten hin. Es ist herrlich. Ich bin total entspannt, genieße das seidige Gefühl an meinen

Brüsten, am Bauch, meinem Venushügel und seufze hingerissen. Das war keine gute Idee, wie ich feststelle, denn das Piksen setzt urplötzlich an der Wade an und steigt höher und höher. Mir ist sonnenklar, wohin es zielt. In banger Vorahnung verkrampft sich mein Körper, wird steif. Ich halte den Atem an. Immer näher kommt es, wandert über die Kniekehle den Oberschenkel hinauf. Die Gewissheit, dass es gleich meine Schamlippen erreicht haben wird, sorgt dafür, dass meine Nerven bis zum Bersten gespannt sind. *Oh nein! Bitte nicht!* Ich beiße die Zähne in Erwartung des Schmerzes zusammen – doch dann passiert … nichts!

Nanu? Mein armes Hirn kann gar nicht so schnell verarbeiten, was da gerade stattgefunden hat. Oder vielmehr *nicht* stattgefunden hat. Dort, wo mich das stechende Gefühl vor einer Sekunde noch verrückt gemacht hat, streicht jetzt Ricks Hand über mein Bein. *Oh Mann, tut das gut!* Der Steinklotz, der mir in diesem Moment vom Herzen fällt, würde beim Sturz ins Meer glatt eine Flutwelle auslösen, glaube ich.

»Mach dein Mündchen auf«, flüstert er an meinem Ohr. »Jetzt gibt's Nachtisch.«

Wie bitte? Was denn für Nachtisch? Eine bestimmte Ahnung beschleicht mich. Will er mir seinen Penis in den Mund schieben? Obwohl mich der Blowjob gestern sehr angetörnt hat, wäre das hier doch etwas anderes. Ich spüre mein Herz pochen, mein Magen fühlt sich an wie bei einem

Sturz in die Schwerelosigkeit, und vor Aufregung bekomme ich kalte Hände.

»Mund auf!«, sagt er in einem Ton, der mich zusammenzucken lässt.

Automatisch öffnen sich meine Lippen. Ich höre ein saugendes Geräusch, dann trifft etwas auf meine Zunge. Es ist warm. Flüssig. Klebrig. Süßlich. Und schmeckt nach … Honig!

Ich muss lächeln und schäme mich gleichzeitig ein wenig wegen meiner Ängstlichkeit, die sich als völlig unbegründet herausgestellt hat. Genussvoll schlucke ich den Honig herunter, öffne den Mund erneut und warte darauf, dass der nächste Klecks auf meiner Zunge landet. Anstatt in meinem Mund tropft der süße Nektar auf meinen Lippen. Ich lecke mir darüber, strecke die Zunge weit heraus, um es Rick leichter zu machen, sie zu treffen. Wieder höre ich das saugende Geräusch und freue mich auf eine weitere Portion – aber die klebrige Süße tropft auf mein Kinn, meinen Hals. *Och Mensch! Was macht er denn nur?*

»Hey! Du musst besser zielen. Mein Mund ist weiter oben.«

»Wer sagt denn, dass ich deinen Mund treffen will?«

Wie bitte? Wäre mein Mund nicht schon geöffnet, so wäre er es mit Sicherheit jetzt.

»Glaubst du etwa, nur du hast Lust auf süße Leckereien?«, fragt er mit einem ironischen Unterton und lässt den warmen Honig auf Dekolleté und Nippel tropfen.

Aaaah! Ich atme zischend ein. Auf der Zunge hat sich die Wärme gut angefühlt, aber auf meiner Brustwarze hinterlässt der Honig einen leichten Stich. Es dauert nur einen Augenblick, dann ist es vorbei, und ich spüre, wie der goldene Sirup zerfließt und sich auf meiner Brust ausbreitet. Auf eine merkwürdige Art und Weise bin ich völlig ruhig und aufgeregt zur gleichen Zeit. Dieses Mal bin ich mir sicher, dass meine Vorahnung, was als nächstes passieren wird, mich nicht täuscht, und kann den Moment kaum erwarten.

Noch einmal ertönt das Geräusch der Honigflasche. Unmittelbar darauf tröpfelt Rick ein wärmendes Zickzack-Muster von meinen Brüsten quer über den Bauch bis zu meinem Venushügel. Meine Aufregung steigert sich noch einmal … dann endlich spüre ich Ricks Zunge an meiner rechten Brustwarze. *Oooh ja! Mmmh! Nicht aufhören!* Meine Aufregung schlägt Knall auf Fall in Entspannung um, ich lasse mich tiefer in die Matratze sinken.

Moment mal! Entspannt? Habe ich das gerade wirklich gedacht? *Von wegen!* An meinem Busen breitet sich ein Prickeln aus, das der nassen Spur von Ricks Zunge folgt, die Stück für Stück den Honig von mir herunterleckt und meinem Schoß dabei immer näher kommt. Als wäre das nicht genug, streicht etwas Warmes, Feuchtes über meine Schamlippen. Etwas, das sich wie eine zweite Zunge anfühlt. Es kitzelt zart und lässt mich mit Beinen und Hintern zappeln. Das ist doch vollkommen unmöglich! Wie macht er das nur?

»Wie fühlst du dich?«, fragt er plötzlich ganz nah an meinem Ohr, während das Kitzlige Etwas mit meiner Lustperle spielt.

»Erregt«, sage ich spontan, weil mir kein besseres Wort einfällt, um meine Gefühle zu beschreiben.

»Bist du aufgeregt? Nervös?«

»Ein bisschen, ja.«

»Hast du Angst?«

»Nein.«

»Auch nicht, als das Nudelrädchen über dich gerollt ist?«

Oh! DAS war also das piksende Etwas! »Doch«, gebe ich gezwungenermaßen zu. »Ein bisschen.«

»Und wie hast du dich danach gefühlt?«

»Erleichtert.«

»Nur erleichtert?«

»Nein. Auch … ich weiß nicht, wie ich es beschreiben soll.«

»Versuch es«, sagt er und streichelt mit dem Kitzeldings weiter über meine Schamlippen, sodass ich eine Gänsehaut bekomme.

Wie um Himmels willen soll ich das denn beschreiben? »Es war … wunderschön. Erregend und …«
Ich komme nicht dazu, den Satz zu vollenden. Ricks Finger tanzt mit einem Mal so gekonnt auf meiner Klitoris, dass mein Körper sich zuckend

aufbäumt und ich laut stöhne. Seine Lippen umschließen meine Brustwarze, der Druck auf meinen Lustpunkt lässt etwas nach.

»Mmmh!«, entfährt es mir. Unwillkürlich will ich mich in Ricks Haare krallen, aber die Fesseln an meinen Handgelenken verhindern das. Also verbiege und winde ich mich. Ich kann bei dem, was er mit seiner Zunge und den Fingern macht, einfach nicht still liegen. Zärtlich und mit Muße streift der Finger über meine Schamlippen, spreizt sie und streichelt mich, während sich seine Zunge meinem Nippel widmet. Mein Körper kribbelt bis zur Unerträglichkeit, und dennoch genieße ich es, falle in dieses Gefühl, wie in eine Wolke aus Zuckerwatte.

»Aaaah! … Mmmmh!«
Wieder hat es mich durchzuckt – und wieder habe ich mich aufgebäumt. Ich keuche, als hätte ich einen Sprint hingelegt, spüre mein Herz klopfen.

»Du siehst wunderschön aus, wenn dein Körper bebt«, flüstert er mir ins Ohr.

Nur eine Sekunde später findet er genau die Stelle, die mich abermals schreiend zusammenzucken lässt. Schwer atmend sinke ich in die Matratze.

»Was machst du mit mir?«

»Mit dir spielen«, sagt er mit einem unüberhörbaren Grinsen in seiner Stimme. »Das wolltest du doch, oder nicht?«

»Ja, schon. Aber …«

»Aber …?«

»Ich hatte ja keine Ahnung, wie sich das anfühlt. Ich … Aaaah! Mmmmh!« *Oh Gott! Ich halte das nicht mehr lange aus!*

»Wunderschön«, flüstert er mit seiner rauen, sexy Stimme. »Ich hoffe, es macht dir genauso viel Spaß wie mir.«

Zu einer Antwort bin ich nicht fähig, denn das nächste Zucken durchfährt mich. Es ist nicht wie die Male davor, sondern es ist ein regelrechter Schauer von Beben, die schnell aufeinander folgen. Nach einer gefühlten Ewigkeit nimmt er den Finger von mir und ich falle förmlich auf die Matratze zurück – aber gekommen bin ich nicht. Der Puls rauscht in meinen Ohren und mein Körper summt stärker als ein Schwarm Hornissen.

»Du machst mich fertig«, ächze ich, als ich halbwegs wieder Luft bekomme.

»Möchtest du, dass ich aufhöre?«

Ich will schon mit Ja antworten, als Ricks Zunge so seidenweich über meine Schamlippen leckt, dass ich vor Wonne am liebsten vergehen möchte. Mein Becken hebt sich ihm ganz von selbst entgegen, ich stöhne genießerisch.

»Nicht aufhören«, höre ich mich in einem schon fast flehenden Ton betteln. *Habe ich das gerade wirklich gesagt?*

»Das war auch nicht meine Absicht«, tönt es dunkel zwischen meinen Beinen hervor.

Plötzlich ist seine Zunge in mir, der Finger wieder auf meiner Klit. Was jetzt passiert, raubt mir nicht nur den Atem, sondern den Verstand gleich mit. Ich kann nicht erklären, was mit mir geschieht. In Bruchteilen von Sekunden erkenne ich den Orgasmus, der sich mit gefühlter Lichtgeschwindigkeit auf mich zubewegt und mich wie eine Lawine überrollt. Eine sechs Komma null auf der Richterskala ist nichts gegen das Beben in meinem Bauch, das kein Ende zu nehmen scheint.

Doch schließlich flaut es ab, lässt mich ermattet und atemlos auf dem Bett zurück. Dass Rick mir die Maske abgestreift und meine Hände losgebunden hat, habe ich nicht mitbekommen. Ich registriere es erst, als ich sie wieder bewegen und die Augen öffnen kann. Rick kniet über mir, mit gestreckten Armen, sein Körper schwebt über meinem, er schaut auf mich herab.

»Hat es dir gefallen?«

Ich nicke schwach, denn ich bin noch ein wenig benommen. »Ja«, hauche ich schließlich. Mein Blick schweift einen Moment zur Seite. Auf der Nachtkonsole erkenne ich die Dinge, mit denen er mich so lustvoll gequält hat: ein Nudelrädchen, ein Federspielzeug, ein Pinsel und ein Glas mit Wasser – heiß nehme ich an, um den Honig darin aufzuwärmen.

»Ja, mir auch.« Er lächelt, seine Augen strahlen. »Sehr sogar. Ich mag es, mit dir zu spielen, Jola. Und umso mehr, wenn du dich mir so auslieferst wie gerade eben und mir damit zeigst, dass du mir vertraust.«

Ausliefern hat er gesagt. Das Wort klingt seltsam in meinen Ohren. Dennoch: Er hat recht. Ja, ich habe mich ihm ausgeliefert. Und es war aufregend für mich. Aufregend und erregend. Ich bin über mich selbst erstaunt. Was ist nur mit mir los? Das ist sonst gar nicht meine Art, aber bei Rick ist irgendwie alles anders. Bei ihm fühle ich mich auf unerklärliche Weise sicher. Keine Ahnung, warum. Ob er das wohl schon öfter gemacht hat? Frauen ans Bett gefesselt? Mit einem Mal sind die Bilder vom Laptop vor meinem geistigen Auge wieder da. Hat er die Frauen darauf auch zuvor gefesselt und sie dann fotografiert? *Verdammt, Jola! Wieso denkst du ausgerechnet jetzt daran?* Der Gedanke gefällt mir überhaupt nicht, mein Hals ist plötzlich zugeknotet.

»Was hast du?«, fragt er besorgt. »Warum guckst du so traurig? Ist alles in Ordnung?«

Ich nicke. »Ja, alles ok. Mir ist nur etwas eingefallen. Kann ich dich etwas fragen?«

»Du kannst mich alles fragen, Jola. Jederzeit.« Er legt sich neben mich, schiebt einen Arm unter mir hindurch und zieht mich an sich. »Was willst du wissen?«

Ich bin froh, dass ich ihm nicht ins Gesicht sehen muss, weil ich mich ein wenig für meine Gedanken schäme. Trotzdem: Ich muss diese Frage stellen, denn sie lässt mir einfach keine Ruhe.

»Aber sei nicht sauer, okay?«

»Bin ich nicht. Schieß los.«

Ich hole noch einmal tief Luft und schlucke trocken, denn ich habe eine Scheißangst vor der Frage – und vor der Antwort noch viel mehr. Aber es muss sein. »Die Bilder auf deinem Rechner … der letzte Ordner … die Frauen hatten einen Orgasmus, als du sie fotografiert hast, oder?«

»Ja. Ich mag diesen speziellen Ausdruck in den Gesichtern. Es liegt eine besondere Schönheit darin. War das deine Frage?«

»Nicht ganz.« *Himmel, ist das schwierig!* Ich hole tief Luft, dann spreche ich die gefürchteten Worte aus: »Hattest du mit allen von ihnen Sex? Hast du sie auch ans Bett gefesselt und mit ihnen gespielt, so wie gerade mit mir?«

Er zieht den Arm unter mir hervor, stützt sich mit dem Ellenbogen ab und dreht mein Gesicht mit der freien Hand so, dass ich ihn ansehen muss.

»Ich habe noch nie mit jemandem dieses Spiel gespielt, Jola. Noch nie. Und schon gar nicht mit einer von den Frauen auf den Bildern. Es sind alles Nutten, wenn du es genau wissen willst. Ich habe sie dafür bezahlt, dass ich sie beim Masturbieren beobachten und fotografieren durfte. Es ging mir nicht um die Frauen, sondern darum, den Moment festzuhalten, in dem sie ganz bei sich sind. Losgelöst von allem anderen. Nur sie und ihre Lust. Ich mag nun mal Gesichter, in denen sich Emotionen widerspiegeln. Mehr als alles andere.«

Mir geht schlagartig ein Kronleuchter auf. *Deshalb waren in dem einen Ordner so wenig Bilder!* Na logisch! Man läuft ja schließlich nicht den lieben, langen Tag mit einer Kamera in der Hand herum und lauert darauf, Freunde und Bekannte bei irgendwelchen Gefühlsregungen abzulichten. Gesichter und Emotionen. Und ich Trottel habe ihm einen Fotoband mit Architektur geschenkt. Porträts hatte ich kaufen sollen! Aber woher sollte ich das wissen? Dennoch fühle ich eine enorme Erleichterung. Dass Rick die Frauen bezahlt hat, um sie zu fotografieren, macht sie gewissermaßen zu Models. Zu sehr ungewöhnlichen zwar, aber immerhin. Er hatte keinen Sex mit ihnen und hat auch nicht mit ihnen gespielt. Mit keiner Frau. Noch nie. In meinem Bauch dreht sich plötzlich wieder das Karussell.

Ich habe keine Ahnung, was Rick gerade in meinem Blick erkennt, aber er lächelt, als er weiterspricht: »Ich wünschte, ich hätte meine Kamera hier, um dich zu fotografieren. Wie du mich in diesem Moment ansiehst, das ist …« Er streichelt über mein Gesicht, lässt den Daumen über meine Lippen gleiten. »Irgendwann mache ich richtige Bilder von dir. Von deinem Gesicht. Wenn du mich so ansiehst wie jetzt. So scheu und verletzlich.« Er beugt sich zu mir herunter und küsst mich, hält meinen Kopf dabei fest und betrachtet mich wieder. »Du bist wunderschön, Jola. Wunderschön.«

In meinem Hirn tobt ein Blitzlichtgewitter. Ich kann gar nicht so schnell verarbeiten, was er alles gesagt hat … er findet mich wunderschön. Will mich fotografieren … *Moment mal!*

»Was meinst du mit *richtigen* Bildern?«

Er grinst plötzlich, seine Augen blitzen. »Bilder, auf denen du mir Modell sitzt. Wenn du dich vor mir befriedigst oder in meinen Armen kommst. Eben solche, die nicht zufällig entstanden sind.«

Was? Wie bitte? Ich höre wohl nicht recht! »Zufällig? Was meinst du damit? Hast du etwa heimlich Bilder von mir gemacht?«

Sein Grinsen wird noch breiter. Es scheint ihm nichts auszumachen, dass er das gesagt hat, im Gegenteil, es sieht so aus, als ob er sich freut.

»Ich habe einen Haufen Bilder von dir, Jola.« Er schwingt sich aus dem Bett, streckt mir die Hand entgegen. »Los! Komm mit! Ich zeige sie dir.«

Ich bin zu platt, um darauf etwas zu antworten. Am ausgestreckten Arm folge ich ihm in die Küche, wo er den Laptop aufklappt und das Bilderverzeichnis aufruft. Er bewegt den Mauszeiger zielsicher auf den Ordner *Privatissime.* Genau wie bei meinem Versuch, ploppt auch dieses Mal ein Fenster hoch. Rick tippt eine Buchstaben-Zahlenkombination ein, sodass der Ordner aufgeht. Mir fällt vor Staunen die Kinnlade herunter. Nicht nur, dass er Bilder von mir in seinem privatesten Ordner hat, es sind auch unglaublich viele.

»Sind die etwa alle von mir?«

Er nickt und klickt auf das erste Foto. »Hier. Das ist auf der Weihnachtsfeier vor drei Jahren. Du warst noch ganz frisch in der Redaktion und kanntest fast niemanden. Stundenlang hast du dich mit Philipp unterhalten.« Er sieht mich forschend von der Seite an. Als er weiterspricht, höre ich einen ironischen Unterton heraus. »Und mir hast du keine Chance gegeben, du böses Mädchen.«

Meine Wangen beginnen zu brennen, und ich weiß nicht mal, weshalb. Wenn ich seine Ironie richtig deute, dann war er damals ein kleines bisschen eifersüchtig auf Philipp Janssen. Sollte ich mich darüber nicht freuen? Trotzdem komme ich mir wieder mal vor, als hätte ich etwas falsch gemacht.

»Philipp war der Einzige, der sich um mich gekümmert hat. Ich kannte doch kaum jemanden, du hast es ja gerade selbst gesagt. Ich war froh, dass sich überhaupt jemand mit mir unterhalten hat. Ich habe dich an dem Abend gar nicht richtig bemerkt.«

»Ich dich schon, Jola. Ich dich schon.« Er fährt mit den Fingern durch mein Haar. »Deine Haare waren noch nicht ganz so lang wie jetzt, aber du bist mir sofort aufgefallen. Ich liebe lange Haare. Lass sie bitte weiterwachsen. Und dein Gesicht … dein Gesicht hat mich sofort fasziniert. Du hast wunderschöne graubraune Augen. Deine Haut ist so hell, und wenn du errötest, haben deine Wangen die gleiche Farbe wie dein hübscher Kussmund.«

Ich schlucke hart, mein Gesicht brennt jetzt erst recht wie Feuer. Ständig sagt er diese Sachen, die meinen Puls in ungeahnte Höhen treiben und dieses seltsame Gefühl in meinem Bauch erzeugen. Kann er das nicht lassen?

Zum Glück öffnet Rick das nächste Bild. Es ist in der Redaktion entstanden. Ich sitze am Schreibtisch vor dem Computer und starre angestrengt auf den Monitor. Ich gucke ernst, sehe beinahe weggetreten aus, als ob ich nichts anderes um mich herum mitbekomme. Vermutlich war das in dem Moment auch so, denn sonst hätte ich bestimmt gemerkt, dass Rick mich fotografiert. *So sehe ich also aus, wenn ich mich bei der Arbeit konzentriere.* Ich glaube, von jetzt an kann ich nie wieder einfach so auf den Bildschirm gucken, ohne dabei an dieses Bild zu denken und an meinen Gesichtsausdruck darauf. Eins nach dem anderen zeigt er mir, überspringt hier und da ein paar – aber zu fast jedem kann er etwas erzählen, während ich mich kaum an die Situation erinnern kann.

»Wie hast du die alle gemacht? Ich habe überhaupt nichts davon mitbekommen.«

Er greift nach dem Handy, das neben dem Laptop liegt, und nimmt es in die Hand. »Hiermit. Selbstauslöser mit Intervallfunktion. So sind ganz viele meiner Bilder entstanden. Inzwischen weiß ich ziemlich genau, wie ich das Handy unauffällig halten muss, um den passenden Bildausschnitt im Visier zu haben, ohne vorher hinzugucken. So habe ich schon einige Persönlichkeiten in unbeobachteten Momenten fotografiert.«

Ich nicke. »Die Bilder habe ich gesehen. Die hast du alle mit dem Handy gemacht?«

»Ja. Das weiß aber niemand. Nur du. Jetzt.«

Ein seltsames Gefühl macht sich in mir breit. Ich fühle so etwas wie Ehre. Ehre, dass er mich eingeweiht hat. Vertrauen, weil er sein Geheimnis mit mir geteilt hat, und Dankbarkeit, weil ich daran teilhaben darf. Ich glaube, so etwas nennt man ergriffen sein. Jedenfalls weiß ich nicht, was ich sagen soll, und starre ihn wie das achte Weltwunder an.

 Silvesterraketen

Wie schnell die Zeit vergangen ist! Ich werfe noch einen letzten Blick ins Bad und Schlafzimmer, um sicherzugehen, dass ich nichts vergessen habe. Dann begebe ich mich in die Küche und setze mich ein letztes Mal an die Kochinsel, trinke mit Rick eine heiße Schokolade. Mir ist ein bisschen wehmütig ums Herz. Sechs Tage und Nächte haben wir hier verbracht. Sechs sehr intensive und intime Tage. Die schönsten Weihnachtsfeiertage meines Lebens, um genau zu sein. Es fällt mir schwer, unser Liebesnest zu verlassen, aber Rick möchte, dass wir Silvester gemeinsam mit seinen besten Freunden im Nachbardorf feiern – und ich habe es versprochen. Er hat ein Hotelzimmer reserviert, in das wir umziehen, denn heute Abend steigt die große Party.

Mir ist ein bisschen mulmig bei der Vorstellung, lauter fremde Leute zu treffen und mit ihnen zu feiern. Aber Rick hat mir erzählt, dass diese Party seit Jahren eine Traditionsveranstaltung ist und dass sie ihm am Herzen liegt. Außerdem soll ich unbedingt seine Freunde kennenlernen. Einerseits fühle ich mich dadurch irgendwie geehrt, andererseits macht mich der Gedanke nervös. Es hat so etwas von einer Generalprobe, dieses Vorstellen. Was, wenn ich den Test nicht bestehe? Das habe ich Rick auch gefragt.

»Du hast bisher alle Herausforderungen gemeistert, Süße«, hat er geantwortet. »Diese hier wird ein Spaziergang für dich, ich verspreche es.«

Ich bin trotzdem unsicher. Die Herausforderungen, von denen er geredet hat, waren etwas anderes. Erstens waren wir allein und zweitens ging es dabei nur um Sex. Okay, *nur* hört sich blöd an. In diesen paar Tagen habe ich so viel Neues entdeckt, so viele Dinge zum allerersten Mal überhaupt getan …

Ich habe zum ersten Mal einen Porno geguckt. Das war Ricks Idee. Oder vielmehr sein Wunsch – und auch wenn die Handlung ziemlich banal, oder besser gesagt: nicht existent war, gab es doch ein paar Szenen, die ich durchaus erregend fand. Außerdem bin ich zum ersten Mal in einem Schlitten gefahren, der von Pferden gezogen wurde. Nur Rick und ich unter einer großen, warmen Decke, vor uns der Kutscher mit den Pferden. Ein bisschen wie im Märchen. Bis auf die Tatsache, dass der Prinz die Prinzessin im Märchen nicht so lange unter der Decke streichelt, bis sie einen Orgasmus hat. Ich werde jetzt noch rot bei dem Gedanken daran, was der Kutscher in diesem Moment gedacht haben muss. Das Schönste aber waren die Fotos, die Rick mit seinem Handy von mir gemacht hat. Er hat mir genau gesagt, wie ich mich hinsetzen, die Beine übereinanderschlagen, den Kopf, die Schultern drehen soll … Ich kam mir wirklich wie ein Model vor. Irgendwann wollte er, dass ich mich auf den Boden knie, ihm meinen Hintern zeige und über die Schulter in die Kamera sehe – und dabei ist es dann passiert: Ich habe mich umgedreht, bin ganz langsam auf Rick zugekrabbelt, habe ihm die Hose heruntergestreift und mir seinen Schwanz in den Mund geschoben. Was die Überraschung in seinem Gesicht in mir ausgelöst hat, kann ich gar nicht beschreiben. Da waren Freude, Lust, ja sogar so etwas wie Glück. Ich glaube, Oralsex ist meine neue Leidenschaft. Irgendwie macht es mich total an, wenn ich merke, wie sehr ich ihn erregen kann. Auch davon hat er ein Bild gemacht. Leider hat er mir noch kein einziges gezeigt. Er sagt, er will sie erst sichten und nachbearbeiten, bevor ich sie sehen darf. Schade.

Der Kakao ist ausgetrunken. Ich spüle unsere Tassen, stelle sie in den Schrank, folge Rick durch den Flur. Wir verlassen das Ufo. Auf dem Schneemobil geht es den Berg hinunter und mit dem Auto weiter zu unserem nächsten Domizil. Das Hotel entpuppt sich als ein Riesenkomplex mit einem eindrucksvollen Hauptgebäude und zwei Nebengebäuden. Als Rick mir von der Party erzählt hat, dachte ich an ein kleines, gemütliches Hotel mit maximal zehn oder zwanzig Zimmern. Eins, wo man sozusagen unter sich ist – aber nicht an so einen Wahnsinnsklotz von Hotelanlage.

Das Foyer ist beeindruckend: Auf der linken Seite empfängt den Gast eine großzügige Rezeption, auf der rechten Seite gibt es einen Wartebereich mit Sofas und Sesseln. Hier und da lockern ein paar Palmen und andere Pflanzen das Ganze etwas auf. Gegenüber vom Eingang aber befindet sich das Highlight. Sofort, wenn man hereinkommt, fällt der Blick auf die sieben gläsernen Aufzüge, mit denen man in die fünf Etagen des Hotels fahren kann. Ich verfolge das Auf und Ab der Fahrstühle und dabei schweift mein Blick immer weiter nach oben. Tatsächlich ist der Eingangsbereich bis zur letzten Etage durchgehend offen, sodass man von unten auf die Flure der einzelnen Etagen sehen kann, die wie Balkone aussehen. Was für ein Luxus! Mir bleibt vor Staunen die Luft weg. Mit dem Rucksack auf dem Rücken komme ich mir total deplatziert vor. Das hier ist definitiv nicht meine Kragenweite – und schon gar nicht ein Hotel für Rucksacktouristen.

»Ist das nicht ein bisschen zu teuer?«, flüstere ich Rick zu, der bereits an der Rezeption steht und einen Fragebogen zum Einchecken ausfüllt.

»Mach dir keine Gedanken. Ich habe hier Sonderkonditionen.« Er schiebt den ausgefüllten Zettel über den Tresen zu der Rezeptionistin, die ihn mit einem Lächeln in Empfang nimmt und daraufhin etwas in den Computer tippt.

»Wieso denn das? Weil du hier Stammgast bist?«

»Das auch, aber in erster Linie ist es so eine Art Freundschafts- oder Familienrabatt.«

Familienrabatt?

»Sie haben Zimmer fünfhundertvierzehn, wie immer, Herr Wolfermann«, sagt die Empfangsmitarbeiterin in diesem Moment und überreicht Rick eine Chipkarte. »Heute Morgen ist ein Päckchen für Sie angekommen. Möchten Sie es annehmen?«

»Kann ich es mal sehen?«

Die Hotelangestellte lächelt ihn an. »Selbstverständlich. Einen Augenblick bitte.« Sie verschwindet durch eine Tür hinter der Rezeption und kehrt nach wenigen Sekunden mit einem kleinen braunen Karton in der Hand zurück, den sie ihm überreicht. Rick wirft einen kurzen Blick darauf und nickt.

»Darauf habe ich schon gewartet«, sagt er mit einem Seitenblick auf mich. »Vielen Dank.«

»Sehr gern, Herr Wolfermann. Wir wünschen Ihnen einen angenehmen Aufenthalt.«

Rick nimmt die Karte von der Theke und steuert, mich an die Hand nehmend, auf die Aufzüge zu.

Ich bin immer noch dabei zu verdauen, was er gerade über die Sonderkonditionen gesagt hat. »Was meinst du mit Familienrabatt? Etwa, dass deiner Familie dieses Hotel gehört?«

»Nein. Es gehört nicht meinen Eltern, falls du das denkst. Wir sind nicht reich.«

»Wem denn dann?«

Die Fahrstuhltür öffnet sich, Rick lässt mir den Vortritt, bevor er sich neben mich stellt und auf den Knopf mit der Fünf drückt. Ein leises Summen ertönt, woraufhin der Lift sich in Bewegung setzt. Langsam und gleichmäßig schweben wir in die Luft.

»Du musst wohl immer alles ganz genau wissen, hm?« Er drängt mich mit dem Rücken an das Geländer, welches das Innere der Kabine umläuft, und legt die Hände darauf, sodass er mich gefangen hält.

»Du hast doch selbst gesagt, dass ich die neugierigste Person der Welt bin«, versuche ich mir nicht anmerken zu lassen, dass mir sein kleiner Tadel stärker unter die Haut geht, als ich mir eingestehen will. Eigentlich wollte ich ihn ja noch nach dem Paket fragen, aber ich glaube, das lasse ich lieber.

Er schmunzelt, beugt sich zu mir herunter, kommt meinem Gesicht immer näher. So oft hat er das in den letzten Tagen gemacht, dass man meinen sollte, er könnte mich damit nicht mehr nervös machen. Trotzdem: Diese Geste verfehlt nie ihre Wirkung, ganz egal, wie oft er sie wiederholt. Mein Puls schlägt jedes Mal einen Takt schneller, meine Atmung wird zittrig und ich bekomme eine Gänsehaut. Ich glaube auch, dass Rick das weiß und es deswegen mit Absicht tut, weil es ihm Spaß macht, mich durcheinanderzubringen.

»Ja, das habe ich«, flüstert er mit einem bedrohlichen Unterton in der Stimme und kommt noch ein Stück näher. »Aber als ich sagte, dass dies mein Glück sei, meinte ich eigentlich eine andere Art von Neugier.«

Ich schlucke trocken, denn ich weiß genau, was er meint: Solange sich meine Neugier auf Erotisches bezieht, hat er nichts dagegen einzuwenden. Er tupft mir einen Kuss auf den Hals, und gleich daneben noch einen. Sofort richten sich alle Härchen bei mir auf. Ein süßer Schauer rieselt durch mich hindurch, der mich leise aufstöhnen lässt. Sosehr ich mir wünsche, mich besser unter Kontrolle zu haben, sobald sich unsere Körper berühren – und auch wenn es nur die Lippen sind – reagiert alles in mir mit Begehren auf Rick.

»Ich mag es, wenn du diese kleinen Laute von dir gibst. Mal sehen, was du hierzu sagst«, flüstert er heiser und lässt seine Zungenspitze feucht und warm durch meine Ohrmuschel gleiten.

Eine Mischung aus Kitzel und Wollust beschert mir eine weitere Gänsehaut am ganzen Körper. Mit einem spitzen Schrei ziehe ich die Schultern nach oben und versuche, ihm auszuweichen.

»Rick, bitte«, presse ich mühsam hervor. »Jeder kann uns hier beobachten.«

Sein Gesicht erscheint vor meinem, er grinst. »Das soll wohl heißen, dass ich weitermachen darf, sobald wir ungestört sind?« Ohne meine Antwort abzuwarten, fährt er fort: »Sehr gut. Es gibt da nämlich noch ein paar Stellen an deinem

Körper, denen ich meine volle Aufmerksamkeit widmen möchte.«

In diesem Augenblick hält der Fahrstuhl an, die Tür öffnet sich. Rick nimmt die Hände vom Geländer. Er tritt auf den Flur hinaus, auf den ich ihm folge. Zielstrebig geht er nach rechts und biegt in einen Gang. Ich werfe einen kurzen Blick von dem balkonartigen Flur in die Tiefen der Lobby, dann eile ich Rick hinterher. Ganz am Ende des Gangs hält er vor einer Tür inne, zieht die Chipkarte durch das Lesegerät und betritt das Zimmer.

Wie angewurzelt bleibe ich stehen, denn was ich sehe, verschlägt mir den Atem. Von einem Zimmer kann keine Rede sein. Das ist ein richtiges Appartement. Der Eingangsbereich ist eine Art Podest, von dem man zwei Stufen hinunter in den Wohnbereich tritt. Es gibt ein zweisitziges Sofa, zwei Sessel und einen Flachbildfernseher, der an der Wand hängt. Am Fenster befindet ein kleiner Esstisch mit zwei Stühlen sowie links davon ein winziges Sideboard, auf dem eine Vase mit frischen Blumen steht. Alles ist in dezenten Farben gehalten und die Aussicht durch die Panoramafenster auf die verschneiten Berge ist umwerfend. Nach rechts geht es ins Schlafzimmer, hier ist außer einem Kleiderschrank und Bett nichts Außergewöhnliches – bis auf die Aussicht. Das Bad schließt sich nahtlos an das Schlafzimmer an. Ich will mir gar nicht vorstellen, was diese Suite – so nennt man das ja wohl –

pro Nacht kostet. Ricks verwandtschaftliche Verhältnisse müssen wirklich erstaunlich gut sein, damit er sich das hier leisten kann.

Als ich meinen Rucksack öffne und das Kleid, das ich für den Silvesterabend mitgebracht habe, heraushole, muss ich feststellen, dass ihm eine Woche im Kofferraum von Ricks Wagen nicht gerade gutgetan hat. Es ist total zerknittert. So kann ich das unmöglich anziehen.

»Kein Problem«, kommentiert er den Anblick, als ich es ihm vor die Nase halte. »Wir rufen den Zimmerservice. Der bügelt das in Nullkomma-ichts glatt.«

Er geht zum Telefon. Die Sicherheit, mit der er, ohne zu überlegen, die Nummer eintippt, sagt mir, dass er das schon öfter getan hat, und ich frage mich insgeheim: Für was hat Rick den Zimmerservice wohl sonst angerufen? Im nächs-ten Moment ärgere ich mich über mich selbst. *Jola! Du blöde Kuh! Musst du dir immer alles verder-ben? Scheißegal, weshalb er den Zimmerservice sonst angerufen hat. Jetzt ist er mit dir hier!*

Keine fünf Minuten später klopft es an der Tür. Rick öffnet, überreicht der Hotelangestellten mein Kleid und drückt ihr einen Geldschein in die Hand, bevor er die Tür wieder schließt. Es ist mir etwas peinlich, dass er die Kosten für das Aufbügeln bezahlt, und ich krame in meinem Portemonnaie nach Geld, um es ihm zurückzu-geben. Immerhin ist es mein Kleid.

»Hier«, sage ich, indem ich ihm einen Zehneuroschein entgegenstrecke. »Für das Kleid.«

»Jetzt sei nicht albern, Jola. Ich habe dem Mädchen nur ein Trinkgeld gegeben. Behalte dein Geld und entspann dich. Das geht alles aufs Haus.«

»Aber … das kann ich nicht annehmen. Dieses Hotel und alles … Das kostet doch sicher ein Vermögen.«

Er nimmt mir den Geldschein aus der Hand, legt ihn auf das Sideboard und zieht mich an sich. »Mach dir keine Gedanken. Das Zimmer hier kostet mich gar nichts. Ben würde niemals Geld von mir nehmen, wenn ich in einem seiner Hotels übernachten will.«

»Ben?« Der Name sagt mir etwas. Wer war das noch? *Oh mein Gott! Das glaube ich nicht!* »Doch nicht der Ben, mit dem du zur Schule gegangen bist? Dein Cousin? Deinem Cousin gehört dieses Hotel?«

»Jetzt beruhige dich, Jola. Es ist alles halb so wild. Ja, meinem Cousin Ben gehört dieses Hotel. Und noch ein paar andere.«

Ich höre wohl nicht recht! »Ein paar?«

»Ja. Aber er ist längst nicht so reich, wie du dir vorstellst. Er ist eigentlich ein ganz normaler Typ. Wie ich. Vielleicht lernst du ihn heute Abend kennen.« Ein schiefes Grinsen erscheint in seinem Gesicht. »Verlieb dich nur ja nicht in ihn.«

Bei seinem letzten Satz dreht sich plötzlich wieder das Karussell in meinem Bauch. Hitze schießt mir ins Gesicht. »Wie kommst du darauf?«

»Ich kenne Ben. Er kann einer Frau, die ihm gefällt, in kürzester Zeit den Kopf verdrehen.«

»Das hast du doch schon erledigt«, höre ich mich kaum hörbar antworten. Meine Wangen brennen wie Feuer. Ich kann nicht glauben, dass ich das tatsächlich gesagt habe, und richte den Blick vor Verlegenheit auf meine Hände. Es ist die Wahrheit, das wird mir gerade bewusst. Aber es ist viel mehr. Rick hat mir nicht nur den Kopf verdreht, er hat mir auch mein Herz gestohlen.

»Ist das wahr?« Seine rauchige Stimme klingt bewegt. Er stupst mir mit zwei Fingern unter das Kinn. »Sieh mich an, Jola«, fordert er mich auf, und ich tue, was er sagt. »Stimmt das? Du hast mich also ein bisschen gern?«

»Ja«, hauche ich. »Sogar mehr als ein bisschen.« In meinem Hals ist plötzlich ein Stein. Ich schlucke trocken, bevor ich weiterspreche. »Rick, ich glaube, ich habe mich in dich verliebt.«

Ein Lächeln erscheint in seinem Gesicht, seine Augen strahlen und funkeln wie Diamanten im Sonnenschein. Er legt seine Hände auf meine glühenden Wangen, biegt meinen Kopf nach hinten und flüstert: »Das ist das schönste Geschenk, das ich je bekommen habe, Süße.«

Dann küsst er mich. Küsst mich, wie nur er mich küssen kann. Meine Beine fühlen sich plötzlich an, als wären sie aus Gummi, und das Karussell in meinem Bauch hat mal wieder auf Wellenflug geschaltet. Ricks Hände streicheln über meinen Rücken, tauchen hinter den Bund meiner Jeans.

»Mach deine Hose auf«, raunt er in mein Ohr. »Ganz!«

Ich öffne meine Hose, ziehe den Reißverschluss bis nach unten. Sofort gleiten Ricks Hände über meine Pobacken, kneten sie sanft, während er mich weiter küsst. Ich will ihn auch berühren. Also mache ich mir an Ricks Hose zu schaffen, bis ich sein Glied in der Hand halte und es in gleichmäßigen Zügen massieren kann. Er fühlt sich wundervoll an, und ich bekomme große Lust, mich vor ihn zu knien und seinen Schwanz abzulecken.

Seine Hände spreizen meine Hinterbacken jetzt etwas auseinander, ein Finger gleitet durch meine Poritze, fährt über meine Rosette und zurück. Mir stockt vor Schreck und Überraschung der Atem, ich werde steif wie ein Brett. Noch nie hat mich jemand – außer mir selbst – dort berührt.

Rick verzieht den Mund zu einem gerissenen Grinsen. »Ich bin dir noch einen Wunsch schuldig, Jola. Komm mit, wir gehen duschen.«

Er zieht mich hinter sich her, bis ins Schlafzimmer, wo wir uns entkleiden, bevor wir die Dusche betreten. Sie ist riesig. So groß, dass locker vier Leute gleichzeitig darin Platz hätten. Rick betätigt die Mischbatterie und stellt die Temperatur ein. Als er die Massagedüsen einschaltet, die sich an zwei Seiten der Duschkabine befinden, erschrecke ich zunächst. Es ist ein merkwürdiges

Gefühl, wenn das Wasser nicht nur von oben, sondern gewissermaßen von allen Seiten auf einen trifft – aber dann genieße ich es. Ich drehe mich mal so, mal so in den Wasserstrahl, doch gerade, als mir das Ganze richtig Spaß macht, schaltet Rick das Wasser ab.

»Hey! Wieso …?«

»Zeit, dich einzuseifen, Süße. Dreh dich um!«

Ich bin etwas erstaunt, folge aber seiner Aufforderung, sodass ich ihm den Rücken zukehre. Hinter mir höre ich das Knacken der Kappe vom Duschgel. Das anschließende Geräusch sagt mir, dass er etwas davon in seine Hand presst. Dann legen sich Ricks Hände auf meine Schultern und verteilen nach exotischen Früchten duftendes Duschgel darauf. Sie gleiten nach vorn über mein Dekolleté und seifen meine Brüste ein, wandern weiter nach unten über den Bauch bis zu meinem Venushügel. Er nimmt sie fort, ich höre noch einmal das Geräusch der Plastikflasche mit dem Duschgel, bevor er sich meinem Rücken widmet.

Zunächst verteilt er den Schaum auf den Schulterblättern, gleitet langsam über meinen Rücken bis zum Steiß, von wo aus er schließlich mit zwei Fingern durch meine Poritze streicht und meinen Anus massiert. Der samtige Schaum fühlt sich dort so gut an, dass ich unwillkürlich ein Hohlkreuz mache und ihm meinen Po noch mehr entgegenstrecke. Mal um Mal gleitet seine Hand, gleiten seine Finger über die gleiche Stelle …

Immer wieder nimmt er von dem Duschgel,

und auch ich habe mir erlaubt, etwas davon in meine Hand zu quetschen, mich umzudrehen und mit meinen seifigen Händen über Ricks Körper zu streichen. Schließlich gibt es keinen Fleck mehr an unseren Körpern, der nicht glitschig von Seifenschaum ist. Rick stellt das Wasser wieder an, um uns abzubrausen, und besteht darauf, dass er mich abtrocknen und mir die Haare kämmen darf. Ich erlaube es ihm, aber fühle mich merkwürdig dabei. Ein bisschen wie ein Gegenstand. Oder ein kleines Mädchen. Manchmal hat er wirklich seltsame Ideen. Als ich nach dem Föhn greife, um mir die Haare zu trocknen, nimmt er ihn mir aus der Hand und föhnt Strähne für Strähne auf einer Bürste trocken. So viel Sorgfalt bin ich gar nicht gewohnt. Bei mir muss immer alles ganz schnell gehen. Aber das Ergebnis sieht umwerfend aus: Mein Haar glänzt und fühlt sich obendrein seidenweich an. Vielleicht sollte ich mir in Zukunft doch etwas mehr Zeit gönnen?

Ein Klopfen an der Tür reißt mich aus meinen Gedanken.

»Das ist bestimmt der Zimmerservice«, sagt er und schlingt sich ein Handtuch um die Hüften.

Als wäre es die natürlichste Sache der Welt, einer fremden Person die Tür halb nackt zu öffnen, durchquert er die Suite. Ich hingegen bleibe wie angewurzelt im Bad stehen und lausche den Geräuschen, die vom Eingang kommen. Deutlich höre ich, dass die Tür sich öffnet und eine weibliche Stimme etwas erwidert – aber die genauen Worte kann ich nicht verstehen. Rick bedankt sich, die Tür fällt ins Schloss und endlich traue ich mich aus dem Bad heraus.

»Dein Kleid ist fertig!« Er trägt es auf einem Bügel vor sich her, hängt es an den Kleiderschrank und dreht sich zu mir um. »Komm her!« Er winkt mich zu sich heran.

Ich gehe um das Bett herum, bleibe vor Rick stehen. Seine Hände gleiten durch mein Haar.

»Ich liebe deine langen Haare. Lass sie dir bitte niemals abschneiden, ja?«

Ich schüttele den Kopf. »Nein. Ich habe viel zu lange gebraucht, bis sie so lang waren wie jetzt.«

»Wenn sie dir eines Tages bis über deinen Hintern reichen, mache ich ein Foto von dir. Nur du und dein Haar. Sonst nichts. Ich sehe es bereits vor mir.«

Er setzt sich aufs Bett, zieht mich näher an sich und schließt die Arme um meine Taille, küsst meinen Bauchnabel. Seine Hände gleiten zu meinen Pobacken, die er zärtlich knetet, während sein Mund den Händen folgt und meine Hüfte küsst. Ich stehe nur da, schaue aus dem Fenster auf die verschneiten Berge und komme mir wie ein Spielzeug vor. Oder wie eine Nachspeise, die er genüsslich kostet. Der zweite Gedanke gefällt mir zugegebenermaßen besser als der erste. Die Vorstellung, von Rick vernascht zu werden, hat etwas Prickelndes. Trotzdem will ich nicht untätig sein. Deshalb streichle ich seine Schultern, seinen Rücken.

»Nimm die Hände nach hinten«, kommentiert er meine Initiative.

»Ich möchte dich aber auch berühren.«

»Du sollst gar nichts machen, mein Kätzchen, sondern genießen, verstanden?«

Ich glaube, ich höre nicht richtig! Was fällt ihm ein, so mit mir zu reden? Ich bin doch kein kleines Kind!

»Willst du mir etwa verbieten, dich anzufassen?«

Er sieht grinsend zu mir auf. »Und wenn es so wäre? Was würdest du tun?«

Einen Moment lang bleibt mir der Mund offen stehen, bevor es Klick in meinem Hirn macht. *Verdammt! Ich falle aber auch immer auf ihn herein. Aber dieses Mal nicht, Herr Wolfermann! Wenn er gedacht hat, ich sträube mich jetzt und fahre meine Krallen aus, wie er es gern nennt, dann hat er sich geirrt!*

Mit einem Lächeln auf den Lippen beuge ich mich zu ihm herunter, sehe ihm in die Augen, so wie er es sonst bei mir tut, und küsse ihn. Die Überraschung ist mir gelungen, denn er stöhnt ganz leise, eindeutig genießerisch, als meine Zunge auf seine trifft. Ich kann meine Freude darüber nur schwer verbergen, meine Lippen verziehen sich an seinem Mund zu einem Schmunzeln, und ich spüre, dass er ebenfalls grinst.

»Ich mag es, wenn du deine Krallen zeigst, mein Kätzchen«, flüstert er. »Aber ich mag auch, wenn du zärtlich bist.«

Darauf fällt mir keine passende Antwort ein. Von einer Sekunde zur nächsten umschließt er mich fest an der Taille und lässt sich mit dem Oberkörper aufs Bett fallen. Ich quietsche laut vor Schreck, denn er reißt mich einfach mit sich. Meine Haare fliegen mir ins Gesicht und ich lande mehr oder weniger unsanft auf Rick. Bei dem Versuch, mir die Haare über den Kopf nach hinten zu schieben, kommt er mir zuvor, indem er sich mit mir zusammen herumrollt. Jetzt liege ich unten und er auf mir – und da ist er wieder, dieser Blick, der zu sagen scheint: *Sei mein!* Mein Herz setzt einen Moment lang aus, um dann umso schneller zu schlagen. Er sagt nichts, betrachtet mich nur – und ich gestehe: Ich mag es, wenn er mich auf diese Art ansieht und dabei dieses aufregende Kribbeln durch meinen Körper fließt.

Eine Hand löst sich von der Matratze, legt sich an meinen Hals, und auch das fühlt sich gut an. *Ja, ich will ihm gehören.* Ich glaube selber nicht, dass ich so etwas denke, aber es ist so. Bei Rick ist irgendwie alles anders, und dieses *anders* fühlt sich nicht nur gut an, sondern auch richtig. So, als hätte ich nur darauf gewartet, dass wir uns begegnen. Als wären wir füreinander bestimmt. *Gott! Jola! Jetzt spinnst du wirklich! Glaubst du etwa an Schicksal, oder was?* Aber das warme Gefühl in meinem Bauch sagt mir, dass ich nicht verrückt bin, und deshalb lächle ich ihn an und wispere: »Ja.«

»Ja«, flüstert er zurück. Seine Augen leuchten, als er es sagt.

Sein Kopf senkt sich auf mich herab, seine Zunge leckt über meinen Nippel, bevor er in Ricks Mund verschwindet. Die Hand, die eben noch meinen Hals umschlossen hat, gleitet an mir herunter, findet die andere Brust, umschließt sie mit knetenden Bewegungen, bis die Finger auf meine Brustwarze treffen und sie zärtlich kneifen, sodass sie sich erhebt. Ich liebe es, wenn er das tut – und meinetwegen darf es auch ruhig ein bisschen fester sein.

Ich sage es ihm und prompt erfüllt sich mein Wunsch. Rick nimmt meinen Nippel zwischen die Zähne, zwickt ihn, lässt ihn im Zeitlupentempo herausgleiten, zieht ihn lang. Ich schnappe nach Luft, mein Puls legt noch einen Takt zu. *Oh Mann, ist das gut!*

»Gefällt's dir?«, fragt er und sieht mich dabei an.

»Mhmm«, seufze ich hingerissen. »Das war genau richtig.«

»Und warum hast du mir das nicht schon eher gesagt, du böses Mädchen?«

»Weil … weil …« *Verdammt! Schon wieder bringt er mich aus dem Konzept.* Doch dann sehe ich das Blitzen in seinen Augen, und anstatt ein schlechtes Gewissen zu haben, entgegne ich mit hoffentlich der gleichen Lässigkeit, die er sonst an den Tag legt: »Du hast mich ja nicht danach gefragt.«

Offenbar gefällt ihm meine Antwort, denn er

grinst, beugt sich über mich und nimmt meinen Nippel wieder in den Mund. Dieses Mal saugt er ihn so fest ein, dass ich die Luft anhalte und schwer ausatme, als er ihn endlich zwischen den Zähnen herausgleiten lässt. *Autsch! Das tat weh, Herr Wolfermann!* Zum Glück hält der Schmerz nur kurz an, verflüchtigt sich schnell, sodass ich mich entspanne.

»Strafe muss sein«, kommentiert er meine Reaktion mit einem maliziösen Lächeln. »Leg dich auf den Bauch.«

»Warum denn?«

»Das wirst du gleich sehen. Komm schon, dreh dich um.«

Mit einem verdrießlichen Schnauben drehe ich mich, wie von ihm gewünscht, auf den Bauch. *Warum muss eigentlich immer alles nach seiner Nase gehen?*

Seine Hände gleiten zwischen meine Schenkel, spreizen sie auseinander und schieben sich unter mir hindurch an meine Hüfte. Mit einer ruckartigen Bewegung, bei der ich erschrocken aufschreie, hebt er meinen Po an, sodass ich die Knie anwinkeln muss, wenn ich nicht umfallen will. Dann umfasst er meine Pobacken und zieht sie etwas auseinander. Ich fühle mich wie ein Paket, das er fest im Griff hat.

Der letzte Rest meines Missmuts löst sich in Wohlgefallen auf, als ich Ricks Atem an meinen Pobacken spüre. Dieses Mal halte ich die Luft in zittriger Vorfreude an, warte darauf, dass seine

Zunge meine Schamlippen streichelt, doch dann … *Oh! Mein Gott! Mmmh! Was ist das?*

Anstatt in meinem Schoß fühle ich Ricks Zunge an meiner Rosette. Meine Knie werden weich und würde er mich nicht so fest in seinem Griff halten, sie würden unter mir wegsacken. *Himmel, ist das geil!* Noch nie hat mich jemand dort geleckt.

Es ist ein Gefühl, das ich nicht beschreiben kann. Einerseits ist es wahnsinnig erregend. Seine Zunge fühlt sich samtig an, warm und feucht. Wie ein Laserstrahl brennt sich die Hitze von dort, wo sie mich streichelt, in meinen Schoß und lässt meinen Glücksknoten pulsieren. Auf der anderen Seite empfinde ich so etwas wie Scham. Scham, weil er mich an dieser ganz bestimmten Stelle küsst, die intimer ist als alles andere. Scham auch vor mir selbst, weil mir das, was er mit mir macht, so gut gefällt. Ist das normal?

Immer wieder kreist er um meinen After, leckt ihn, und abwechselnd kichere ich vor Scham, verdrehe entzückt die Augen, stöhne genießerisch und beiße mir auf die Lippen, weil es kaum auszuhalten ist. Ich habe keine Ahnung, wie lange er mich so liebkost, denn ich habe jedes Zeitgefühl verloren. Ich weiß nur eins: Es ist unbeschreiblich sinnlich, und ich fühle mich so weich und flauschig wie ein Wattebällchen, so wahnsinnig wohl, dass ich zunächst gar nicht registriere, dass seine Zunge mich nicht mehr verwöhnt. Erst als er die Hände von meinem Hintern nimmt, bemerke ich es.

»Bleib genau so liegen. Ich brauche nur zwei Sekunden«, flüstert er, und ich spüre, dass er sich vom Bett erhebt. Er tritt an die Nachtkonsole heran, ergreift das Paket, das die Rezeptionistin ihm überreicht hat, setzt sich neben mich und reißt es auf. Eine schwarz-pinkfarbene Schachtel kommt zum Vorschein.

»Was ist das?«

»Ein Geschenk für dich.«

»Für mich? Aber Weihnachten ist doch vorbei.«

Er ignoriert meinen Einwand und hält mir die Schachtel hin. *My Pink Kink* steht darauf. Es sagt mir nichts. Rick öffnet sie, und ich erblicke vier verschieden große keilförmige Plugs aus Edelstahl. Es gibt je einen mit einem transparenten, rosafarbenen, grünen und blauen Stöpsel am Ende, denn ich weiß nicht, wie ich dieses geschliffene, glitzernde Endstück sonst bezeichnen sollte. Außerdem sind noch vier schwarze Tütchen dabei – Gleitgel, vermute ich. Ich bin sprachlos. Wie kann es sein, dass er dieses Paket bestellt hat? Er wusste doch nichts von meinem Wunsch, bevor ich hierherkam, sondern erst, als ich es ihm in unserem Liebes-Ufo erzählt habe. Und dort gibt es keinen Internetanschluss. Oder stand mir mein Wunsch so deutlich ins Gesicht geschrieben? Die Vorstellung jagt mir einen Schauer über den Rücken und Röte in die Wangen.

»Woher hast du die?«, stammle ich, nachdem

ich mich wieder gefasst habe.

»Im Internet bestellt und das Hotel als Lieferadresse angegeben, als das Auto zur Reparatur war. Unten im Dorf gibt es an vielen Stellen WLAN.«

Seine Erklärung beruhigt mich. Es stand mir also doch nicht auf die Stirn geschrieben. Ich atme erleichtert aus. Trotzdem ist da noch etwas, das ich ihn fragen muss: »Ich verstehe nicht, wozu du die bestellt hast. Ich wollte doch deinen Schwanz …«

»Immer mit der Ruhe, Süße. Ich weiß schon, was du willst«, unterbricht er mich. »Aber wir werden uns behutsam herantasten. Erst wenn du schön artig bist und den blauen Plug ohne Probleme einführen kannst, wirst du meinen Schwanz zu spüren bekommen.«

»Aber warum nicht gleich?«

»Ich habe meine Gründe.«

Er sieht mich an. Schweigt. *Gott! Er kann einen wirklich auf die Folter spannen!*

»Und die wären?«, frage ich schließlich etwas zickig.

»Typisch mein neugieriges Kätzchen«, sagt er schmunzelnd. »Muss immer alles wissen, stimmt's?

Verflixt und zugenäht! Ich könnte mir die Zunge abbeißen, schlage stattdessen aber die Augen nieder. *Warum kann ich nicht ein Mal meine Klappe halten?*

»Sieh mich an«, fordert er mich auf und tippt

mir unter das Kinn, sodass ich die Augen aufschlage. »Wenn du es unbedingt wissen willst: Ich möchte es langsam angehen lassen, damit du dich daran gewöhnst. Denn dann wird es gleich beim ersten Mal, wenn ich meinen Schwanz in deinen Allerwertesten stecke, richtig schön für dich sein. Und je schöner es für dich ist, umso mehr werde ich dich genießen – und umso öfter wirst du mich darum bitten. Vergiss nie, Jola: Alles, was ich will, ist deine Lust zu sehen. Sie zu fühlen. Und derjenige zu sein, der sie dir gibt.«

Meine Wangen brennen jetzt erst recht wie Feuer. Wie ich mich schäme! So oft hatten wir diese Situation in den letzten Tagen und jedes Mal kam das Gleiche dabei heraus. Nämlich, dass Rick der rücksichtsvollste und einfühlsamste Mann ist, der mir je begegnet ist. Und ich blöde Kuh kriege das nicht in mein Hirn, sondern frage mich immer wieder, warum er dies und das tut, anstatt ihm einfach zu vertrauen. Warum zum Teufel fällt mir das so schwer? Manchmal denke ich, ich habe ihn gar nicht verdient.

»Rick, ich … es tut mir leid. Ich wollte nicht …«

»Du musst dich nicht dauernd entschuldigen«, sagt er mit seiner samtigen Stimme. »Ich weiß, wie schwierig es ist, jemand anderem total zu vertrauen. Das braucht Zeit. Mach dir keine Sorgen: Davon haben wir jede Menge.« Er nimmt den transparenten Plug aus dem Kästchen. »Also, was ist? Wollen wir den ausprobieren?«

Mir fällt ein riesiger Stein vom Herzen, und eine

Mischung aus Aufregung, Nervosität und fiebriger Erwartung ergreift mich.

»Ja«, antworte ich schließlich, woraufhin Rick mich anlächelt. Es sieht fast so aus, als ob er genauso ungeduldig darauf gewartet hat wie ich.

»Leg dich auf die Seite, Süße.«

Mir liegt ein *Warum denn das?* auf der Zunge. In letzter Sekunde schlucke ich es herunter und tue, was er sagt. Ich höre, dass er eins der Tütchen aufreißt, danach wird es kalt an meinem Anus. Sein Finger verteilt das Gel gleichmäßig um meine Rosette, drückt etwas dagegen und massiert sie. Mein Mund öffnet sich bereits, um ihn zu fragen, was in aller Welt er denn da schon wieder macht. Er soll doch den Plug in mich schieben und nicht den Finger! Aber dann beiße ich mir auf die Lippen. Es fällt mir zugegebenermaßen schwer, nichts zu sagen, mich zu beherrschen, aber dieses Mal will ich meinem Vorsatz treu bleiben. Also atme ich tief ein und aus, als Ricks Finger weiter gegen meine Rosette drückt, und versuche, mir meine Aufregung nicht anmerken zu lassen.

»Entspann dich, Jola«, sagt er warm, und einmal mehr bin ich überwältigt davon, wie gut er mich erspürt. Man könnte meinen, er liest meine Gedanken. »Am leichtesten geht es, wenn du ein bisschen dagegendrückst. Versuch es.«

Alles in mir sträubt sich, seinen Rat zu befolgen, aber ich habe mir vorgenommen, keine Fragen zu stellen, also tue ich es – und tatsächlich! Ich spüre, wie ich nachgebe und Ricks Finger ein Stück in mich gleitet, bevor er sich wieder zurückzieht. Ich höre das Knistern des Plastiktütchens erneut und gleich darauf klopft Ricks Finger zum zweiten Mal an meinen Hintereingang.

»Noch mal«, sagt er.

Dieses Mal presse ich, ohne zu zögern, und gleich darauf verteilt sich mehr von der feuchten Kühle des Gels rund um meinen After und auch in mir drin. An dem folgenden Geräusch erkenne ich, dass er den letzten Rest aus dem Tütchen herausquetscht. Meine Aufregung klettert eine Stufe höher. Das kann doch wohl nur *eins* bedeuten … Richtig! Das ist nicht mehr Ricks Finger, der jetzt gegen meine Rosette drückt, sondern der Plug. Er ist kühl und glatt. Ich atme zweimal tief durch, bevor ich mich für ihn öffne. Einen Moment lang habe ich das Gefühl, es geht nicht, und ich bekomme ein wenig Panik, aber dann weite ich mich und der Plug flutscht wie von selbst in mich.

Ich bin ein bisschen enttäuscht, denn außer einem gewissen Druck spüre ich kaum etwas. Bleibt das etwa so? Rick beugt sich von hinten über mich, seine Lenden schmiegen sich an meinen Hintern – seine Männlichkeit liegt auf meiner Poritze.

»Guck mich an«, flüstert er, und ich drehe ihm meinen Oberkörper entgegen, sodass ich halb auf der Seite, halb auf dem Rücken liege. Er küsst meinen Nippel, sieht mich an. »Heb dein Bein

ein wenig«, raunt er mir daraufhin ins Ohr.

Ich tue es und sehe, dass er mit einer Hand zwischen seine Beine greift. Gleich darauf spüre ich seine Eichel an meinem Scheideneingang. Als er sich dagegenpresst, halte ich den Atem an, mein Mund öffnet sich zu einem tonlosen A. Es fühlt sich alles so eng an. Rick drückt sich stärker an mich … und ist plötzlich in mir. Aus dem A, das mein Mund gerade noch geformt hat, ist ein O geworden.

»Ich liebe diesen Gesichtsausdruck«, flüstert er, küsst erst meine Brustspitze und dann mich.

Langsam, mit einem geschmeidigen Hüftschwung, bewegt er sich in mir vor und zurück. *Oh Gott!* Ich spüre den Plug jedes Mal, wenn Rick sich in mich schiebt. *Was für ein Wahnsinnsgefühl!* Jeder Stoß von ihm lässt mich in seinen Mund stöhnen. Tausende kleiner Blitze schießen durch meinen Körper, lassen meinen Unterbauch unerträglich prickeln und summen. Noch immer dringt er mit der gleichen lasziven Bewegung in mich. Er hat sich dabei mit ausgestreckten Armen abgestützt und betrachtet mich. Ich möchte ihn auch ansehen, aber jedes Mal, wenn ein weiterer Blitz durch mich schießt, kann ich nicht anders und schließe die Augen. Nie. Niemals hätte ich es mir so vorgestellt.

»Du siehst wunderschön aus, wenn du so erregt bist«, sagt er mit der heiseren Stimme, die ich so an ihm liebe. Sein nächster Stoß ist fester. Tiefer. Mein Unterleib zuckt, ich reiße die Augen auf und aus meinem Mund kommt ein gestöhntes O. Er lächelt mich von oben herab an. »Ja. So will ich dich. Genau so!«, kommentiert er meine Reaktion und treibt sich schneller in mich.

Ich bin unfähig, etwas darauf zu antworten, denn das Zucken in meinem Bauch nimmt ungekannte Ausmaße an. Meine Gedanken verschwimmen. Ich bestehe nur noch aus Lust und stöhnenden Geräuschen, die aus meiner Kehle kommen und die ich nicht kontrollieren kann – und dann erkenne ich den Gipfel. Er kommt näher … ein gewaltiges Beben in meinem Bauch schüttelt mich durch – bis ich ermattet auf einer rosaroten Wolke der Lust von meinem Höhepunkt herunterschwebe.

Es ist Viertel nach neun. Rick und ich haben vor einer Stunde im Hotelrestaurant zu Abend gegessen. In meinem frisch gebügelten Kleid stehe ich mit Bürste und Haargummi in der Hand vor dem Spiegel und experimentiere mit meinen Haaren herum. Soll ich sie hochstecken? Oder besser nicht? Vielleicht ein Zopf? Oder soll ich sie offen tragen? Ich kann mich nicht zu einem Entschluss durchringen und seufze leicht genervt.

»Bist du fertig?«, dringt Ricks Stimme aus dem Wohnzimmer zu mir herüber.

»Einen Moment noch!« *Verflixt!* Ich muss mich entscheiden, … aber wozu?

»Was ist los?«, fragt er und steht plötzlich hinter mir, legt die Hände auf meine Schultern.

»Ich weiß nicht, was ich mit meinen Haaren machen soll«, gestehe ich ihm. »Ich kann mich nicht entscheiden. Hochstecken oder nicht? Was meinst du?«

Seine Antwort kommt umgehend: »Lass sie offen. So gefällst du mir am besten.« Er packt mich an den Schultern, dreht mich um, sodass ich ihn ansehe. »Du siehst umwerfend aus. Du solltest viel öfter Kleider tragen. Darin siehst du aus wie eine Göttin.«

Hitze schießt mir bei seinen Worten in die Wangen. *Wie eine Göttin!* »Übertreib nicht so, das ist mir peinlich.«

»Ich übertreibe keineswegs. Du bist sehr, sehr sexy in dem Kleid mit dem langen Schlitz an der Seite. Ich werde mich schwer beherrschen müssen, um dir nicht ständig darunter zu fassen.« Er zieht mich an der Hand zu einem der Stühle im Esszimmer. Ich beiße mir auf die Lippen, denn beim Gehen spüre ich den Plug in mir, den ich auf Ricks Wunsch den ganzen Abend tragen soll. »Setz dich«, sagt er, indem er auf einen der Stühle deutet.

Er nimmt mir die Bürste aus der Hand und fährt damit durch mein Haar. Langsam und mit Muße bürstet er Strähne für Strähne, bis es so seidig glänzt und glitzert wie der Anzug, den er angezogen hat. Wenn hier jemand umwerfend aussieht, dann ist es Rick. Nicht, dass es einen Moment gäbe, in dem er nicht gut aussähe. Er kann anhaben, was er will – oder auch gar nichts

–, aber in dem dunklen Anzug und dem weißen Hemd sieht er einfach atemberaubend aus. Ich komme mir in meinem schlichten, schwarzen Kleid neben ihm viel zu brav vor.

»Bleib sitzen.« Er legt die Bürste weg, geht ins Schlafzimmer und kommt mit etwas zurück, das er in der Hand verborgen hält. »Du hast recht. Etwas fehlt noch für die Göttin. Steh auf!« Als ich mich erhebe, kommen seine Hände meiner Kehle näher. Doch anstatt seiner Hand umschließt etwas Kühles meinen Hals. Er dreht mich zum Spiegel um, und ich sehe, dass er mir ein Perlencollier angelegt hat. Es besteht aus drei Reihen gleichgroßer Perlen, die sich sanft um meinen Hals schmiegen. Es ist wunderschön.

»Jetzt bist du eine Göttin.«

»Sind die etwa echt?«, frage ich ergriffen.

»Ja, sind sie. Sie gehören meiner Mutter. Sie hat sie mir geliehen.« Mit einem Zwinkern fügt er hinzu: »Also pass gut auf sie auf, sonst muss ich dir leider den Hintern versohlen.«

Seinen letzten Satz überhöre ich einfach. Ich bin viel zu gerührt, dass ich die Perlenkette seiner Mutter tragen darf – und werde sicher den halben Abend lang Angst haben, sie zu verlieren. Ach, was rede ich! Den *ganzen* Abend!

»Komm«, er ergreift meine Hand, »lass uns aufbrechen. Ich will dich endlich meinen Freunden vorstellen.«

Ich gehe neben Rick her und beiße mir auf die Lippen. Der verdammte Plug bewegt sich bei jedem Schritt in mir, und ich weiß nicht, welches Gefühl mich gerade verrückter macht: Das Ding in meinem Hintern oder die Achterbahn in meinem Bauch, die sich in Gang gesetzt hat, als Rick seine Freunde erwähnt hat. Zu allem Überfluss muss ich genau aufpassen, wie ich mich bewege, damit der Strapshalter nicht jedes Mal aus dem Schlitz des Kleides blitzt, denn eine Strumpfhose durfte ich nicht anziehen. Das kann ja ein Abend werden …

Der Aufzug bringt uns ins Untergeschoss. Schon als die Fahrstuhltür sich öffnet, hört man Musik und hämmernde Beats. Wir gehen einen Gang entlang, bis wir vor einer schwarzen Tür ankommen, auf der in goldenen Buchstaben *Bellevue* prangt. Ein Mann in dunkelblauer Uniform steht davor. Rick zeigt ihm die Chipkarte unseres Zimmers, woraufhin der Türsteher die Karte scannt, uns die Tür aufhält und in den Club eintreten lässt. Sofort nimmt die Lautstärke der Musik dramatisch zu. Es sind bereits eine Menge Leute anwesend, und ich habe etwas Schwierigkeiten, mich in dem Gewirr aus Licht und Menschen zurechtzufinden. Ich ergreife Ricks Hand fester. Er sieht mich an, lächelt und zieht mich dann durch die Menschenmassen hinter sich her.

Der Saal ist riesig, und die Bar, an der wir vorbeigehen, ist die längste, die ich je gesehen habe. Sie scheint kein Ende zu nehmen. Ich zähle mindestens zehn Barkeeper, wenn nicht mehr. Der

Raum ist eine Art Halbkreis, wobei die Bar sich komplett an der runden Seite erstreckt und die gegenüberliegende gerade Seite aus deckenhohen Panoramafenstern besteht, auf die Rick zielstrebig mit mir zusteuert. Dort ist das Gedränge am größten, und ich erkenne auch gleich, warum: Der Club hat seinen Namen voll und ganz verdient, denn die Fensterfront erlaubt einen atemberaubenden Blick ins Tal und auf die verschneiten Berge ringsherum. Dass das Hotel so nah an den Hang gebaut ist, habe ich gar nicht bemerkt, als ich es von außen zum ersten Mal gesehen habe. Zwischen Fensterfront und Abhang gibt es an einer Stelle eine Terrasse, deren Zugang aber verschlossen ist. In unserem Rücken befinden sich, etwa zwei Meter von der Fensterfront entfernt, mehrere abgeteilte Bereiche mit Sitzgelegenheiten.

Ich hätte die fantastische Aussicht gern noch genossen, aber Rick zieht mich weiter hinter sich her. Beim Vorbeigehen wirft er immer wieder einen Blick in die Separees, als ob er jemanden sucht. Plötzlich streckt er winkend den Arm in die Luft. In ein paar Metern Entfernung sehe ich ebenfalls jemanden winken. Eine Frau. Sie kommt uns entgegen und schmeißt sich, als sie vor uns steht, an Ricks Hals, küsst ihn rechts und links auf die Wange. Er hat meine Hand losgelassen, um die Frau zu umarmen, und erwidert ihre Wangenküsse, während ich mir etwas deplatziert daneben vorkomme.

»Li! Wie schön, dich zu sehen«, höre ich ihn freudestrahlend sagen. »Gut siehst du aus.«

Ich muss ihm recht geben: Vor uns steht eine zierliche Brünette mit einem Pagenkopf und großen dunklen Augen, die selbst mich magisch anziehen.

»Wo sind die anderen? Ist Ben auch da?«

»Wir sind da hinten«, antwortet sie und deutet mit dem Finger in die Richtung. »Ben konnte leider nicht kommen, aber er und Mia lassen dich grüßen. Sie eröffnen gerade ein Ressort auf Jamaika. Es ist fantastisch geworden, du wirst staunen.«

Ihr Blick fällt auf mich, denn ich stehe immer noch sprachlos daneben und fühle mich wie das sprichwörtliche fünfte Rad am Wagen. Rick wirft mir einen Seitenblick zu, dann entlässt er die Frau aus seiner Umarmung und legt einen Arm um mich.

»Das ist Jola«, sagt er zu der anderen, und zu mir gewandt: »Das ist Li. Meine Cousine. Sie ist die Schwester von Ben.«

Sie zieht die Augenbrauen hoch und sieht Rick fragend an. »*Die* Jola?«

»Ganz genau«, bekräftigt er ihre Frage und ich komme mir merkwürdig bei seiner Antwort vor.

Wieso fragt sie das? Sie kennt mich doch gar nicht. Oder doch? Dennoch strecke ich ihr brav die rechte Hand entgegen, die sie aber nicht ergreift, sondern mich stattdessen umarmt und ebenfalls mit Wangenküssen überhäuft.

»Wie schön, dich endlich kennenzulernen! Rick hat schon so viel von dir erzählt. Und du siehst genauso aus, wie er gesagt hat, nur noch hübscher. Deine Haare sind der absolute Wahnsinn. Wie lange hast du gebraucht, bis sie so lang waren? Sind die nicht schwer? Und das Kleid …«

»Ihr könnt euch den ganzen Abend noch unterhalten«, unterbricht er ihren Redeschwall. »Bring uns lieber ins Separee.«

»Du gönnst mir auch gar nichts«, sagt sie mit einem offensichtlich nicht ernst gemeinten Schmollen und boxt ihn auf den Oberarm. »Los, kommt mit. Die anderen werden staunen.«

Sie dreht sich um und führt uns durch die Menschenmenge bis ans Ende des Saals, wo es etwas ruhiger ist. Bei dem Tempo, das sie vorlegt, spüre ich den Plug überdeutlich in mir und muss mir auf die Lippen beißen, um die Gefühle dort unten unter Kontrolle zu halten. Vor dem letzten Separee macht sie Halt. Es ist eine Art Abteil mit einer eigenen kleinen Tanzfläche, die von einer Sitzbank umrahmt ist. Kaum sind wir angekommen, wiederholt sich die Begrüßungsszene – nur in mehrfacher Ausfertigung: Vier Frauen küssen Rick der Reihe nach ab und fünf Männer begrüßen ihn herzlich mit Schulterklopfen und Umarmungen. In Nullkommanichts steht Rick im Mittelpunkt des Interesses. Alle überschütten ihn mit Fragen, die er mit einem gewinnenden Lächeln beantwortet. Das ist der Rick Wolfermann, wie ich ihn bisher kannte – und wieder fühle ich mich wie ein Geschwür, das keiner haben will, und weiß nicht, was ich sagen soll.

Dann erblickt mich einer der Männer. Er hat eine Art Handpuppe an, die aussieht wie eine Socke mit Gesicht und Haaren. An der einen Seite schaut der Daumen, an der anderen Seite der kleine Finger heraus. Mit verstellter Stimme, ohne dabei die Lippen zu bewegen, fragt er: »Wer ist denn die Hübsche mit den langen schwarzen Haaren?« Er dreht die Puppe zu sich, sieht sie an und zuckt mit den Schultern, worauf die Handpuppe erst zu mir und dann wieder zu ihm blickt, bevor sie sagt: »Los! Bring mich zu ihr und stell mich vor!«

Seine Worte sind von den anderen nicht unbemerkt geblieben. Mit einem Mal fühle ich sämtliche Blicke auf mir. Das Blut schießt mir in die Wangen, ich weiß nicht, wohin ich gucken soll. Ich bin es nicht gewohnt, derart im Mittelpunkt zu stehen. Um meine Verlegenheit perfekt zu machen, stellt Rick sich hinter mich, legt die Hände auf meine Schultern und sagt: »Das ist übrigens Jola.«

Plötzlich sehen alle so aus, als hätte er gerade eine schockierende Nachricht verkündet. *Oh Gott! Erde tu dich auf und verschluck mich!* Nur eine Sekunde später werde ich von Julia und Chris, Sophie, Isabel, Mike, Jonas und Paul, von Rebekka und Leon, dem Mann mit der Handpuppe, umarmt, geküsst und mit Fragen und Komplimenten überhäuft. Ich kenne niemanden hier, aber alle scheinen ganz genau zu wissen, wer ich bin. Immer wieder höre ich das, was Li gesagt hat: »Rick hat schon so viel über dich erzählt.« Aber auch Sätze wie: »Wir dachten schon, es gibt dich gar nicht und Rick hätte dich erfunden. Seit drei Jahren sagt er jedes Mal, dass er dich beim nächsten Mal vorstellt – aber er hat dich nie mitgebracht.«

Ich frage mich, was Rick denn wohl von mir erzählt hat, und fühle mich geschmeichelt. Gleichzeitig bin ich aber auch verlegen und weiß nicht, wie ich reagieren soll. Leon ist schließlich derjenige, der das Eis bricht. Mit der Handpuppe kommt er auf mich zu und lässt sie mit einer angedeuteten Verbeugung und italienischem Akzent sagen: »Gestatten? Ich bin Angelo.«

Unwillkürlich muss ich schmunzeln, und als ich antworte, schaue ich schwachsinnigerweise auf die Socke anstatt in Leons Gesicht. »Hallo Angelo, ich bin Jola.«

»Dein Name gefällt mir. Jooola.« Er spricht meinen Namen mit einer träumerischen Note aus. »Du hast wunderschönes Haar, Jola. Bist du die Schwester von Schneewittchen oder Rapunzel?«

»Weder noch«, antworte ich und kann es nicht fassen. Ich rede mit einer Puppe!

»Darf ich dein Haar mal anfassen? Bitteeeee!«

Ich muss mich wirklich beherrschen, nicht zu lachen, und sage so ernst wie möglich: »Ja, warum nicht?«

Die Handpuppe – oder vielmehr Angelo – berührt mein Haar und macht dabei mehrmals genießerisch *mmmh!* Ich komme mir wie ein Zuschauer vor, der als Statist zu einem Bauchredner auf die Bühne gerufen wurde. Als Leon die andere Hand in meine Richtung ausstreckt, ist Angelo blitzschnell zur Stelle, haut Leon auf die Finger und tadelt ihn in einem leicht eifersüchtigen Ton: »Hau ab, Leon! *Ich* habe sie entdeckt!«

Meine Beherrschung ist endgültig dahin. Ich lache laut und auch die anderen lachen über die gespielte Rivalität zwischen Leon und Angelo.

»Und du kannst ebenfalls abhauen, Angelo«, höre ich Rick hinter mir sagen. »Lass gefälligst deine Finger von ihr. Jola ist nämlich *meine* Freundin.«

Mein Herzschlag setzt eine Sekunde aus.

Meine Freundin!

Ein Kribbeln rast mit Überschallgeschwindigkeit durch meinen Bauch und hinterlässt ein flattriges Gefühl.

Meine Freundin.

Es kann nicht sein! Ich muss mich verhört haben! Hat er das tatsächlich gesagt? Wie zur Bekräftigung seiner Worte umschließen mich seine Arme von hinten, er küsst meine Wange und Angelo zieht sich mit einem beleidigt klingenden Laut zurück.

»Was willst du trinken, Süße?«, raunt er in mein Ohr, ohne mich loszulassen.

»Ich weiß nicht. Eine Cola?«

Er entlässt mich aus seinen Armen, was ich mit Bedauern zur Kenntnis nehme. »Cola für die Dame. Ich geh uns was besorgen. Bin gleich wieder da.«

»Ich komme mit.«

»Nein. Bleib hier. Ich bin schneller wieder da, wenn ich allein gehe.«

»Aber ich will nicht allein bei deinen Freunden bleiben. Ich kenne sie doch überhaupt nicht.«

»Dann wird es Zeit, dass du sie kennenlernst. Komm mit!« Er nimmt mich an der Hand, zieht mich zu den Sitzplätzen und bleibt vor einem Pärchen stehen, das eng umschlungen auf der Bank sitzt. »Kann ich Jola einen Moment bei euch lassen? Ich hole uns nur schnell etwas zu trinken.«

»Natürlich«, antwortet die Frau mit den kurzen blonden Haaren, deren Namen ich bereits wieder vergessen habe. Und wie hieß ihr Freund noch mal? Verdammt! Mein Namensgedächtnis ist wirklich eine Katastrophe.

»Rutsch mal ein Stück, Chris«, sagt sie zu ihrem Freund. Beide rücken auf, dann deutet sie auf den freien Platz neben sich. »Setz dich doch.«

Chris und Leon, Chris und Leon, wiederhole ich in Gedanken und versuche so, mir die ersten zwei Namen einzuprägen, während ich mich hinsetze. In meinem Kopf herrscht ein Vakuum, ich habe keine Ahnung, worüber ich mit den Zweien reden soll. Wenn mir nur wieder einfiele, wie die Frau neben mir heißt …

»Kennst du Rick schon lange?«, fragt sie mich.

»Wir sind Kollegen. Ich bin jetzt das vierte Jahr bei der *Rhein-Depesche*.« Es ist wirklich zu blöde, dass ich ihren Namen nicht weiß. Also raffe ich alles, was ich an Mut besitze, zusammen und gestehe: »Es tut mir leid, ich habe deinen Namen vergessen. Könntest du ihn mir noch mal sagen?«

Mit einem Lächeln antwortet sie: »Das ist doch normal bei so vielen neuen Gesichtern. Ich bin Julia. Und das ist Chris. Wie lange seid ihr schon zusammen? Du und Rick, meine ich. Entschuldige, darf ich das fragen? Weißt du, Rick erzählt schon so lange davon, dass er dich mal mitbringt … Er hat dich wirklich gern.«

Wenn sie gedacht hat, dass sie mich damit beruhigt, hat sie sich geirrt. Meine Wangen brennen plötzlich, und ich sehe verlegen auf meine Hände.

»Ganz ehrlich?«, sage ich schließlich und schiele sie von unten herauf an. »Bis gerade eben wusste ich überhaupt nicht, dass wir zusammen sind.« Die beiden starren mich an, als wäre ich nicht ganz bei Trost. Mir wird klar, wie dämlich sich das anhört, mein Gesicht muss mittlerweile wie ein Feuermelder aussehen. »Ich meine … ich mag Rick. Sogar sehr. Nur … es ist alles noch so neu und ich war mir nicht sicher, ob …«

Julia ergreift meine Hand und drückt sie. »Ich kann dich gut verstehen. Bei mir und Chris war es anfangs genauso. Meistens ist es für Außenstehende viel offensichtlicher als für einen selbst. Aber dass ihr zwei zusammengehört, sieht selbst ein Blinder. Ich habe Rick noch nie so glücklich und verliebt gesehen wie heute.«

Rick verliebt? In mich? Mein Herz pocht plötzlich so schnell, dass ich fürchte, es springt mir gleich aus der Brust. Träume ich das auch nicht nur? Sicherheitshalber kneife ich mir in die Wange. *Autsch! Definitiv kein Traum!* Die beiden schauen mich entgeistert an, sodass ich mich zu einer Erklärung genötigt sehe, wenn sie mich nicht für völlig plemplem halten sollen.

»Ich ähm … musste nur gerade überprüfen, ob ich das nicht alles träume. Eine doofe Angewohnheit von mir … vergesst es einfach.«

Die zwei tauschen vielsagende Blicke aus und grinsen.

»Wie süß«, kommentiert Julia meine Erklärung, und Chris fügt hinzu: »Du bist witzig. Guter Humor. Gefällt mir.«

Ich komme mir gerade vor, als ob jemand alle meine Gefühle in einen Cocktailmixer gepackt hätte und sie jetzt kräftig durchschütteln würde. Es muss dringend ein anderes Gesprächsthema her. Weiter über Rick und mich zu reden geht gar nicht. »Wie habt ihr euch kennengelernt? Seid ihr schon lange zusammen?«, frage ich deshalb, und Julia gibt mir bereitwillig Auskunft.

»Chris und Ben haben mir in gewisser Weise das Leben gerettet. Wenn sie nicht gewesen wären … keine Ahnung, was dann aus mir geworden wäre.«

Ich schlucke hart. »Das hört sich ja dramatisch an. Was ist denn passiert?«

»Das ist eine lange Geschichte. Willst du sie wirklich hören?«

Ich nicke. Lang ist gut. So muss ich nicht über mich sprechen, sondern kann einfach zuhören.

»Also, das war so: Vor ziemlich genau …«

»Na? Unterhaltet ihr euch gut?«, unterbricht uns Rick, der mit zwei Getränken vor uns steht und mir meine Cola reicht. Ich bin wahnsinnig erleichtert, ihn zu sehen, nehme das Glas entgegen und trinke einen Schluck.

»Steh mal auf«, fordert er mich auf, nimmt meinen Platz ein und zieht mich auf seinen Schoß, wobei ich aufpassen muss, dass der Schlitz im Kleid nicht zu weit verrutscht und man womöglich meine Strapse sehen kann. »Über was habt ihr geredet?«

»Julia wollte gerade berichten, wie sie und Chris sich kennengelernt haben.«

Julia nickt, aber Rick macht eine Handbewegung und stellt sein Glas ab. »Solche schwerwiegenden Themen heben wir uns lieber für ein anderes Mal auf. Ich werde euch jetzt mal etwas über Jolas Leidenschaft erzählen. Ein süßes Geheimnis, das ich erst aus ihr herauskitzeln musste.«

Er grinst verschwörerisch und zwinkert mir zu, aber mir ist nicht ganz wohl in meiner Haut. Wovon redet er? Schon wieder steigt mir Hitze in den Kopf. *Oh Gott! Nein! Er wird doch nicht …*

Mit einem Seitenblick zu Julia und Chris fährt er seelenruhig fort: »Jola backt nämlich die besten Macarons dieser Welt und ich bin süchtig danach.«

OH! DAS meint er mit süßem Geheimnis. Mir fällt ein Stein vom Herzen, ich entspanne mich. »So gut sind sie auch nicht«, versuche ich, seine Lobeshymne abzumildern. Wie immer ist es mir etwas peinlich, wenn jemand etwas Positives über mich sagt – noch dazu vor anderen Leuten.

»Oh doch, das sind sie«, entgegnet er entschieden und sieht mir geradewegs in die Augen. »Es gibt nur eine Sache, die noch besser schmeckt als deine Macarons.«

»Und die wäre?«

»Deine Küsse, Süße. Davon werde ich nämlich niemals genug bekommen.«

Mir bleibt keine Zeit, darauf etwas zu antworten, denn Rick hat eine Hand auf meinen Hinterkopf gelegt und zieht mich zu sich herunter. Warm und weich dringt seine Zunge in meinen Mund, während die andere sich einen Weg unter das Kleid bahnt und meinen Oberschenkel streichelt. All die Mühe, die ich mir die ganze Zeit gegeben habe, die Strümpfe vor den Blicken der anderen zu verbergen, macht er mit einem Handstreich zunichte. Ich fühle die Röte in meine Wangen steigen. Was sollen seine Freunde jetzt von mir denken?

Der Abend ist wie im Flug vergangen. In wenigen Minuten ist es Mitternacht. Ricks Freunde sind wirklich alle wahnsinnig nett. Besonders Leon und Angelo. Als ich Leon gefragt habe, warum er die Puppe dabeihat, sagte er, dass er früher sehr schüchtern gewesen sei. Die Handpuppe habe ihn davon befreit, weil Angelo alles sagen könne, was er, Leon, sich nicht zu sagen wage. Insbesondere wenn es darum geht, Frauen anzusprechen. Ich habe ihn ein wenig beobachtet und glaube, er steht auf Isabel, denn Angelo hat sie viel zum Lachen gebracht. Dann sind da noch die Zwillinge Jonas und Paul, die abwechselnd mal mit Sophie, mal mit Li oder Isabel auf der Tanzfläche verschwinden. Mich haben sie auch gefragt, aber erstens bin ich keine gute Tänzerin, und zweitens tanze ich, wenn überhaupt, dann nur mit Rick. Mit Mike und Rebekka habe ich mich am wenigsten unterhalten. Die beiden scheinen frisch verliebt zu sein und haben nur Augen füreinander.

Allmählich macht sich eine gewisse Ruhelosigkeit unter den Partygästen bemerkbar. Auch Rick und Chris gucken immer wieder zur Uhr. Die Kellner gehen mit Tabletts, die mit Champagnergläsern befüllt sind, durch die Menge, aber die Tabletts sind jedes Mal leer, wenn sie bei uns ankommen. Nur noch eine Minute bis Mitternacht. Im Saal ist es fast stockfinster geworden, ein Laser malt eine überdimensionale Uhr an die Decke, auf der sich der Sekundenzeiger unaufhaltsam der Zwölf nähert. Es sind nur noch zwanzig Sekunden bis zum Jahreswechsel, als endlich auch ein Tablett mit Champagnergläsern bei uns ankommt. Rick überreicht mir eins, legt den Arm um mich und wir blicken beide an die Decke. Bei zehn Sekunden vor Zwölf fängt der ganze Saal zu zählen an: »Neun, acht, sieben …«

Ich zähle genauso mit wie alle anderen, aber ich schaue nicht mehr an die Decke, sondern blicke in die Menschenmenge und auf Rick. Irgendwie fühle ich mich wie im Märchen. Mit einer Mischung aus freudiger Erwartung und etwas Angst warte ich auf den Paukenschlag, der mich entweder weiterträumen lässt oder in die Wirklichkeit zurückholen wird.

»Drei, zwei, eins … Frohes neues Jahr!«, ertönt es im Chor.

Kein Gong lässt mich aus meinem Traum erwachen. Stattdessen schaut Rick mich an, stößt sein Glas an meins und wünscht mir ein frohes neues Jahr, bevor er einen Schluck von dem Champagner nimmt. Li und Julia sind die nächsten, die uns Glück wünschen, und dann folgen die übrigen, einer nach dem anderen. Plötzlich entsteht an der Glasfront ein Gedränge, alle Blicke richten sich darauf, denn draußen malen Raketen bunte Kreise in den Himmel. Ich will auch etwas sehen, doch als ich ein paar Schritte in Richtung der Fensterfront mache, hält Rick mich zurück.

»Komm mit«, sagt er, nimmt mir das Glas aus der Hand, stellt es auf einem der Tischchen ab und zieht mich hinter sich her.

Wir verlassen den Saal, laufen die Treppe nach oben und durchqueren die Lobby. Rick öffnet eine Tür, auf der *Nur für Personal* steht, und geht hindurch. Ich bin erstaunt und wundere mich etwas, folge ihm aber. Er scheint sich hier wirklich gut auszukennen, denn er steuert schnurstracks auf das Ende eines langen Ganges zu.

»Wohin gehen wir?«

»Nach draußen.« Er stößt eine Tür auf, eiskalte Luft schlägt mir entgegen, aber auch das Geräusch abgefeuerter Raketen. »Komm«, sagt er, zieht mich in die Kälte und klemmt einen Keil zwischen Tür und Rahmen, damit sie nicht zufällt. Ein paar Schritte noch, dann stehen wir auf einer Art Balkon über der Terrasse des Festsaals und blicken in den dunklen, klaren Sternenhimmel, an dem eine Rakete nach der anderen ihr Feuer versprüht.

»Ich finde, Feuerwerk muss man im Freien sehen. Nicht hinter einer dicken Glasscheibe«, sagt er und legt die Arme von hinten um mich.

Ich nicke, schlinge aber meine Arme um die Taille, denn in dem dünnen Kleid zittere ich wie Espenlaub und meine Zähne klappern aufeinander.

»Ist dir kalt?«

»Ja. Ich friere.«

Er lässt mich los, zieht sein Jackett aus und legt es mir um die Schultern. »Besser so?«

Ich nicke. »Ja, danke. Aber was ist mit dir? Ist dir denn nicht kalt?«

»Mir macht das nichts. Nicht, wenn du bei mir bist.« Er dreht mich ein Stück, sodass wir uns ansehen können, ein Arm schlingt sich um meine Taille, hält mich fest, seine Augen fixieren mich.

»Frohes neues Jahr, Jola.« Seine Stimme klingt samtig, als er es sagt. Er küsst mich, hält inne, betrachtet mich und ergänzt: »Das ist das schönste Silvester, das ich je gefeiert habe.«

Das Karussell in meinem Bauch dreht sich schon wieder. Ich schlucke einmal, bevor ich erwidere: »Meins auch.«

»Ich liebe dich, Jola«, flüstert er, bevor er mich noch einmal küsst. »Ich liebe dich.«

Meine Knie werden ganz weich, ein unbeschreibliches Gefühl rast mit Lichtgeschwindigkeit durch meine Adern und bringt jede einzelne Zelle zum Schwirren. *Er liebt mich! Oh mein Gott! Rick liebt MICH!* Ich kann es kaum glauben und klammere mich an ihn wie eine Ertrinkende an einen Rettungsring, denn ich habe das Gefühl, sonst davonzufliegen und vor Euphorie zu explodieren wie eine Silvesterrakete am Himmel.

»Wusstest du, dass deine Küsse mehr prickeln als jeder Champagner?«

Ich schüttele den Kopf, muss aber schmunzeln. »Nein. Du übertreibst ganz schön.«

»Nicht im Geringsten. Und weißt du noch etwas?«, fügt er mit einem Grinsen hinzu. »Ich will mich heute Nacht an ihnen betrinken. Lass uns aufs Zimmer gehen. Ich halte es nämlich keine Minute länger aus, nicht in dir zu sein.«

Ich weiß nicht mehr, wie wir den Weg in die oberste Etage zurückgelegt haben und vor allem, wie ich noch komplett angezogen in das Appartement gekommen bin. Rick und ich haben uns unterwegs in Dauerschleife geküsst und seine Hände waren öfter unter meinem Kleid als sonst irgendwo.

Endlich sind wir in dem Hotelzimmer, und sofort öffnet er den Reißverschluss meines Kleides, schiebt mir die Träger über die Schultern, sodass es zu Boden gleitet. Seine Hände greifen an meinen Hintern, er beugt sich über mich und flüstert rau an meinem Ohr: »Du bist das Schönste, was ich je in den Händen gehalten habe.« Dabei zieht er meine Pobacken etwas auseinander und berührt das Ende des Plugs, der noch immer in meinem Hintern steckt und mich den halben Abend verrückt gemacht hat. Er dreht und zieht ein wenig daran, lässt ihn wieder in mich gleiten, was zur Folge hat, dass es in meinem Unterbauch zuckt und mir ein Stöhnen entweicht.

»Fühlt er sich gut an?«, fragt Rick mit seiner heiseren sexy Stimme und wiederholt die Bewegung noch einmal.

Mit geschlossenen Augen nicke ich schlicht und einfach, denn zu einer Antwort bin ich nicht fähig. Außerdem bin ich sicher, dass er sie sowieso kennt.

»Dann wollen wir ihn lassen, wo er ist. Dreh dich um, Süße, ich will dich. Jetzt.« Er wirbelt mich herum, ich verliere fast das Gleichgewicht und kann mich gerade noch am Tisch abstützen, als er bereits hinter mir steht und seine Hand von hinten an mein Geschlecht gleitet. »Stütz dich auf dem Tisch ab«, raunt er in mein Ohr, während ich bemerke, dass seine Hände an seinem Reißverschluss hantieren. An dem folgenden Geräusch höre ich, dass seine Hose zu Boden rutscht. Im nächsten Moment packt er mich an der Hüfte, zieht mich etwas vom Tisch weg, sodass meine Brüste herunterbaumeln. Seine Schwanzspitze drängt sich zwischen meine Schamlippen, in weniger als einer Sekunde durchbricht er meinen engen Eingang – und verharrt.

Hey! Warum dringt er nicht ganz ein?

»Was machst du denn?«, frage ich ungeduldig. »Wieso fickst du mich nicht?«

»Weil es schöner für dich sein wird, wenn du dich zur Abwechslung bewegst. Komm, Jola. Schieb dich über meinen Schwanz. Zeig mir, wie du es gernhast.«

Er greift an meine Hüfte und zieht mich etwas zu sich. Ich folge seiner Bewegung und schließlich lässt er mich los, streichelt mit den Fingern über meine Pobacken. *Oh Mann! Das fühlt sich so gut an!* Unwillkürlich wackele ich mit meinem Hintern hin und her … *Uuuh! Wow! Was ist das?* Ich bekomme eine Gänsehaut vor Lust und verstehe schlagartig, was Rick damit meinte, als er sagte, es werde schöner für mich sein, wenn ich mich selbst bewege. Dadurch kann ich nicht nur steuern, wie tief ich Rick in mir fühlen will, sondern auch, wie intensiv ich den Plug dabei in mir spüre. Genießerisch und mit geschlossenen Augen entferne ich mich ein Stück und lasse mich dann wieder mit einer rollenden Beckenbewegung über seinen harten Schaft gleiten. *Oh mein Gott, ist das geil!* In einer fortlaufenden Bewegung lasse ich seinen Schwanz wieder und wieder in mir verschwinden und lecke mir dabei vor Lust über die Lippen. Ricks Finger kratzen sachte über meinen Rücken, meine Pobacken und bescheren mir einen prickelnden Schauer nach dem anderen. Es ist einfach herrlich und ich möchte am liebsten für immer und ewig so weitermachen.

Plötzlich dreht er meine Haare zu einem Pferdeschwanz zusammen, wickelt sie um eine Hand. Im nächsten Augenblick wird mein Kopf hart nach hinten gezogen. Ich schreie erschreckt auf – aber auch ein bisschen, weil es wehtut. *Autsch!* Mein Oberkörper folgt der Bewegung, bis ich halb aufgerichtet vor dem Tisch stehe. Ricks freie Hand umschlingt meine Taille, zieht mich näher an sich heran. Automatisch schiebe ich mich tiefer auf seinen harten Schaft, was mir ein dumpfes Stöhnen entlockt. Er lässt meine Taille los, zupft stattdessen mit den Fingern an meinen Brustspitzen. Trotz des leicht schmerzhaften

Zugs an den Haaren hat sich meine Erregung in den letzten zwei Sekunden nicht eine, sondern mindestens zwei oder drei Stufen höher katapultiert. Alles in mir pulsiert, der Puls hämmert in meiner Klit, ich habe das Gefühl, nur noch aus Lust zu bestehen. Mein Kopf wird weiter nach hinten gezogen, meine Kehle überstreckt, Ricks Lippen küssen meinen Hals, ich bekomme am ganzen Körper Gänsehaut.

»Wusstest du, dass das Wort *besitzen* von dem Wort *setzen* kommt?«, flüstert er heiser an meinem Ohr.

Was sagt er da? Wie kommt er jetzt darauf? Ich schüttele den Kopf.

»Indem man auf etwas Platz nimmt, es sozusagen be-setzt, macht man seinen Anspruch darauf gültig. Man *be*-sitzt es. Verstehst du, Jola?«

Ganz ehrlich gesagt, ich verstehe kein Wort von dem, was er sagt. Was soll das? Warum fickt er mich nicht?

»Merkst du, wie ich meinen Platz in dir einnehme? Wie ich dich besetze, Süße?«, flüstert er mit einem bedrohlichen Unterton, der ein Kribbeln durch meinen Körper schickt. Dabei presst er sein Becken hart an meinen Hintern, lässt mein Haar los und legt die Hand an meine Kehle. »Spürst du es, Jola?«

OH! DAS meint er. Ja, ich spüre es. Und wie! Es fühlt sich gut an. So gut, dass ich es nicht beschreiben kann, sondern lediglich nicke.

»Ich will dich, Jola. Mehr als jede andere Frau

zuvor. Ich will dich besitzen. Mit Haut und Haar. Mit Leib und Seele. Willst du es auch? Sag schon: Willst du es?«

»Ja«, hauche ich matt. Ich kann es kaum glauben, aber es ist die Wahrheit. Es fühlt sich richtig an, wie er mich hält und nimmt. Mich im wahrsten Sinne des Wortes in Besitz nimmt. Das trifft es ganz genau – und jetzt, wo ich es zugegeben habe, spüre ich, wie sich eine Spannung in mir löst. Alles ist plötzlich leicht. Ich fühle mich so sorglos, geborgen und zufrieden … wie noch nie zuvor.

Happy New Year?

Wo sind die letzten zwei Wochen nur geblieben? Seit unserer Rückfahrt am ersten Januar, bei der wir erst kurz vor Mitternacht in Ricks Wohnung angekommen sind, haben wir uns fast jeden Tag gesehen. Der Alltag hat uns eingeholt – und gleichzeitig ist alles immer noch neu und aufregend. So fühlt es sich also an, wenn man eine Liebesbeziehung mit jemandem hat!

Beziehung.

Dieses Wort klingt seltsam und ungewohnt in meinen Ohren, und ich frage mich, ob es tatsächlich so ist – haben wir eine Beziehung? Ab wann spricht man überhaupt davon? Und was ist das genau? Rick und ich haben darüber nie geredet. Ich will es auch gar nicht. Es hört sich nach so etwas Endgültigem an, so festgefahren – und davon kann bei Rick nun wirklich keine Rede sein. Ich gebe jedoch zu: Gewisse Rituale haben sich bereits eingestellt und ich liebe sie. Wie zum Beispiel die WhatsApp-Nachrichten, die er mir morgens schickt, wenn er aus dienstlichen Gründen nicht bei mir übernachten kann. Meistens kann er es aber so einrichten, dass wir uns nach Dienstschluss bei mir treffen und er über Nacht hierbleibt.

Es ist verrückt, wie schnell ich mich daran gewöhnt habe, dass wir zusammen einschlafen und aufwachen. Der Gedanke, dass Rick für die nächsten drei Wochen nicht bei mir sein wird, drückt auf meine Stimmung, denn er muss nach Andibar, wo in zehn Tagen die Präsidentschaftswahlen stattfinden. Er und Maik Breuer wurden als zwei der wenigen ausländischen Journalisten zur Berichterstattung zugelassen. Mir gefällt das Ganze überhaupt nicht. In meinen Augen ist Andibar ein unsicheres Pflaster für Journalisten und für jeden, der eine andere Meinung vertritt als Präsident Anver Mataraci. Warum ausgerechnet Rick?

»Es geht gar nicht um mich, Süße«, erklärt mir Rick, als ich ihn zum hundertsten Male darauf anspreche. »Sie wollen Maik, weil er sich mit seiner objektiven und sachlichen Berichterstattung einen Namen gemacht hat. Ich bin nur das unbedeutende Anhängsel, das die Bilder machen darf.«

»Aber warum du? Kann nicht jemand anderer mitfahren?«

»Maik und ich sind ein eingespieltes Team, Jola. Das muss ich dir doch nicht erzählen, oder?«

Ich schüttele den Kopf. Natürlich weiß ich, dass Maik und Rick seit Ewigkeiten zusammenarbeiten. Jeder in der Redaktion weiß das.

»Na siehst du«, fährt er fort. »Also kein Grund, sich Sorgen zu machen.«

»Ich mache mir aber Sorgen«, erwidere ich heftig. »Ständig werden dort Journalisten und Andersdenkende unter fadenscheinigen Vorwänden festgehalten, und man erfährt nicht, was weiter mit ihnen passiert. Liest du denn die Berichte nicht?«

»Doch, natürlich. Aber in keinem davon habe ich je gehört, dass ein Fotograf darunter war. Es waren immer die Journalisten. Und auf Maik ist Verlass.« Er legt die Arme um mich, zieht mich an sich heran und sieht mir in die Augen. »Uns passiert schon nichts. Du wirst sehen: Die drei Wochen sind in Nullkommanichts herum.« Eine Hand streift durch mein Haar, streicht über meinen Rücken und meine Pobacke, ein Grinsen zuckt um seine Mundwinkel. »Und wenn du bis dahin fleißig trainierst und den blauen Plug trägst, wird sich auch dein letzter offener Wunsch erfüllen. Oder dachtest du, ich hätte ihn vergessen?«

Gegen meinen Willen muss ich schmunzeln. »Nein, Rick«, beantworte ich seine Frage wahrheitsgemäß und werde wieder ernst. »Versprich mir bitte, dass du auf dich aufpasst.«

»Ich verspreche es, Süße. Großes Ehrenwort. Und jetzt küss mich noch mal, bevor das Taxi kommt.«

Unsere Lippen treffen aufeinander, unsere Zungenspitzen berühren sich, dann lässt Rick seine Zunge in meinem Mund tanzen. Ich möchte ihn immer so weiterküssen, ihn nicht gehen lassen und schlinge meine Arme um seinen Hals, drücke mich an ihn, als wenn ich ihn so für immer festhalten könnte. Das Klingeln an der Tür unterbricht unseren Kuss – das Taxi, das ihn zum Flughafen bringt, ist da. Rick löst sich von mir, greift nach dem Koffer und lächelt mich an: »Ich bin bald zurück.«

Als er die Hand nach dem Türknauf ausstreckt, fällt mir etwas ein. »Warte!«, rufe ich leicht panisch, wie ich mir eingestehen muss. »Ich habe noch was für dich.« Mit schnellen Schritten eile ich in die Küche und nehme eine Zellophantüte aus dem Küchenschrank. »Hier«, sage ich, indem ich ihm die Tüte überreiche, »die habe ich für dich gebacken.«

Es sind seine Lieblingsmacarons, die er lächelnd in Empfang nimmt.

»Immer, wenn ich eins esse, wird es mich an deine süßen Lippen erinnern«, sagt er, küsst mich noch einmal auf die Wange und eilt dann die Stufen hinunter. Ich gehe ins Wohnzimmer, trete ans Fenster und sehe auf die Straße, wo das Taxi auf ihn wartet. Rick steuert auf den Wagen zu, der Fahrer steigt aus und öffnet den Kofferraum, damit Rick das Gepäck darin verstauen kann. Er wirft mir einen letzten Blick zu, dann steigen beide ein und das Taxi fährt davon.

Ein Blick auf die Uhr sagt mir, dass es auch für mich Zeit wird, mich fertigzumachen, denn ich muss ins Büro. Irgendwie bin ich froh, dass ich arbeiten muss. Wenigstens habe ich dann so viel zu tun, dass ich nicht den ganzen Tag darüber nachdenken muss, wo Rick gerade ist und wie es ihm geht. Mit der Handtasche unter dem Arm verlasse ich die Wohnung, sitze keine zwei Minuten später in meinem Wagen, fahre in Richtung Rhein, den ich überquere, und biege von der Schnellstraße ab, in Richtung *Rhein-Depesche*.

»Guten Morgen, Frau Schürmann«, begrüßt mich Herr Gerresheim.

Ich grüße zurück und gehe zu den Aufzügen. Herr Gerresheim ist wirklich der erstaunlichste Empfangsmitarbeiter, den ich je kennengelernt habe. Es scheint keine Person im Unternehmen zu geben, deren Namen er nicht kennt. Und wir sind immerhin fast dreihundert Angestellte allein hier im Verwaltungsgebäude. Ich arbeite jetzt im vierten Jahr hier, aber ich kenne nur die Kollegen aus meiner Abteilung und eine Handvoll anderer, mit denen ich ab und an zu tun habe.

Der Aufzug kommt, ich betrete die Kabine, drücke auf die Neun und steige wenige Sekunden später wieder aus. Meistens bin ich morgens die Erste und finde das auch gut, denn so früh mag ich noch keine Leute um mich haben. Wie immer führt mich der erste Gang in mein Büro, wo ich den Computer starte. Die Zeit, die der Rechner zum Booten benötigt, nutze ich und koche mir meinen geliebten *Earl Grey*. Als ich mit der Kanne in der Hand zum Schreibtisch zurückkomme, sehe ich mein Handy blinken. Es ist eine Nachricht von Rick: *Der Flieger hat Verspätung. Vermisse dich jetzt schon. Ich melde mich später wieder bei dir. Mach dir keine Sorgen. Kuss. Rick*

Natürlich antworte ich ihm, und eh ich mich versehe, ist eine halbe Stunde mit chatten herum, und Nadine Kallstatt steht plötzlich vor meinem Tisch. Beim Schreiben mit Rick habe ich gar nicht gemerkt, wie die Zeit vergangen ist, und fühle mich mal wieder ertappt – so als hätte ich etwas Verbotenes getan.

»Kannst du mir den Schlüssel zum Material-schrank geben? Ich brauche Trennblätter und Post-its.«

»Natürlich.« Ich ziehe die Schublade des Roll-containers auf und hole den Schlüssel heraus, den ich ihr entgegenhalte.

Anstatt ihn jedoch zu nehmen, bleibt sie vor mir stehen und mustert mich. »Sag mal«, fragt sie mit ihrer näselnden Stimme, »hast du einen neuen Freund?«

Mein Herz hört eine Sekunde lang auf zu schlagen. Ich schlucke trocken. Sieht man mir das etwa an? »Wie kommst du darauf?«, versuche ich die Antwort zu umgehen.

»Du hast dein Handy in der letzten Zeit ständig in den Fingern und schreibst irgendwas. Das machst du sonst nie. Gerade auch. Und ich finde, du siehst irgendwie anders aus als sonst. Eben als wärst du verliebt.«

Verdammt! Hitze steigt in meine Wangen. Ich hätte nie gedacht, dass Nadine so eine aufmerk-same Beobachterin ist, aber ihrem Blick scheint nichts zu entgehen. Was soll ich jetzt sagen? Ich

räuspere mich und trete die Flucht nach vorn an:
»Ja, es gibt da neuerdings jemanden.«

»Hab ich also recht gehabt«, sagt sie mit Genugtuung in der Stimme und schießt die nächste Frage gleich hinterher: »Kenne ich ihn?«

Oh Mist! Rick und ich hatten uns geeinigt, dass niemand in der Firma etwas von unserer Beziehung wissen sollte, weil das nämlich nur dummes Getratsche nach sich zieht. Mein Gesicht brennt wie Feuer und meine Kopfhaut prickelt. »Nein. Du kennst ihn nicht«, lüge ich sie an und hoffe, sie kauft es mir ab.

»Wo habt ihr euch denn kennengelernt?«

»Im Ski… ähm Winterurlaub. In Italien.«

Sie zieht die Augenbrauen hoch und runzelt die Stirn. »Ich wusste gar nicht, dass du Ski fährst.«

»Tu ich auch nicht.« *Verdammt!* Ich hasse es, zu lügen. Ich muss unbedingt besser aufpassen, was ich sage.

»Dann warst du nur zum Après-Ski da?«

Ich nicke. Soll sie doch denken, was sie will. Hauptsache, sie hört mit ihrer Fragerei auf und verschwindet endlich.

»Wo warst du denn?«

»Ich kann mir den Namen nicht merken. Irgendwas mit Lago und Orbole.«

»Nago-Torbole? In Oberitalien?«

Wieder nicke ich. Sie wirkt nachdenklich, dann sagt sie: »Macht Rick um diese Zeit nicht auch immer irgendwo dort in der Nähe Urlaub?«

Irgendwie habe ich das Gefühl, dass ihre Frage

eine Fangfrage ist und sie die Antwort längst kennt. *Ich blöde Kuh!* Ich hätte einen Ort erfinden sollen! Aber ich kann nun mal nicht gut lügen.

»Keine Ahnung. Woher soll ich wissen, wo Rick seinen Urlaub verbringt?«

Sie sieht mich an, als wenn sie mir nicht glaubt, und öffnet den Mund, um noch etwas zu sagen, da kommt zum Glück Klaus Hübner ins Büro.

»Guten Morgen, die Damen«, begrüßt er uns und steuert auf die Tür zu seinem Büro zu. »Frau Schürmann, bitte laden Sie noch Herrn Doktor Teichl zu der Besprechung um zehn in Raum Aachen ein. Und den koffeinfreien Kaffee nicht wieder vergessen!«, wirft er mir im Vorbeigehen zu, bevor er sein Büro betritt.

Ich greife nach der Maus, um Doktor Teichl ein-zuladen, und gucke Nadine über den Monitor hinweg an. »Tut mir leid, ich muss jetzt wirklich was tun.«

Sie nickt. »Ich auch. Bis später«, erwidert sie, dreht sich um und geht.

Erst als sie das Büro verlassen hat, fällt mir auf, dass der Schlüssel zum Materialschrank noch immer auf meinem Schreibtisch liegt. Ich räume ihn in die Schublade zurück, als mir plötzlich ein Licht aufgeht. *Dieses Biest!* Sie wollte überhaupt nicht an den Materialschrank, sie hat nur einen Vorwand gesucht, um mich auszuhorchen! In Gedanken gehe ich das Gespräch mit ihr noch mal durch. Habe ich auch nicht zu viel verraten? Ich glaube, die nächsten Wochen werden ein einziger Spießrutenlauf. Ich muss unbedingt heute Abend mit Rick reden. Hoffentlich ist bald Feierabend!

»Ruf mich nicht mehr auf dem Handy an, Jola. Ich fürchte, ich werde abgehört, wenn nicht sogar verfolgt.«

Ricks Worte jagen mir einen Riesenschreck ein. Zweieinhalb Wochen ist er jetzt weg, und all die Befürchtungen, die ich vor seiner Abreise hatte, scheinen sich in diesem Moment zu bestätigen. »Was? Von wem? Wieso? Wo bist du?«

»Ich habe das Hotel gewechselt. Als ich gestern vom Abendessen zurück aufs Zimmer kam, habe ich gesehen, dass jemand an meinen Sachen war.«

Dass Rick so etwas sofort auffällt, glaube ich gern. Kein Mann, den ich kenne, ist so ordentlich wie er.

»Du musst zur Polizei gehen.«

»Jola, was soll ich denen sagen? Die Sachen waren nicht mal zerwühlt. Die werden mich nicht ernst nehmen. Nur ich weiß, wie ich meine Klamotten zurückgelassen habe. Nur ich konnte merken, dass jemand daran war und etwas gesucht hat. Und ich weiß auch, worauf die so scharf sind.«

»Du meinst, die wollen dein Handy?«

»Die Bilder darauf, ja.«

Die Bilder! Ich erinnere mich, dass Rick mir vor ein paar Tagen erzählt hat, er hätte brandheißes

Material auf dem Handy. Es war der achte oder neunte Tag in Andibar, glaube ich. An dem Tag der Pressekonferenz nach der Wahl. Alle Reporter mussten ihre Handys und Kameras in der Tasche lassen. Eine ganze Horde von Security-Leuten hatte die Presseleute überwacht; nur offizielle, von Staatsseite genehmigte Bilder sollten im Nachhinein ausgegeben werden. Natürlich hat Rick sich nicht daran gehalten und seinen geheimen Handytrick angewendet. Auf der Konferenz haben dann einige Reporter dem alten und neuen Präsidenten unangenehme Fragen gestellt und irgendwie kam es dabei zu einer handgreiflichen Auseinandersetzung zwischen der Presse und den Sicherheitsleuten. Ich weiß noch, wie Rick mir abends erzählt hat, dass er dank seines Handys mit Sicherheit der einzige Fotograf im Raum war, der die Schlägerei aufgenommen hatte. Er sagte, das Material sei explosiv und er müsse es unbedingt so schnell wie möglich loswerden.

»Ich dachte, du hättest die Bilder längst an die Redaktion geschickt und gelöscht.«

»Das wollte ich, aber die Mail-Verbindung ist jedes Mal zusammengebrochen. Ich vermute, irgendjemand hat Wind davon bekommen und das WLAN manipuliert.«

»Wo bist du jetzt?«

»Das ist unwichtig. Ich bleibe nicht im Hotel. Wenn wir aufgelegt haben, versuche ich, mich zur Botschaft durchzuschlagen, und hoffe, dass sie mir bis zur Abreise Unterschlupf gewähren.«

»Und was, wenn nicht?«

»Sie werden mich schon nicht vor verschlossenen Türen stehen lassen, Jola.«

Angst frisst sich in mein Herz. Was, wenn sie Rick dort festhalten? Was, wenn ihm etwas passiert? Sind ein paar Fotos das alles wirklich wert?

»Kannst du ihnen nicht einfach die blöden Aufnahmen geben?«, frage ich besorgt. »Dann müssen sie dich doch gehen lassen. Und übermorgen wärst du wieder hier. Ich vermisse dich so sehr.«

Ich höre ein Lächeln am Telefon, als er spricht, und sehe in Gedanken genau vor mir, wie er mir in die Augen schaut. »Ich vermisse dich auch, Süße.« Seine Stimme hat diesen samtigen, rauchigen Klang, den ich so liebe und bei dem ich jedes Mal eine Gänsehaut bekomme. Auch jetzt. »Aber diese Dinge müssen an die Öffentlichkeit. Ich kann sie nicht einfach hergeben, verstehst du das nicht?«

»Doch. Aber ich habe solche Angst um dich, Rick. Gibt es keine andere Möglichkeit?« *Verdammt!* Muss er unbedingt James Bond spielen? Das hier ist schließlich kein Film, in dem ein Stuntman die waghalsigen Szenen doubelt, das hier ist die Realität.

»Mir passiert schon nichts«, sagt er beschwichtigend. »Ich bin vorsichtig. Ich verspreche es. Du wirst sehen: In ein paar Tagen bin ich wieder bei dir und alles ist gut.«

Ich wollte, ich könnte seinen Optimismus teilen,

aber dieses Mal schafft Rick es nicht, mich zu überzeugen. Ich habe nach wie vor ein ungutes Gefühl bei der Sache und wünschte mir, ich wäre jetzt in einer Science-Fiction-Serie und könnte ihn hierherbeamen.

»Ich liebe dich, Jola. Vergiss das nicht. Hab noch ein wenig Geduld, dann sehen wir uns … Moment!«

Im Hintergrund höre ich ein lautes Hämmern an die Tür und Ricks Stimme, die auf Englisch fragt, wer da sei. Ein Krachen dringt an mein Ohr. „Scheiße!", höre ich Rick rufen, und dann ein Geräusch, als ob etwas Schweres umfällt.

»Rick? Was ist passiert?«, rufe ich panisch in den Hörer. »Hörst du mich? Wo bist du? Was ist passiert?«

Ich nehme Geräusche wie von einem Kampf wahr. Fluchen. Stöhnen … Dann ist es still.

»Rick?«, frage ich ängstlich. »Hörst du mich? Bitte sag was! Rick?«

Atemgeräusche dringen an mein Ohr.

»Rick? Bist du das?«

Keine Antwort. Nur gleichmäßiges Atmen.

»Rick?«

Dann ist die Leitung tot.

Drei Jahre später

Pleasure Island Club Hotel

»**W**ir befinden uns im Landeanflug auf den *Ian Fleming International Airport.* Bitte bringen Sie Ihre Sitze in eine aufrechte Position, klappen Sie die Tische …«

Ich atme tief durch. Gott sei Dank sind wir gleich wieder am Boden. Ich hasse fliegen! Und dann auch noch Langstrecke! Hoffentlich weiß Emilia zu schätzen, was ich für sie in Kauf nehme. Hätte sie ihre Hochzeit nicht wo anders feiern können? Warum ausgerechnet auf Jamaika? Noch dazu in einem Clubhotel für sexhungrige Touristen. Und das nur, weil sie ihren Traummann dort kennengelernt hat. Als gäbe es nicht tausend andere Orte für eine Hochzeitsfeier.

»Ich möchte unbedingt, dass du dabei bist. Alle meine Freunde werden da sein – und als meine beste Freundin darfst du nicht fehlen. Bitte Jola!«, klingt mir Emilias Stimme im Ohr. »Außerdem wird es Zeit, dass du dich mal wieder für eine neue Beziehung öffnest. Ich habe im *Pleasure Island Club* meinen Traummann gefunden, vielleicht ist für dich ja auch einer dabei.«

In meinem Leben gab es nur einen Traummann … und der existiert nicht mehr. *Verdammt! Ich will jetzt nicht an Rick denken.* Seit Emilias Gerede spukt er ständig in meinem Kopf herum. Und das ist gar nicht gut für mich. Wäre Emilia nicht meine allerbeste Freundin, hätte ich dieser Reise nie und nimmer zugestimmt.

Ich atme noch einmal tief durch, überprüfe, ob der Gurt richtig sitzt, und schließe die Augen. Drei Wochen Urlaub liegen vor mir. Der erste längere seit zwei Jahren. Wenn ich schon eine so weite Strecke mit dem Flugzeug zurücklege, muss es sich schließlich lohnen. Zum Glück muss ich nicht die ganze Zeit in dem Clubhotel bleiben, denn es gibt viel zu entdecken auf der Karibikinsel: sieben Kilometer weißer Sandstrand bei Negril, Klippenspringer, Wasserfälle, die Blue Mountains, wo der superteure Kaffee angebaut wird, und nicht zuletzt die blaue Lagune. Mein Programm für die nächsten vierzehn Tage steht schon fest. Bis Emilia mit ihrem geliebten Mark in zwei Wochen anreist, werde ich also mit Sicherheit keine Langeweile haben.

Der Druck auf meinen Ohren nimmt zu, ich spüre, dass der Pilot auf die Bremse tritt, dass wir im Sinkflug sind. Ein Rumpeln und Rütteln der Maschine sagt mir, dass wir gerade die Wolkendecke durchbrechen. Automatisch schließen sich meine Hände fester um die Armlehnen, mein ganzer Körper ist angespannt. Es fühlt sich an, als ob wir über eine holprige Schotterstraße fahren – und auch ein bisschen wie das dumpfe Grollen in meinem Bauch, kurz bevor ich einen Orgasmus habe. *Verdammt! Wieso muss ich ausgerechnet jetzt daran denken?* Sex. Das ist so lange her. Jedenfalls das, was ich unter Sex verstehe.

Weder die vielen Male, als ich mich selbst befriedigt habe, noch die drei One-Night-Stands im letzten Jahr zählen für mich dazu. Den letzten echten Sex hatte ich vor drei Jahren mit Rick, bevor er nach Andibar geflogen ist, bevor er ... *Nein! Ich will nicht daran denken! Nicht an Rick – und erst recht nicht an den Sex mit ihm.* Es tut einfach zu weh. Immer noch.

Mit einem scharfen Geräusch unter meinen Füßen setzt die Maschine auf dem Boden auf, es rumpelt ein wenig, dann tritt die Bremswirkung ein. Wir werden langsamer und rollen schließlich über das Feld, bis wir zum Stillstand kommen. Die Anzeigen in der Kabine erlöschen, von allen Seiten ertönt das Geklacker der geöffneten Sicherheitsgurte – auch ich schnalle mich los. Als Nächstes erklingen die Begrüßungsmelodien der unzähligen Handys, die in diesem Moment wieder eingeschaltet werden. Viele der Passagiere erheben sich und warten stehend im Gang darauf, dass sich die Türen öffnen. Ich würde auch gern aufstehen und meine Beine nach dem langen Flug ein wenig strecken, aber ich habe den Fensterplatz, und so muss ich mich noch ein bisschen gedulden.

Nach ein paar Minuten, die mir wie eine halbe Ewigkeit erscheinen, kommt Bewegung in die Leute. Taschen und Jacken werden aus den Fächern über den Köpfen hervorgekramt und die Reihen lichten sich zusehends. Endlich kann ich aufstehen. Ich ziehe meine Handtasche aus dem

Gepäckfach und tapse ungelenk und steif durch den schmalen Gang. Obwohl jeder Schritt eine kleine Qual ist, tut es gut, sich wieder zu bewegen. Je näher ich dem Ausgang des Flugzeugs komme, umso mehr spüre ich die tropisch-feuchtwarme Luft, die von draußen hereinströmt. Als ich die Gangway nach unten gehe, habe ich das Gefühl, in einer Sauna zu sein, in der mir jemand einen Föhn ins Gesicht hält. Zum Glück sind es nur ein paar Meter über das Rollfeld bis in den klimatisierten Bus, der uns zum Ankunftsterminal bringt.

Nur kurze Zeit später ziehe ich meinen Trolley durch die Ankunftshalle hinter mir her. Überall warten Männer mit Schildern in der Hand, auf denen Namen von Passagieren oder Reiseanbietern stehen. Ich blicke mich suchend um und nach zweimaligem Lesen entdecke ich tatsächlich meinen – etwas verstümmelten – Namen auf einer der Tafeln: Mrs. Shurmann – Germany.

Mein Chauffeur sieht ganz anders aus, als ich mir einen Jamaikaner in meiner Fantasie ausgemalt habe, und irgendwie bin ich enttäuscht: keine Rastazöpfe! Stattdessen hat er die Haare kurz geschoren und eine Schirmmütze auf dem Kopf. Dazu trägt er eine dunkelblaue Uniform und ein schneeweißes Hemd. Er wirkt sehr seriös. Gar nicht so, wie ich mir den Chauffeur eines Sexhotels vorgestellt habe. Ich gehe auf ihn zu, gebe mich zu erkennen und folge David – sein Name ist auf der Brusttasche des Sakkos eingestickt – durch die Menschenmenge nach draußen vor das Terminal, wo er mir die Tür einer eleganten, weißen Stretchlimousine aufhält und mich einsteigen lässt, während er mein Gepäck verstaut.

Wow! Was für ein Luxus! Drinnen ist es angenehm kühl und leicht abgedunkelt. Die vier sich gegenüberliegenden Sitze sind aus hellgrauem Leder und sehr bequem. Zwischen je zwei Sitzen befindet sich eine Art kleiner Koffer oder Schrank mit einem Knopf obendrauf. Wie auf Wolken setzt sich die Limousine in Bewegung, gleitet aus der Parkbucht auf die Straße und nimmt Fahrt auf. Neugierig, wie ich bin, betätige ich das Knöpfchen neben mir. Eine Schublade, gefüllt mit Gläsern und diversen Getränken, fährt aus dem Schrank. David fordert mich im Rückspiegel aufmunternd auf, mich nach Herzenslust zu bedienen. Also greife ich mir eine Flasche Bitter Lemon und genieße den leicht herben, süßen Geschmack der Limonade auf meiner Zunge, während das Flughafengelände am Fenster des Wagens vorbeihuscht.

Gute drei Stunden später steige ich aus dem Wagen wieder aus. Ich bin auf der Autofahrt eingenickt, fühle mich aber dank der Massagefunktion der Sitze, die ich auf Anraten von David eingeschaltet habe, erholt und entspannt. Es ist erst Mittag, die Sonne steht hoch am Himmel. Ich kneife die Augen zusammen, um im blendenden

Sonnenlicht zu erkennen, wo wir sind. Dort, wo David angehalten hat, erstreckt sich rechts und links eine Mauer mit einem Torbogen in der Mitte, über dem in malerischen Buchstaben geschrieben steht: *Welcome to Pleasure Island.*

Ein weiterer Bediensteter, von Kopf bis Fuß in Weiß gekleidet, tritt auf mich zu, ergreift meinen Koffer und fordert mich auf, ihm zu folgen. *Jayden*, konnte ich auf der Brusttasche seines Sakkos lesen. Über einen von Palmen und anderen exotischen Pflanzen gesäumten schattigen Weg führt er mich zu einem Gebäude im amerikanischen Kolonialstil: ganz in Weiß, mit einer von Säulen getragenen Veranda. Das Anwesen vermittelt einen stilvollen und gepflegten Eindruck, ich komme aus dem Staunen gar nicht mehr heraus. Emilia hat mir bereits vorgeschwärmt, wie schön es hier ist, aber ich bin davon ausgegangen, dass sie gehörig übertreibt, damit ich ihrer Einladung folge. Ich muss jedoch sagen: Sie hat kein Stück übertrieben.

Im Innern der weißen Villa, die sich als das Hauptgebäude herausstellt, wird der Eindruck des Kolonialstils noch verstärkt: Auf dem Holzfußboden, der wie ein Spiegel glänzt, liegen bunte Teppiche, unter der Decke hängen Ventilatoren aus Holz, die mit ihrer gleichmäßigen Bewegung für ein wenig Kühle in der Empfangshalle sorgen. Hinter dem Tresen stehen mehrere Angestellte, alle sind komplett weiß gekleidet, bis auf eine rothaarige Frau, die eine weiße Bluse und einen grünen Rock anhat. Mein Kofferträger verabschiedet sich nicht von mir, sondern wartet geduldig, bis einer der Rezeptionisten für uns Zeit hat.

Die Rothaarige wendet sich ihm zu, woraufhin er meinen Namen nennt und sie mich in akzentfreiem Deutsch anspricht: »Herzlich willkommen im *Pleasure Island*, Frau Schürmann. Ich hoffe, die Anreise war angenehm?«

»Ja, vielen Dank.«

»Mein Name ist Mia. Wir reden uns hier alle mit dem Vornamen an und duzen uns, weil es die Kontaktaufnahme erleichtert. Wenn Ausnahmen gewünscht werden, respektieren wir diese natürlich. Darf ich Sie mit Jolanka anreden?«

»Ähm … ja, natürlich. Aber Jola reicht.«

Mit einem Lächeln, das ihre grünen Augen strahlen lässt, fährt sie fort: »Ich sehe schnell nach, in welchem Zimmer wir dich untergebracht haben, Jola. Einen Moment bitte.«

Während Mia sich dem Computer zuwendet, wandert mein Blick durch die Lobby. Die Anlage ist wirklich zauberhaft. Wüsste ich nicht, dass ich auf Jamaika bin, könnte ich mich glatt wie eine zweite Scarlett O'Hara in *Vom Winde verweht* fühlen. Durch die hohen Fenster schaue ich in einen Teil des Gartens. *Oh mein Gott! Das kann nicht sein! Ich träume!*

Mein Herz setzt einen Schlag lang aus, mir wird schwindelig und ich bekomme Atemnot. Dort im

Garten steht ein schwarzhaariger Mann, groß, sportlich, gut aussehend … Rick? Das ist vollkommen unmöglich! Ausgeschlossen! Er kann nicht hier sein, kann es nicht sein, weil … Es ist nicht Rick. Jetzt, wo ich genauer hinsehe, erkenne ich kleine Unterschiede: Die Schultern sind breiter, muskulöser und die Nase hat einen leichten Knick. Nein, es ist nicht Rick. Aber die Ähnlichkeit ist verblüffend.

»Ist alles in Ordnung, Jola?«, höre ich eine weibliche Stimme besorgt fragen.

Ich habe das Gefühl, von einer Zeitreise zurückzukehren und nicht zu wissen, welcher Tag heute ist und wo ich mich befinde. Ganz langsam drehe ich den Kopf in die Richtung, aus der die Stimme kommt, und blicke in das sommersprossige Gesicht einer rothaarigen Frau.

»Ist alles in Ordnung?", wiederholt sie. „Du bist weiß wie eine Wand. Möchtest du dich setzen?«

Ich brauche ein paar Sekunden, um zu realisieren, wer mit mir spricht und was ich gefragt wurde. Dann nicke ich. »Ja, alles in Ordnung.«

»Ganz sicher?«

»Ja. Ich hatte nur gerade ein Déjà-vu oder so was in der Art. Ich dachte, ich sehe jemanden, den ich mal kannte.«

»Und dieser jemand hat dir mal viel bedeutet, nehme ich an?«

Wieder nicke ich. »Ja.«

Mia ergreift meine Hand, drückt sie. »Es tut mir leid, Jola, dass dein Aufenthalt hier mit einer unschönen Erinnerung beginnt. Kann ich etwas für dich tun? Möchtest du dich nicht setzen und etwas trinken?«

»Nein danke, es geht schon wieder.« Ihre mitfühlende Geste überrascht mich. Sie hat etwas an sich, dass ich meinen könnte, ich wäre hier zu Besuch bei guten Freunden – und nicht in einem Hotel, das für sexuelle Freizügigkeit bekannt ist. »Wirklich«, bekräftige ich meinen letzten Satz, denn Mia sieht mich immer noch zweifelnd an.

Sie zögert einen Moment, dann aber lächelt sie mich an und wendet sich an Jayden, der immer noch mit meinem Koffer neben mir steht: »Bring das Gepäck von Jola bitte in den roten Honeymoon-Bungalow.«

Jayden nickt kurz, ergreift meinen Koffer und geht.

»Ähm ... Honeymoon? Ich bin aber auf keiner Hochzeitsreise. Ich glaube, das ist ein Irrtum.«

»Nein. Es ist der Wunsch von Emilia und Mark gewesen. Sie beziehen in zwei Wochen den blauen Honeymoon-Bungalow, der direkt gegenüberliegt.«

»Kann ich nicht doch ein normales Zimmer bekommen? Ich weiß nicht, ob ich mir einen Bungalow leisten kann.«

»Mach dir darüber keine Gedanken, das ist alles bereits geregelt. Wir alle, und insbesondere Emilia und Mark, möchten, dass du hier eine unvergessliche Zeit verbringst. Wenn du eine Frage hast, kannst du unsere Angestellten jederzeit ansprechen. Sie werden dir jeden Wunsch erfüllen.« Sie lächelt mich verschwörerisch an und zwinkert mir zu. »Jeden, verstehst du?«

Daraufhin kann ich mir ein Schmunzeln nicht verkneifen. »Ja, ich verstehe. Aber ich glaube, das wird nicht nötig sein.«

»Abwarten«, sagt sie mit einem verschmitzten Unterton in der Stimme. »Du wärst nicht die Erste, die es sich anders überlegt.« Mit zwei Fingern winkt sie einen Angestellten heran. *Anthony* steht auf seinem Hemd. »Leider habe ich keine Zeit, dich persönlich herumzuführen, aber Tony kann das genauso gut wie ich, richtig, Tony?«

Der Angesprochene nickt und entblößt perlweiße Zähne, als er lächelt. »Das mache ich gern. Wollen wir gehen?«

Mia entlässt mich in die Hände von Tony, der mich an der Rezeption vorbei in den hinteren Teil der Villa führt.

»Das ist unsere Cocktail-Lounge«, sagt er und deutet mit dem Arm in die Runde.

Ein geschmackvoll eingerichteter Raum mit vielen Ledersesseln, Sofas und einer Bar, die Assoziationen an Hemingway-Filme auf Kuba weckt, präsentiert sich mir. Auch hier sind die obligatorischen Ventilatoren unter der Decke.

»Jetzt ist noch geschlossen«, erläutert Tony, »die Bar öffnet erst am späten Nachmittag.«

Wir verlassen den Raum und gehen durch das Treppenhaus eine breite, geschwungene Treppe nach oben in den ersten Stock.

»Das hier ist unser Restaurant, wo das Frühstück und Abendessen eingenommen wird. Frühstück gibt es von acht bis elf, wir servieren aber auch gern auf den Zimmern oder in den Bungalows.«

Ich bin beeindruckt. Die gesamte obere Etage ist ein einziger großer Raum, nur unterbrochen von ein paar – wie ich vermute – tragenden Säulen, damit einem die Decke nicht auf den Kopf fällt. Sämtliches Mobiliar ist weiß, Tischdecken, die bis auf den Boden reichen, schmücken die Esstische, und durch die bodentiefen Flügelfenster hat man einen herrlichen Blick auf das Gelände, das vor Blüten- und Pflanzenpracht nur so strotzt. Ein richtiges Paradies.

»Die Anlage ist riesig«, sage ich bewundernd und ernte dafür ein stolzes Lächeln von Tony.

»Das hier ist die ehemalige Sommerresidenz von Gouverneur John F. Walsh. Es hat lange Zeit brachgelegen. Der Garten war total verwildert, als das alles hier vor vier Jahren von Ben und Mia erworben und instandgesetzt wurde. In dieser Etage haben sich früher die Schlafzimmer des Gouverneurs und seiner Familie befunden.« Er macht eine Pause und flüstert schließlich: »Wenn man ganz leise ist, kann man noch hören, wie der Gouverneur abends ins Schlafzimmer seiner Frau geschlichen ist, um mit ihr ... du weißt schon ...« Er zwinkert mir zu und sieht mich erwartungsvoll an. Vermutlich habe ich einen Gesichtsausdruck wie ein blödes Schaf, denn er lacht plötzlich und sagt: »Das war nur Spaß. Den meisten unserer Gäste gefällt die Vorstellung, in einem Saal zu speisen, der mal ein Schlafzimmer war. Es regt ihre Fantasie an. Komm, ich zeige dir den Rest.«

Wir verlassen die Villa. Tony führt mich durch den Garten und zeigt mir die verschiedenen Bereiche. Es gibt einen Tennis- und einen Golfplatz, einen Spa-Bereich mit Massagemöglichkeiten, zwei große Poolanlagen mit Freiluft-Restaurants und einen Privatstrand. Am Pool darf man sich in Badebekleidung oder auch nackt bewegen, erklärt er mir. Ganz wie man möchte. Am Strand hingegen ist Bekleidung Vorschrift.

»Viele Touristen chartern ein Boot und kommen an unserer und der Nachbarbucht vorbei. Dort nebenan ist ein FKK-Strand, über den viele Leute lästern. Das wollen wir vermeiden, deswegen ist am Strand ein Bikini oder Badeanzug Pflicht. Auf dem übrigen Gelände aber kann sich jeder so bewegen, wie er möchte – außer im Hauptgebäude, wo angemessene Kleidung zum Essen erwünscht ist, denn unser Restaurant steht nicht nur den Hotelgästen offen.«

Ich bin überrascht, wie weitläufig das Ressort ist. Es gibt sogar eine kleine Geschäftsstraße, die nach dem Gouverneur benannt ist, wo man über Kleidung, Schmuck, Drogerieartikel, Souvenirs und einen Friseur alles findet, was man braucht. Sogar einen Sexshop und eine Apotheke gibt es.

»Jetzt kommen wir zum Herzstück unserer Anlage«, erläutert Tony und führt mich um ein kreisrundes Gebäude, das keine Fenster zu haben scheint. »Wir nennen es das Karussell.«

An einer Stelle hat der Kreis eine Art Vorbau, der Eingang zum Karussell. Er öffnet die Tür und lässt mir den Vortritt. Ich stehe in einem rechteckigen Raum, von dem aus rechts und links ein Gang wegführt.

»Das Karussell besteht im Prinzip aus drei Ringen. Im Moment sind wir im äußeren Ring«, erklärt Tony. Man kann im Kreis um das Karussell herumgehen und sich eine freie Kabine suchen.« Er deutet auf eine Tür direkt vor uns. »Wenn die Leuchte dort grün ist, so wie jetzt, ist die Kabine frei, wenn sie besetzt ist, leuchtet das Signal rot.«

»Ich verstehe nicht, warum ihr es Karussell nennt. Sollte ein Karussell sich nicht drehen?«

»Das tut es. Nur nicht die ganze Zeit. Der mittlere Ring ist das eigentliche Karussell. Er ist in zehn Teile unterteilt. Fast wie bei einer Torte. Und dann gibt es noch den innersten Ring, von dem aus man sich die Kabinen ansehen kann. Alle sechs Minuten dreht das Karussell sich eine Kabine weiter. Komm mit, ich zeige es dir.«

Wir steigen eine Treppe hoch, durchschreiten einen Gang und gehen am Ende eine Wendeltreppe nach unten, die zu einem kreisförmigen Raum führt.

»Jetzt befinden wir uns im Zentrum der Anlage«, erklärt Tony.

Die Wände dieses Raumes sind an einer Stelle

durch eine Glaswand ersetzt und geben den Blick in eine einzelne Kabine frei. Und sie ist nicht leer. Ich sehe eine Frau und drei Männer. Einer ist schwarz, die anderen sind weiß. Halb liegt, halb kniet die Frau über einem der Männer, sein Glied steckt in ihrer Vagina, während die beiden anderen in ihren After und in ihren Mund stoßen.

Im ersten Moment kann ich nicht hingucken und sehe vor Scham auf den Boden. »Sollte man sie da nicht rausholen?«, frage ich, ohne aufzuschauen.

»Aber nein. Es ist alles in Ordnung. Alles geschieht mit ihrem Einverständnis. Sieh nur genau hin«, fordert Tony mich auf, sodass ich einen Blick auf die Szenerie wage.

»Das ist Fiona. Sie ist verheiratet und hat zwei Kinder. Fiona ist devot, hat aber keinen Herrn. Ihre Familie weiß nichts von ihrer Neigung. Seit wir eröffnet haben, kommt sie zweimal im Jahr zu uns und holt sich, was sie zu Hause nicht kriegen kann. Sie lädt gewissermaßen ihre Batterien auf, bevor sie wieder zu ihrer Familie fährt. Wenn du genau hinsiehst, wirst du feststellen, dass sie es genießt. Die drei Männer sind übrigens Hotelangestellte.«

Während Tony gesprochen hat, habe ich mir das Schauspiel eingehender angesehen und meine tatsächlich, so etwas wie lustvollen Genuss in Fionas Gesicht zu entdecken. Ich überlege noch, ob ich eher entsetzt oder fasziniert bin, da bewegt sich die Kabine plötzlich, gleitet zur Seite und die nächste Kabine erscheint vor dem Fenster. Die Bewegung des Karussells stoppt, als sie vollständig vor der Glasscheibe angekommen ist.

Dieses Mal ist es nur ein Pärchen. Obwohl ich so etwas noch nie gesehen habe, weiß ich sofort: Die Frau schwebt in einer Liebesschaukel über dem Boden. Ihr Rücken ist parallel zum Fußboden, der Kopf hängt nach unten, der Hals ist überstreckt und der Mann dringt mit seinem Glied in ihren Mund ein. Dabei liegt seine Hand auf ihrer Kehle. Ich kann nicht genau sagen was, aber irgendetwas geschieht in diesem Moment mit mir. Unwillkürlich greife ich an meinen Hals und kann in diesem Augenblick nachempfinden, was die Frau dort fühlen muss.

Ich merke, wie Erinnerungen in mir hochsteigen, die ich tief in mir vergraben habe. Zum dritten Mal denke ich heute an Rick und daran, wie ungerecht das Leben ist. Warum musste er in dieses verfluchte Andibar fliegen? Warum hat er diese dämlichen Aufnahmen gemacht? Warum hat er sie nicht einfach gelöscht? Warum …? War es das wert, dafür ins Gefängnis zu gehen und sein Leben aufs Spiel zu setzen?

»Ist alles in Ordnung?«

Tonys Worte holen mich in die Gegenwart zurück.

»Ja. Alles in Ordnung. Ich dachte nur gerade daran, dass ich diese Geste dort mag.«

Er wirft mir einen vielsagenden Blick zu,

schweigt aber. Auf dem gleichen Weg, wie wir hergekommen sind, verlassen wir das Karussell. Tony führt mich durch den Park, es geht ein kleines Stück bergab, und dann schaue ich auf eine winzige Bucht, die fast vollständig von Felsen umrahmt ist. Mir klappt vor Staunen der Unterkiefer herunter: Mitten im Wasser, auf Stelzen, stehen zwei Bungalows, die lediglich über einen Steg vom Strand aus erreichbar sind. So etwas habe ich bisher nur in Reiseprospekten gesehen, in denen Unterkünfte für so horrende Summen angeboten wurden, dass ein Normalsterblicher sie unmöglich bezahlen kann. Und hier soll ich wohnen? Ich kann es nicht glauben. Ein Kniff in die Wange aber sagt mir: Es ist kein Traum.

Wir gehen ein Stück über den Strand, überqueren den Steg und, vor dem Bungalow angekommen, öffnet Tony mir mit einer Verbeugung eine rotgestrichene Tür. Ehrfürchtig betrete ich mein Feriendomizil und schaue mich in dem quadratischen Raum, der eine Art Flur ist, um. Die der Eingangstür gegenüberliegende Wand ist geöffnet und gibt den Blick auf eine Terrasse mit Liegestühlen und das Panorama der Bucht frei. Der Anblick überwältigt mich. So etwas Schönes habe ich in meinem Leben noch nicht gesehen. Tony öffnet eine Tür auf der linken Seite, ich folge ihm und bleibe wie angewurzelt im Türrahmen stehen. Hier ist das Badezimmer, aber es scheint keinen Boden zu haben. Unter meinen

Füßen erblicke ich kristallklares Wasser, den Meeresboden und ein paar Fische.

»Keine Angst«, sagt Tony lächelnd und ergreift meine Hand. »Das ist Sicherheitsglas.«

Etwas zögerlich betrete ich die Oberfläche und lasse den Blick schweifen. Das Bad ist ein Traum. Ein Doppelwaschplatz befindet sich an der rechten Seite, links eine großzügige Dusche und ein WC. Auch hier ist eine komplette Wand zur Terrasse hin geöffnet, und ich traue meinen Augen nicht, als ich sehe, was dort steht: ein Whirlpool! Ganz für mich allein!

Tony erklärt mir, wie der Whirlpool zu bedienen ist, bevor er mich durch den Eingangsbereich in den Wohn- und Schlafbereich führt. Hier gibt es eine Pantryküche mit einer Theke und zwei Barhockern sowie ein Sofa und zwei Sessel, von denen aus man über die Terrasse aufs Meer sehen kann. Das dominierende Möbel ist aber das Bett, das in der Mitte des Zimmers steht. Es ist von einer Metallkonstruktion umgeben, die mich an einen Vogelkäfig denken lässt. Sogar zwei Stangen verlaufen quer über dem Bett, und an einer Seite hängt ein Gefäß, in dem sich Wasser befindet – wie bei einer Vogeltränke. Wie in allen anderen Räumen bisher ist auch hier eine Wand komplett geöffnet. Ich trete hinaus, gehe bis ans Ende der Terrasse und lasse den Blick über die Bucht schweifen. Was für ein Paradies! Am rechten Ende führt eine Treppe nach unten zum Wasser, sodass ich sofort Lust habe, meine

Klamotten auszuziehen und eine Runde in dem kühlen Nass zu schwimmen.

Als Tony sich von mir verabschiedet, fällt mir etwas auf.

»Bekomme ich keinen Schlüssel?«, frage ich ihn.

»So etwas gibt es bei uns nicht. Wir respektieren die Privatsphäre unserer Gäste und unsere Gäste tun es ebenfalls. Eine geschlossene Tür bedeutet: kein Zutritt. Ist die Tür geöffnet, heißt es: willkommen. Wenn du noch etwas benötigst, wähle die 100.«

Mit einer Verbeugung verlässt er den Bungalow, schließt die Tür hinter sich und lässt mich allein.

Es ist noch früh am Abend, aber immerhin ist es für mich wegen der Zeitumstellung gefühlt bereits fast Mitternacht. Das Schwimmen in der Bucht war herrlich und die Gewissheit, dass ich dort vollkommen unbeobachtet bin, hat mich dazu verleitet, auf einen Bikini zu verzichten. Ich kam mir ein bisschen wie Eva im Paradies vor – allerdings ganz ohne Schlange und vor allem ohne Adam. Dieses Plätzchen ist wirklich himmlisch, und ich fürchte schon jetzt, dass ich das Programm, das ich mir zusammengestellt habe, nicht voll durchziehen werde, weil ich sonst viel zu selten in den Genuss des Nacktbadens im Meer komme.

Einen kurzen Moment habe ich überlegt, ob ich mir etwas zu essen in den Bungalow bestellen soll, habe mich dann aber dagegen entschieden. Ich habe Lust auf ein wenig Gesellschaft, und wenn ich ganz ehrlich bin, schwirrt mir immer noch die Szene aus dem Karussell im Kopf herum. Irgendwie hat die Umgebung hier eine sehr anregende Wirkung auf mich. Aus einer spontanen Laune heraus – und weil ich endlich wieder wissen will, wie es ist, erregt zu sein – habe ich mir den blauen Plug eingeführt. Womöglich hat Emilia ja doch recht, wenn sie sagt, dass es höchste Zeit für mich wird, mich wieder für eine neue Beziehung zu öffnen. Eine neue Beziehung ist im Moment vielleicht ein bisschen zu viel Erwartungshaltung, aber gegen einen Urlaubsflirt hätte ich nichts einzuwenden.

In dem rückenfreien kleinen Schwarzen schreite ich über den Steg und erklimme die leichte Anhöhe. Der Plug tut seine Dienste und sendet bei jeder Bewegung einen prickelnden Schauer durch meinen Körper. Beim Gehen reibt der Stoff des Kleides zart über meine Nippel, denn ich habe nichts drunter. Seit langer, langer Zeit fühle ich mich endlich mal wieder sexy.

Auf dem Weg zum Hauptgebäude komme ich am Karussell vorbei, und als ich um die nächste Ecke biege, kann ich die weiße Villa, die hell erleuchtet ist, schon zwischen den Bäumen erkennen. Trotz der frühen Abendstunde ist es bereits dämmrig, und in wenigen Minuten wird es stockfinster sein. Ich hatte zwar gelesen, dass die Dämmerung hier, so nah am Äquator, viel kürzer ist als bei uns, aber dass die Sonne so früh im Meer versinkt, hätte ich nicht gedacht.

Ich betrete die Bar, die noch vollkommen leer ist, setze mich an die Theke und schlage die Beine übereinander, damit der Plug in meinem Hintern nicht unangenehm drückt. Ob ich heute ins Restaurant gehe, weiß ich nicht. Großen Appetit habe ich nicht, denn ich bin immer noch satt von dem *Pleasure-Spezial-Burger* mit Süßkartoffel-Chips, den ich mir am Nachmittag bestellt habe.

»Was darf es sein?«, fragt mich der Barkeeper mit einem unverkennbar lateinamerikanischen Akzent. *Juan* steht auf seiner Weste.

»Ein Cocktail?«

»Davon haben wir eine Menge. Irgendeine bestimmte Vorliebe?«

»Ähm … nein. Vielleicht einen mit wenig Alkohol?«

»Wenig Alkohol. Kein Problem. Etwas Fruchtiges?«

»Ja, gern.«

Juan schnappt sich einen Cocktailshaker und füllt gekonnt Flüssigkeiten aus diversen Flaschen in den Behälter. Fasziniert sehe ich ihm zu und beobachte jeden Handgriff, bis er einen goldgelben Drink, der mit einer Zitronenscheibe verziert ist, vor mir abstellt. Sofort nippe ich an dem kühlen Getränk – und bin begeistert.

»Mmmh! Der schmeckt so frisch. Gar nicht nach Alkohol. Wie heißt er?«

»Sundowner«, gibt Juan bereitwillig Auskunft.

»Freut mich, dass er dir gefällt, aber Vorsicht: Den Wodka darin merkt man zwar nicht, aber er ist trotzdem da.«

Ich nicke und nehme noch einen Zug durch den Strohhalm. Ein Pärchen betritt die Bar, setzt sich ans andere Ende der Theke.

»Hast du schon unseren Fragebogen ausgefüllt?«, fragt Juan mich.

»Was denn für einen Fragebogen?«

»Also nein«, sagt er und grinst. Er holt aus einer Schublade ein Tablet hervor und überreicht es mir zusammen mit einem Stift, der eine Gummispitze statt einer Kugelschreibermine hat. »Du musst ihn nicht ausfüllen, aber es erleichtert die Sache. Mach einfach nur so viele Kreuzchen, wie du für nötig hältst«, fügt er hinzu, bevor er sich dem Pärchen am anderen Ende des Bartresens zuwendet.

Welche *Sache?*, frage ich mich und drücke auf den Startknopf des Tablets. *Ach du lieber Himmel!* Vor meinen Augen erscheint ein Fragebogen zur sexuellen Ausrichtung der Hotelgäste. Angefangen bei Geschlecht, Körpergröße und Familienstand bis hin zu Ess- und Trinkgewohnheiten und der sexuellen Orientierung. Ob man hetero-, homo- oder bisexuell ist, devot, dominant oder gar beides, wie viel Erfahrung man hat und welche Vorlieben – und ganz zum Schluss hat man die Möglichkeit, einen Freitext über sich zu verfassen. Ich zögere. Soll ich dieses Formular wirklich ausfüllen? Wenn ich mir die Liste der Neigungen darauf ansehe, habe ich nicht das Gefühl, dass irgendetwas davon auf mich zutrifft. Außer der Sache mit dem Blowjob. Oder Analverkehr. Aber Fesseln? Mir fällt die Frau von dem Karussell wieder ein. Zählt so eine Liebesschaukel auch zu Fesselspielen? Wenn ja, dann wäre das vielleicht doch etwas für mich …

Im nächsten Moment legen sich zwei Hände auf meine Schultern und eine Stimme flüstert an meinem Ohr: »Tut mir leid, Kätzchen, dass ich dich habe warten lassen.«

Mir läuft ein eiskalter Schauer über den Rücken. Ich werde stocksteif, in meinem Kopf dreht sich alles und ich kriege keine Luft mehr. Es gibt nur einen Menschen auf der ganzen Welt, der mich jemals Kätzchen genannt hat – und dieser jemand ist tot.

Im Zeitlupentempo wird der Barhocker, auf dem ich sitze, um hundertachtzig Grad gedreht und dann sehe ich in das Gesicht von … Rick Wolfermann.

In meinem Hals wird es eng. Ich kneife mir in die Wange. Einmal. Zweimal. Aber das Gesicht und der Mann dazu sind immer noch da. Der Puls rauscht mir plötzlich in den Ohren, alles dreht sich, mir bleibt die Luft weg. Luft … ich kriege keine Luft …

»Jola?« Wie durch einen Nebel höre ich meinen Namen. »Jola! Wach auf! Komm schon, Jola!«

Ich will aber nicht aufwachen. Es ist noch viel zu

früh, und in meinem Bett ist es so schön kuschelig.

»Jola! Mach die Augen auf! Jola, bitte!«

Wer zum Teufel nervt da so? Und hör gefälligst auf, mich so durchzurütteln! Gegen meinen Willen und um zu sehen, wer mich da so unsanft weckt, öffne ich die Augen einen Spalt breit.

»Jola? Hörst du mich?«

Meine Augenlider flattern, klappen weiter auf. Allmählich nehme ich etwas wahr. Aber das hier ist nicht mein Zuhause …

»Wo … bin ich?«

»Du bist bei mir«, sagt eine rauchige männliche Stimme über mir. Ich drehe den Kopf in die Richtung und erkenne Ricks Gesicht über meinem. »Jola.« Er hört sich erleichtert an und lächelt. »Alles in Ordnung?«

Oh mein Gott! Ich träume! Ich bin in einer Endlosschleife! Wach auf, Jolanka! Los, aufwachen!

Ich wache aber nicht auf. Tröpfchenweise sickert die Erkenntnis in mein Hirn: Das ist kein Traum. Ich bin nicht zu Hause in meinem Bett, sondern liege auf dem Boden einer Bar auf Jamaika und über mir kniet Rick Wolfermann. Aber … wie ist das möglich?

»Rick? Bist du es wirklich? Was machst du hier? Wie kommst du hierher?«

Ich fühle mich, als hätte man mein Gehirn mit Wodka lahmgelegt. *Oh Gott! Wodka! Nie wieder Sundowner!*

Er richtet sich auf und streckt mir die Hand hin. »Kannst du aufstehen? Dann erkläre ich es dir.«

Mit einem Kopfnicken ergreife ich seine Hand und werde im selben Moment von ihm auf die Beine katapultiert. Meine Knie fühlen sich wie Gummi an, ich schwanke ein wenig, doch Ricks Arme umschließen mich und geben mir Halt.

»Komm, setz dich.«

Ohne meine Antwort abzuwarten, hebt er mich auf den Barhocker, dreht ihn so, dass ich die Theke im Rücken habe, und stellt sich zwischen meine Beine, die Hände auf der Theke abstützend.

»So kannst du mir wenigstens nicht wieder umkippen«, sagt er lächelnd. »Willst du etwas trinken? Auf den Schreck?«

»Nein. Mein Bedarf an Alkohol ist für heute gedeckt. Ich will wissen, wo du herkommst. Was machst du hier? Wieso bist du nicht tot? Und warum hast du dich nicht bei mir gemeldet? Weißt du eigentlich, was ich durchgemacht habe?«

»Jola, bitte. Beruhige dich. Ich kann dir alles erklären. Aber bitte beruhige dich. Es tut mir leid, wenn ich dich erschreckt habe. Freust du dich denn gar nicht, mich zu sehen?«

Mich freuen? Ist er von allen guten Geistern verlassen? Ich kann nicht klar denken, starre ihn nur an.

»Jola«, sagt er mit samtiger Stimme, die ein vergangenes Echo in mir hervorruft und einen Schauer durch meinen Körper schickt. »Du hast mir so gefehlt. Ich habe dich so sehr vermisst.«

Seine Hände gleiten an meine Oberschenkel, schieben den Rocksaum meines Kleides nach oben, sein Gesicht kommt näher. »Ich bin ja so froh, dich wiedergefunden zu haben.« Sein Atem fächert über mein Gesicht, alle Härchen an meinem Körper stellen sich auf, ich bekomme eine Gänsehaut und schlucke trocken. Gleich berühren seine Lippen meinen Hals. »Freust du dich denn gar nicht, mich zu sehen? Süße?«

»Nein!« Ich stoße ihn von mir weg. »Bist du verrückt? Was ist in dich gefahren? Erst verschwindest du einfach so. Alle denken, du bist tot, und dann tauchst du plötzlich hier auf und denkst, wir könnten so weitermachen, als wäre nichts passiert? Warum hast du so getan, als wärst du tot? Was sollte das sein? Ein Witz? Darüber kann ich aber nicht lachen.«

»Jola, bitte. Reg dich nicht so auf. Beruhige dich. Ich kann dir alles …«

»Ich will mich aber nicht beruhigen! Du hast ja keine Ahnung, wie das ist … Wenn man denkt, der andere ist tot, wenn man an einem Grab steht, auf den Sarg blickt und … und … dann …« Meine Stimme überschlägt sich, meine Kehle schnürt sich zu. *Oh Gott! Ich muss hier raus. Weg von hier!*

Seine Hände ergreifen meine Oberarme.

»Lass mich los«, fahre ich ihn an. Mit einer energischen Bewegung schüttele ich ihn von mir ab, gleite von dem Barhocker. »Lass. Mich. In. Ruhe!«

Jetzt ist er es, der mich wortlos anstarrt. Ohne noch etwas zu sagen, lasse ich ihn stehen und verlasse die Bar.

Kaum habe ich das Hauptgebäude hinter mir gelassen, spüre ich den Knoten in meinem Hals anschwellen, meine Augen brennen wie Feuer und meine Beine wollen schneller laufen. Immer schneller. Bis ich renne und mit tränenüberströmtem Gesicht vor dem Bungalow ankomme. Ich reiße die Tür auf, stürze nach draußen auf die Terrasse. Für den Sternenhimmel über mir habe ich jetzt keinen Sinn, ich stehe einfach dort und lasse meine Tränen fließen.

Rick lebt. Er ist nicht tot. Nicht tot. Ich habe das Gefühl, jemand quetscht gerade mein Herz zusammen. Dabei müsste ich mich doch freuen. So, wie er gesagt hat. Aber ich kann nicht. All die Bilder, die Ängste, mit denen ich so lange gekämpft habe, sind auf einmal wieder da: Die schreckliche Ungewissheit nach dem abrupten Ende unseres letzten Telefonats. Die kurzfristige Erleichterung, als die Meldung kam, es ginge ihm gut, aber er sei in Untersuchungshaft – gefolgt von der Sorge, was als Nächstes passieren würde. Das monatelange Zittern um die Freilassung. Die Zeitungen waren voll davon.

Klaus Breuer hatte den Vorstand gebeten, sich einzuschalten – ohne Ergebnis. Nach einem halben Jahr wurden die Berichte immer spärlicher. Irgendwann hieß es, Rick werde in ein anderes Gefängnis überführt, und es ging noch einmal

ein Aufschrei durch die Presse. Wenige Wochen
später kam die Nachricht vom ersten Hungerstreik, dann vom zweiten, gefolgt von der Verle-
gung in ein Krankenhaus, weil sein Zustand le-
bensbedrohlich war – und letztendlich die Hor-
rormeldung, dass Rick an den Folgen der Nah-
rungsverweigerung gestorben sei.

Als wäre das nicht genug, musste ich mir bei
jeder neuen Meldung das theatralische Gejam-
mer von Nadine Kallstatt und Yvonne Löwczyk
anhören. Gerade so, als wäre Rick ihr Freund,
während ich mir nichts anmerken lassen durfte.
Nur bei Emilia konnte ich mich allabendlich aus-
heulen. Sie war wirklich unglaublich geduldig
mit mir.

Die Beerdigung war ein Albtraum. Die andibarischen Behörden verweigerten die Überführung
von Ricks Leichnam. Um keinen leeren Sarg in
die Erde zu lassen, hatten die Eltern darum gebeten, jeder solle etwas, das ihn an Rick erinnerte,
hineinlegen. Also habe ich zum Abschied rote
Macarons gebacken und sie in das T-Shirt gewi-
ckelt, das er bei mir vergessen hatte. Sein Duft,
den ich in den ersten zwei Wochen nach seiner
Abreise noch zart daran erschnuppern konnte,
war sowieso längst verflogen.

Nach Ricks Beerdigung habe ich es in der Redaktion nicht mehr ausgehalten. Als das Joban-
gebot aus Frankfurt kam, habe ich ohne zu zögern zugegriffen: neuer Job, neue Wohnung,
neues Umfeld. Nichts, was mich an ihn erinnerte.

Nur so konnte ich den Verlust ertragen. Und jetzt, wo es mir endlich wieder besser geht … Rick lebt! Wie ist das möglich? Wo war er die ganze Zeit? Und vor allem: Warum hat er sich nicht gemeldet?

Ich drehe mich um, betrete den Bungalow, weil ich unbedingt ein Taschentuch brauche, um meine verheulten Augen zu trocknen, als ich Schritte auf dem Steg höre. Sie kommen näher und dann steht Rick vor mir.

»Die Tür war geöffnet «, sagt er, als ob er sich entschuldigen will, »also dachte ich …«

Er steht da wie festgewachsen. Abwartend. Mein Hals ist zugeknotet. Ich kriege kein Wort heraus, kann immer noch nicht fassen, dass er vor mir steht.

»Würdest du bitte gehen?«, quetsche ich schließlich mühsam hervor. »Ich möchte allein sein.«

»Bist du sicher?« Anstatt zu gehen, kommt er näher.

Ich nicke. »Bitte geh!« Ich drehe mich um, kehre ihm den Rücken zu, denn ich spüre schon wieder, wie die Tränen in mir hochsteigen, und ich will nicht, dass er sie sieht.

Doch er geht nicht. Auf einmal steht er hinter mir, seine Hände legen sich auf meine Schultern.

»Jola«, flüstert er, und dieses eine Wort ist der Tropfen, der das Fass erneut zum Überlaufen bringt.

Ein Schluchzer kommt aus meiner Kehle, Tränen strömen heiß über mein Gesicht. Seine Arme umschließen mich, drücken meinen Kopf an seine Brust, und während ich sein Hemd mit meinen Tränen benetze, streichelt Rick mir über mein Haar und murmelt immer wieder: »Wein nicht, mein Schatz. Alles ist gut. Ich bin bei dir.«

Ich kann nicht genau sagen, wie lange er mich so hält, aber irgendwann versiegen die Tränen. Meine Augen sind verquollen, mein ist Hals angeschwollen, das Sprechen ist schmerzhaft.

»Wo bist du gewesen? Warum hast du dich nicht gemeldet?«, ist das Erste, was ich sagen kann. Dabei schaue ich ihn von unten herauf an.

»Das ist eine lange Geschichte. Aber ich habe nie aufgehört, nach dir zu suchen, Jola. Das musst du mir glauben.«

Seine Augen schauen mich warm an. Offenbar erinnert mein Körper sich besser an diesen Blick als mein Verstand, denn in meinem Bauch setzt ein flattriges Gefühl ein.

»Wieso bist du nicht tot?«

»Ich war so gut wie tot, Jola. Glaub mir. Nur deinetwegen wollte ich weiterleben.«

»Aber … ich verstehe nicht. Was ist passiert?«

Seine Arme legen sich um meine Taille, er sieht mir direkt in die Augen, und trotzdem habe ich das Gefühl, dass er nicht mich ansieht, sondern zurückblickt. »Ich musste offiziell für tot erklärt werden. Nur so konnte ich Andibar verlassen. Es war ein Deal – sonst wäre ich draufgegangen.«

»Was denn für ein Deal? Mit wem?«

»Mit der andibarischen Regierung. Sicher hast du schon mal etwas von Zeugenschutzprogrammen gehört. Man lässt alles hinter sich. Seine gesamte Vergangenheit. Identität … alles. So etwas Ähnliches hat Ben für mich arrangiert. Ohne seine Hilfe wäre ich zugrunde gegangen. Du kannst dir nicht vorstellen, unter was für barbarischen Bedingungen die Menschen dort in den Gefängnissen gehalten werden.«

»Wieso? Was für Bedingungen?«

»Frag mich bitte nicht, Jola. Ich möchte an diesen Teil meines Lebens nicht erinnert werden. Ich will diese Zeit vergessen. Sie aus meinem Gedächtnis ausradieren. Für immer.« Er blinzelt, und als er mich jetzt ansieht, lächelt er und ich weiß, dass er bei mir ist. »Ich bin ja so froh, dass ich dich wiederhabe.«

Wiederhabe? Was? Wie bitte? »Rick, ich weiß nicht … es ist so viel geschehen. Ich kann nicht einfach da weitermachen, wo wir aufgehört haben.«

»Warum nicht?«

»Warum nicht?« *Ist das sein Ernst? Liegt es nicht auf der Hand?* »Weil … Weil … Das, was da passiert ist, hat mich verändert, Rick. Ich bin nicht mehr die Gleiche.«

»Ich habe mich auch verändert, Jola. Das ist normal. Menschen verändern sich. Aber weißt du …«, er ergreift meine Hand, legt sie auf seine linke Brust, »da drin bist du immer noch meine Jola. Die Frau, die ich mehr begehre als jede andere, der mein Herz gehört. Es hat nie aufgehört, dir zu gehören. Und ich glaube, bei dir ist es genauso.«

Er sieht mich mit diesem ganz speziellen Blick an, dem Ich-seh-durch-dich-hindurch-in-dein-Herz-Blick. Dieser Blick, bei dem ich weiche Knie bekomme, bei dem ich willenlos werde.

»Ist es so, Jola, oder nicht? Komm. Sag mir, dass es nicht so ist. Sag mir, dass du nichts mehr für mich empfindest, dass ich dir gleichgültig bin, und ich schwöre: Ich verschwinde auf der Stelle. Dann bist du mich los. Für immer.«

Mit offenem Mund starre ich ihn an. *Gleichgültig? Nichts mehr empfinden? Soll das ein Witz sein?* Trotzdem weiß ich nicht, ob ich das kann … ihm noch einmal so vertrauen – und ob ich es will. Und was passiert, wenn ich in drei Wochen wieder nach Hause fliege? Ich habe einfach zu viel Angst, dass die Trennung von Rick mein Herz dieses Mal entzweireißt …

»Du bist mir nicht gleichgültig«, sage ich mit zitternder Stimme und senke den Blick. «Aber ich bin mir nicht sicher, ob ich dir noch vertrauen kann und … ob ich dich …« Ich schaffe es nicht, die letzten Worte auszusprechen, weil ich weiß, dass es gelogen wäre, und halte den Blick gesenkt.

»Ob du mich … was? Noch liebst? Ist es das, was du sagen willst?«

Ich nicke. Es war klar, dass er sofort versteht, was ich meine. Er hat sich nicht geändert. Nicht, was das angeht.

»Sieh mich an!« Was er sagt, klingt wie ein Befehl, und dennoch ist seine Stimme seidenweich.

Ich zögere, schlage letztendlich aber die Augen auf und sehe ihn an. Er mustert mich mit ernstem Blick – dann lächelt er. »Du bist eine lausige Lügnerin, Jola.«

Ich will protestieren, Rick jedoch nimmt mein Gesicht in die Hände, biegt meinen Kopf nach hinten und verschließt meinen Mund mit seinen Lippen. Als seine Zungenspitze auf meine trifft, reagiert mein Körper so heftig, dass ich ein Stöhnen nicht unterdrücken kann. Es ist, als wäre er nie fort gewesen. Als hätte es die letzten drei Jahre nicht gegeben. Nicht nur mein Körper erinnert sich jetzt. Es ist, als hätte jemand einen Schalter in meinem Hirn umgelegt und mich in der Zeit zurückgeschossen. Meine Arme legen sich um seinen Hals, ich drücke mich an ihn und trinke seinen Kuss wie eine Verdurstende, die nach einem endlos scheinenden Gang durch die Wüste die erlösende Oase findet.

Seine Hände lassen mein Gesicht los. Er umschließt mich, presst mich so hart an sich, dass es mir vorkommt, als wolle er mich nie wieder loslassen. Es fühlt sich gut an. Erst jetzt merke ich, wie sehr mein Körper, meine Seele sich danach gesehnt haben, wie sehr ich es vermisst habe, dieses Gefühl, ihm zu gehören. Sein Griff lockert sich, die Hände gleiten über meine Hüften, schieben meinen Rocksaum hoch, über meinen

Po. Er greift an meinen Oberschenkel, winkelt ihn an, schiebt den Arm darunter und ergreift mein anderes Bein. Ich schaffe es gerade noch so, mich an ihm festzuhalten, da sind seine Hände bereits unter meinen Pobacken und ich schwebe in der Luft. Automatisch schließen sich meine Beine um ihn, während er mich ein paar Schritte trägt und mich etwas unsanft auf einem der Barhocker absetzt. Ich verziehe ein wenig das Gesicht und stöhne, denn beim Aufsetzen hat sich der Plug unangenehm bemerkbar gemacht.

»Zieh das Kleid aus«, murmelt er an meinem Mund und knöpft sich sein Hemd auf, lässt es auf den Boden gleiten.

Der Anblick seines Oberkörpers sorgt dafür, dass mein Herz schneller schlägt. Er ist noch immer genauso schön wie früher. Alles in mir will ihn berühren, riechen, schmecken … Er sieht mich abwartend an. Also öffne ich mit zittrigen Fingern den Reißverschluss an der Seite des Kleides, kreuze die Arme und ziehe es nach oben über den Kopf, sitze vollkommen nackt vor ihm. Ich sehe, dass er die Luft anhält, und höre ihn nur eine Sekunde später geräuschvoll ausatmen.

»Du bist wunderschön«, sagt er bewegt. »Und machst mich so hart.«

Er zupft an meinen Nippeln, zieht sie etwas lang, lässt sie zurückschnellen.

»Fester«, wispere ich und beiße mir vor Lust auf die Lippen, als er meiner Bitte nachkommt.

Rick löst den Gürtel, lässt die Hose zu Boden

gleiten und schüttelt sie sich von den Füßen. Dann spreizt er meine Beine weiter auseinander, drängt sich dazwischen, was zur Folge hat, dass ich mir stärker auf die Lippen beiße und leise stöhne, denn der Plug hat sich dabei noch ein Stück tiefer in mich gedrückt.

»Was hast du? Habe ich dir wehgetan?«

Ich schüttele den Kopf. »Nein, hast du nicht. Es ist nur ...« *Dieses verdammte Ding macht mich verrückt!* Unruhig, eine angenehmere Position suchend, rutsche ich auf dem Hocker herum. »Ich habe nur ...«

»Was hast du? Wieso zappelst du so herum? Du hast ...?« Er sieht mich eine Sekunde lang prüfend an, bevor sich Erkenntnis in seinem Gesicht spiegelt. »Du hast was da hinten drin, habe ich recht? Deswegen kannst du nicht still sitzen.« Er grinst so stolz und zufrieden, als hätte er gerade das Rad neu erfunden. »Was ist es? Welchen Plug hast du in deinem entzückenden Hintern? Ist es der rote? Oder der grüne?«

Ich schlucke trocken. Irgendwie ist es mir peinlich, ihm das zu sagen. Meine Wangen fangen Feuer, ich weiche seinem Blick aus.

»Doch nicht der blaue, oder?«, fragt er und sein Grinsen bekommt eine neue Note, die mich spontan an einen hungrigen Wolf denken lässt, der vor einem Kaninchenbau sitzt. »Der blaue? Wirklich? Das will ich sehen!«

Ich will von dem Stuhl heruntergleiten, doch Rick kommt mir zuvor. Er schiebt die Arme unter meinen Kniekehlen hindurch, umschließt mich am Rücken und trägt mich wie ein verschnürtes Päckchen zu dem Vogelbauer. Wie einen kostbaren Schatz legt er mich auf dem Bett ab. Mein Po liegt gerade so auf der Bettkante, aber Ricks Arme drücken meine Beine fest auf die Matratze, sodass ich nicht herunterfallen kann. Sein hungriger Blick gleitet von meinen Augen über meine Brüste zu meinem Geschlecht. Ich kann nicht erkennen, was er sich dort ansieht, aber ich erahne es an dem Lächeln und dem Ausdruck in seinen Augen, als er mich wieder anschaut.

»Blau, Jola«, sagt er mit einem Lächeln, das seine saphirfarbenen Augen zum Leuchten bringt. »Du weißt, was das bedeutet, oder? Ich habe es nämlich nicht vergessen.«

»Ich auch nicht«, entgegne ich und kann zum ersten Mal an diesem Abend sein Lächeln erwidern.

»Du bist wunderschön, wenn du mich so ansiehst, Süße.« Er beugt sich über mich, küsst mich, meine Beine nach wie vor fest im Griff. Dabei streicht seine Eichel über meine Schamlippen, entlockt mir ein zartes Wimmern. Sofort wiederholt er die Bewegung, presst sich stärker an mich. Seine Peniskuppe teilt meine Schamlippen, schiebt sich höher und reibt mit sanftem Druck über meine Klitoris, bevor er sich zurückzieht und wieder von vorn beginnt.

Meine Hände krallen sich in sein Haar, ich ziehe

ihn tiefer auf mich, küsse ihn, als hinge mein Leben davon ab.

»Bitte schlaf mit mir«, flüstere ich zwischen zwei Küssen.

»Worauf du dich verlassen kannst«, erwidert er und hebt meinen Körper ein Stück an, schiebt mich ein paar Zentimeter weiter auf die Matratze. Er lässt mein linkes Bein los, greift mit der Hand an sein Glied und setzt die Eichel zielsicher an meinen nassen intimen Eingang. Ich spüre den Druck, die unvergleichliche Enge, die er jede Sekunde durchbrechen wird.

»Sieh mich an«, fordert er mich auf.

Ich tue es, und im selben Moment weitet er mich, dringt in mich ein. Mein Mund formt ein tonloses O, meine Augen schließen sich. *Himmel ist das gut!* Ich öffne sie wieder, sehe ihn an, hebe meinen Kopf ein wenig und beobachte das gleichmäßige Eindringen und Rausgleiten. In langen, stetigen Zügen füllt er meinen Schoß. Ich genieße jeden seiner Stöße – und umso mehr, als ich zum ersten Mal dabei zusehen kann.

Es ist wundervoll. Ich habe das Gefühl, noch nie so nass gewesen zu sein, und könnte stundenlang so weitermachen. Schließlich aber stützt Rick sich mit der freien Hand auf dem Bett ab und beugt sich über mich. Mein Kopf fällt auf die Matratze zurück. Wir küssen uns, ohne dass er die Bewegung unterbricht. Ganz automatisch hebt sich ihm mein Becken entgegen, denn ich will ihn noch tiefer in mir spüren, was ihn dazu bringt, an meinem Mund zu grinsen.

»Immer noch ein böses Mädchen, hm?«

»Oh, bitte ... lass doch die Witze!« Merkt er denn nicht, wie sehr ich ihn will?

»Ich mache niemals Witze, wenn ich dich ficke, Jola«, sagt er ernst. »Ich mag es, wenn du so gierig bist. Genauso will ich dich.«

Daraufhin richtet er sich auf, legt mein linkes Bein auf seine Schulter und stößt tief in mich hinein. Mein Innerstes zieht sich schlagartig zusammen. Ich stöhne, genieße das Prickeln in meinem Körper. Blitzschnell gleitet er aus mir heraus, lässt mich den nächsten Stoß fühlen, zieht sich zurück, dringt erneut vor ... Mein Atem geht schneller. Flacher. Passt sich seinen Stößen an, begleitet von den jammernden Geräuschen, die aus meinem Mund kommen. Sein Daumen legt sich auf meine Klit, reibt darüber, bringt meinen Bauch zum Zucken, verwandelt meine klagenden Laute in spitze Schreie ... und dann ist die Welle da: Sie überrollt mich. Brandet durch mich hindurch. Durch jede Faser. Jede Zelle ... sekundenlang. Bis alles zum Stillstand kommt.

Mein Kopf ruht halb auf Ricks Schulter, halb auf seiner Brust, sein Arm umschließt mich. Wortlos liegen wir aneinandergekuschelt auf dem Bett, haben den Plug aus meinem Hintern entfernt und es uns gemütlich gemacht. Ich kann immer noch nicht fassen, was hier gerade passiert ist. Es ist unwirklich wie ein Traum, und dennoch ist alles vertraut. Etwa so, als wenn man lange Zeit verreist war und jetzt wieder nach Hause kommt.

»Erzähl mir was, Jola«, sagt er und tupft einen Kuss auf mein Haar.

»Was willst du denn wissen?«

»Egal. Irgendetwas. Zum Beispiel: Warum bist du nicht mehr in der Redaktion? Ben hat sich für mich durch das ganze Verlagshaus telefoniert, aber keiner wusste, wo du abgeblieben warst.«

»Ich habe es dort einfach nicht mehr ausgehalten, nach der Beerdi… nachdem du … Es ging einfach nicht mehr. Mich hat dort zu viel an dich erinnert. Es tat zu weh.«

Er dreht den Kopf zu mir, sieht mich an. »Ja, das kann ich nachvollziehen. Aber warum musstest du gleich in eine andere Stadt gehen?«

»Das war keine Absicht. Es hat sich so ergeben. Und mir war es recht. Ich wollte einen Cut, verstehst du? Ganz neu anfangen.«

Sein Arm gleitet unter mir hervor, er stützt sich auf dem Ellenbogen ab und betrachtet mich von oben. »Sieht so aus, als ob wir da etwas gemeinsam hätten.« Seine Hand streicht über meine Wange, über meinen Hals, von wo sein Zeigefinger einen Strich über mein Dekolleté zieht.

»Ich bin nicht mehr Rick Wolfermann«, sagt er. Es hört sich wie ein Geständnis an. »Ich heiße jetzt Wolfgang Richards. Ein paar Leute, vor allem die Amerikaner, nennen mich Wolf.« Er spricht es englisch aus: *Wulf*. »Aber gute Freunde dürfen mich Rick nennen. Es ist mir nicht leichtgefallen, meinen Namen und alles aufzugeben. Im Grunde mein ganzes Leben. Es war die einzige Möglichkeit, von dort fortzukommen.«

»Wieso hast du dich nie gemeldet?«

»Ich hatte Kontaktsperre, Jola. Wenn du dort im Gefängnis sitzt, kannst du nicht einfach sagen: Entschuldigung kann ich mal eben telefonieren?«

«Und wie hat dein Cousin dich dann gefunden?«

»Ich hatte einen Anruf frei. Einen einzigen, verstehst du? Da überlegst du dir ganz genau, mit wem du sprechen willst.« Er bekommt einen abwesenden Blick, ich merke, dass es ihm schwerfällt, darüber zu reden. »Ich weiß, dass meine Eltern vor Sorge fast verrückt geworden sind. Aber ich habe sie nicht angerufen. Wie gern hätte ich deine Stimme gehört. Nur ein paar Worte mit dir geredet … aber ich habe mich für Ben entschieden. Ich wusste: Wenn einer nichts unversucht lässt, mich da rauszuholen, dann Ben.«

»Wie hat er es geschafft?«

»Ich habe keine Ahnung, an welchen Stellschrauben er gedreht hat. Ich weiß nur: Als man mir gesagt hat, ich könne gehen, wenn ich mich für tot erklären lasse und jeglichen Kontakt zu meinem bisherigen Leben abbreche, wenn ich eine neue Identität annehme und nie mehr für eine Zeitung arbeite, da habe ich zugegriffen.

Hättest du das nicht?«

Ich nicke. »Doch. Natürlich. Und wie ist es dann weitergegangen?«

Er lässt sich auf die Matratze zurücksinken, zieht mich zu sich heran und streichelt über meinen Oberarm. »Es ging mir tatsächlich ziemlich beschissen. Der zweite Hungerstreik hatte mich so geschwächt, dass ich erst mal für vier Wochen in ein Krankenhaus verlegt wurde, bevor ich transportfähig war. Nach Deutschland durfte ich nicht mehr einreisen, auch das war ein Teil der Abmachung. Also bin ich in eine psychiatrische Klinik in der Schweiz eingeliefert worden. In eine Privatklinik, die Ben ausgesucht und bezahlt hat. In der Zeit, die ich dort verbracht habe, hat Ben immer wieder versucht, herauszufinden, was aus dir geworden ist, aber leider ohne Erfolg.«

»Er hätte meine Eltern anrufen können. Die wussten, wo ich war.«

»Auf die Idee ist er auch gekommen. Aber von den ganzen Schürmanns im Telefonbuch kannte keiner eine Jolanka.« Er dreht den Kopf in meine Richtung, sieht mich an. »Weil deine Eltern nämlich in einer anderen Stadt wohnen, stimmt's?«

»Ja«, gebe ich kleinlaut zu. Daran hatte ich nicht gedacht. In der kurzen Zeit mit Rick haben wir über solche Dinge wie Eltern und Verwandte einfach nicht gesprochen. »Und wie ging es dann weiter?«

»Ich habe mein Hobby zum Beruf gemacht.«

»Dein Hobby?«

»Ja. Aktfotografie. Das war Bens Idee. Er sagte, er bräuchte Bilder für ein Hotel, das er einrichten will, und hat mich gefragt, ob ich die nicht für ihn schießen wolle. Alle Fotos, die du hier in der Anlage siehst, sind von mir. Das da zum Beispiel auch.«

Er zeigt auf eine Fotografie, die über dem Sofa an der Wand hängt und die in überdimensionaler Nahaufnahme die Lippen eines Mannes zeigt, der die nach hinten überstreckte Kehle einer Frau küsst. Obwohl man nur diesen kleinen Ausschnitt sieht und die Gesichter der Personen nicht erkennen kann, hat es eine sehr erotische Ausstrahlung.

»Es ist wunderschön.«

»Es ist ganz okay, aber bei Weitem nicht das Schönste.« Er mustert mich, seine Augen blitzen schelmisch.

»Welches ist denn das Schönste?«

»Warte«, sagt er, steht auf, sammelt seine Hose vom Boden auf und kommt mit der Brieftasche in der Hand zurück. »Die schönste Aufnahme, die ich je gemacht habe, ist diese hier.«

Er überreicht mir ein Foto, auf dem eine Frau nach oben in die Kamera blickt. Sie kniet vor dem Fotografen und hat sein Glied bis zur Hälfte im Mund. Ein leichtes Lächeln umspielt dabei ihre Lippen, und eine besondere Aura, die ich nicht beschreiben kann, umgibt sie. Sie sieht sehr glücklich aus und genießt offensichtlich, was sie tut. Es ist tatsächlich wunderschön. Ich schlucke trocken, weil es mich umhaut. Die Frau auf dem Bild bin nämlich ich. Es ist eins von den Fotos, die Rick geschossen hat, als wir in der Hütte in den Bergen waren.

»Es ist mein absolutes Lieblingsbild. Das Beste, das ich je gemacht habe.« Er deutet mit dem Finger auf die Fotografie. »Siehst du den Ausdruck in deinen Augen? Wie du mich da ansiehst … Die Lust in deinem Blick, deine Hingabe … du bist wunderschön, Jola. Du weißt nicht, wie oft ich mir das Bild angesehen habe. Ich kenne jedes einzelne Detail in deinem Gesicht. Ich kenne es so genau, dass ich blind eine Kopie davon zeichnen könnte, wenn ich wollte.«

Ich weiß nicht, was ich sagen soll. Mein Mund ist plötzlich trocken, und meine Hände zittern, als ich ihm das Foto zurückgebe.

»Kannst du dich noch an die Situation erinnern?«, fragt er, nachdem er es wieder in die Brieftasche gesteckt hat.

»Ja. Kann ich. Ich habe mich umgedreht, bin auf dich zugekrabbelt, habe dir einfach die Hose ausgezogen und mir deinen Penis in den Mund geschoben. Du warst ziemlich überrascht.«

»Das kannst du laut sagen.« Er grinst und kneift mir in die Wange.

»Autsch! Lass das!«

Er überhört meine Äußerung schlicht und ergreifend. »Weißt du auch noch, wie es weiterging?«

Ich nicke. *Und ob ich das weiß!* Das Lächeln auf dem Bild ist nicht einfach nur ein glückliches. Ich erinnere mich sehr genau, dass ich unbedingt wissen wollte, wie weit Ricks Schwanz in meinen Mund passt, und habe ihn tiefer und tiefer aufgenommen ... bis ich würgen musste.

»Und wie steht es heute mit deiner Leidenschaft? Bist du immer noch so versessen darauf, einen guten Blowjob zu erlernen?«

Seine Frage erwischt mich unvorbereitet. Ich weiß nicht, was ich sagen soll. Hätte er gefragt, ob ein Blowjob für mich noch immer erregend ist, dann wäre die Antwort Ja gewesen. Aber lernen? Hat er mir damals nicht selbst erklärt, es gäbe da nichts zu lernen, weil alles von meiner Hingabe abhängt? Das ist jedoch nicht der Grund, warum mir die Antwort auf die Frage so schwerfällt. Ich weiß einfach nicht, wie ich ihm sagen soll, dass ich auf Anraten von Emilia ein paarmal geflirtet habe und in den letzten zwei Jahren ein paar Mal Sex hatte. Auch Oralsex. Ein bisschen fürchte ich mich davor, es ihm zu sagen. Ich glaube, ich könnte es nicht ertragen, wenn er deswegen schlecht über mich denkt. Er sieht mich abwartend an, ich spüre die Spannung in der Luft. Schließlich kann ich die Antwort nicht mehr hinauszögern. Also wage ich die Flucht nach vorn und gestehe ihm alles.

»Was denkst du jetzt von mir?«

»Nur das Beste.«

»Das Beste? Wirklich?«

»Aber ja. Glaubst du etwa, ich hätte erwartet, dass du für den Rest deines Lebens keusch und unberührt lebst? So etwas gibt es nur im Märchen. Du hast immerhin gedacht, ich wäre tot – und das Leben geht weiter, Jola.«

»Es stört dich also nicht, dass ich … mit anderen Männern …?«

»Nein. Und ich hoffe, du hast deine Kenntnisse auf diesem Gebiet dabei weiterentwickeln können.« Er grinst mich an. »Hast du das?«

Die Frage ist doch wohl nicht sein Ernst! Will er wirklich, dass ich ihm jetzt haarklein berichte, was ich mit den anderen Männern …? Das kann ich nicht! Meine Wangen glühen plötzlich, ich schlage vor Scham die Augen nieder.

»Also ja«, sagt er mit einem ironischen Unterton. »Dann hoffe ich sehr, dass ich bald in den Genuss deiner neuen Fähigkeiten komme.«

Wie bitte? Ich sehe zu ihm auf. Seine Augen blitzen vor Vergnügen, sein Mund ist zu einem schrägen Grinsen verzogen. *Ich falle aber auch immer auf ihn herein!*

»Hör auf, mich zu verschaukeln, Rick Wolfermann«, sage ich mit einer Mischung aus Erleichterung und Schmollen, weil ich merke, dass er mich nur foppen will, und boxe ihn an den Oberarm.

Er lacht. »Komm her, Süße!« Er zieht mich an sich. »Mach dir nicht so viele Gedanken. Die Hauptsache ist: Ich habe dich wieder. Alles andere ist unwichtig.«

»Und wenn ich mich nun wieder verliebt hätte? Was, wenn ich nicht allein hierher geflogen wäre?«

»Bist du aber nicht.«

»Ja. Aber was, wenn …?«

»Dann«, sagt er und beugt sich über mich, »hätte ich alles darangesetzt, dich dem anderen auszuspannen, um dich für mich zu haben. Oder glaubst du etwa, so eine Kleinigkeit wie ein neuer Freund hätte mich davon abhalten können?«

Ich schlucke hart. Sein Geständnis überwältigt mich. In meinem Bauch liefern sich ein Kettenkarussell und eine Achterbahn gerade ein Wettrennen, und ich weiß nicht, ob ich vor Glück lachen oder weinen soll. Ich muss mich gar nicht entscheiden, denn Ricks Lippen liegen augenblicklich auf meinen. Seine Zunge schlüpft in meinen Mund und sorgt dafür, dass für irgendwelche Gedanken in meinem Hirn kein Platz mehr ist.

Sein Kuss erregt mich, ich spüre, dass ich feucht werde und dass sich etwas Hartes an meinen Venushügel drängt. Ganz wie von selbst schlängelt sich mein Arm zwischen unsere Körper. Ich ergreife sein Glied, schiebe die Hand darüber vor und zurück und freue mich über das zufriedene Stöhnen, das daraufhin aus seinem Mund kommt. Aber nicht nur Freude durchzuckt mich, ein anderes Gefühl macht sich in mir breit …

»Rick?«, frage ich ihn, ohne mit der Handbewegung aufzuhören.

»Ja, Süße?«

»Ich möchte es gern.«

Er runzelt die Stirn. »Was genau?«

»Dir meine neuen Fähigkeiten … dir deinen Schwa… «

»Du willst mir einen Blowjob geben?«

»Ja.«

»Jola, das musst du nicht. Es war nur Spaß, was ich vorhin gesagt habe.«

»Aber ich möchte es gern. Wirklich.«

Er sieht mich fragend an.

»Bitte!«, füge ich hinzu und hoffe, dass es sich nicht zu sehr nach Betteln anhört.

Einen kurzen Moment betrachtet er mich noch zweifelnd, dann erhellt sich sein Blick und er lächelt. »Du bist wirklich unglaublich.« Er gibt mich frei, dreht sich auf den Rücken, streckt sich auf dem Bett aus, mustert mich erwartungsvoll.

Eigentlich hatte ich mir das anders vorgestellt. Ich wollte gern vor ihm knien. So, wie auf dem Foto, das er mir gezeigt hat. Aber weil ich nicht schon wieder wie ein Bittsteller wirken will, krabbele ich auf das Bett und hocke mich mit gespreizten Oberschenkeln auf seine Beine. Meine Hand ergreift sein Glied, ich beuge mich über ihn, nähere mich mit dem Mund seiner Eichel. Die Haare fallen mir ins Gesicht. Ungeduldig klemme ich sie mir hinter die Ohren und beuge mich erneut über seine Männlichkeit. *Verdammte Haare!* Es ist wie verhext. Jedes Mal, wenn ich gerade dabei bin, seinen Schwanz zu küssen, lösen sich die Haare und fallen wie ein Vorhang vor mein Gesicht.

»Ich hole mir ein Haargummi«, sage ich schließlich etwas entnervt und klettere vom Bett herunter.

»Nein, warte!« Er erhebt sich ebenfalls. »Ich möchte, dass du dein Haar offen trägst. Wir machen es anders. Komm mit.« Mit einem Kissen in der Hand verlässt er den Vogelkäfig, lässt es mitten im Zimmer fallen und winkt mich zu sich heran. »Knie dich hier drauf.« Er deutet mit dem Zeigefinger auf das Kissen.

Nur zu gern tue ich, was er sagt, und freue mich, dass ich nun doch noch meine Wunschposition einnehmen kann – und zwar ohne darum gebeten zu haben. Ich lasse mich auf die Knie sinken, setze mich auf die Fersen und schaue zu ihm auf. Sein Glied ragt wie ein Fahnenmast in die Luft. Nicht ganz waagerecht, sondern etwas nach oben zeigend – aber noch ist er zu weit weg, als dass ich ihn erreichen könnte, ohne auf ihn zuzukrabbeln. Ich spüre Ricks Blicke, die über meinen Körper huschen. Immer wieder sucht er meine Augen, bleibt für einen kurzen Moment an ihnen hängen, bevor er meine Lippen, Brüste, Taille und Schenkel betrachtet. Es fühlt sich gut für mich an, wenn er mich so ansieht, gibt meiner Lust einen weiteren Schub.

Endlich kommt er auf mich zu, stellt sich ganz nah vor mich, streichelt über meinen Kopf.

»Ich liebe dich, Jola«, sagt er weich, und das ist für mich der Startschuss.

Ich lecke mit der Zunge an der Unterseite seines Schafts entlang, umkreise die Eichel und lasse sie in meinen Mund gleiten. Sie ist groß. Größer, als ich sie in Erinnerung habe – zumindest kommt es mir so vor. Ich lecke sie noch einmal ab, versuche, sein Glied dieses Mal ein Stück tiefer aufzunehmen. Ich höre ihn leise seufzen. Ein Blick in sein Gesicht zeigt mir, dass er die Augen genießerisch geschlossen hat. Einen Augenblick später treffen sich unsere Augen und er streichelt über mein Haar. Immer wieder lasse ich ihn aus meinem Mund herausgleiten, versuche, ihn jedes Mal etwas tiefer aufzunehmen … Dann ist der Moment da: So oft habe ich Bilder davon im Internet gesehen. Es sah so leicht aus. Und ich möchte es gern für Rick tun. Ihn überraschen. Einmal erst habe ich es gewagt – und es ist leider schiefgegangen. Aber für Rick will ich es probieren. Ich will es schaffen!

Meine Lippen stülpen sich über die Peniskuppe, mein Blick ist nach oben in sein Gesicht gerichtet. Mit einer langsamen, gleitenden Bewegung und einer leichten Kopfdrehung schiebe ich meinen Mund immer tiefer auf sein Glied. Bis ich merke, dass es an meinen Rachen stößt. Ich verharre zwei Atemzüge, um die Nervosität, die Anspannung wegzuatmen, ohne ihn dabei aus den Augen zu lassen. Dann schlucke ich, halte die Luft an und versuche, seinen Schwanz ganz aufzunehmen.

»Oh Gott, Jola, was machst du?«, höre ich Ricks

Stimme halb entsetzt, halb verzückt.

Verdammt! Mein Hals verschließt sich, mir bleibt nichts anderes übrig, als mich zurückzuziehen und tief Luft zu holen. Nach Atem ringend sehe ich ihn an.

»Ich wollte es so gern für dich tun.«

»Was tun? Meinen Schwanz schlucken?«

Ich nicke. »Tut mir leid, dass es nicht geklappt hat. Wenn du willst, versuche ich es noch mal.«

»Du musst dich für gar nichts entschuldigen. Ich habe zwar gesagt, dass ich es mag, wenn du gierig bist, aber so habe ich das ganz bestimmt nicht gemeint. Wieso wolltest du das unbedingt tun?«

»Du hast doch gesagt, ein guter Blowjob ist für dich, wenn ich mich hingebe. Ich dachte …«

»Nur um mir deine Hingabe zu zeigen, brauchst du nicht gleich meinen Schwanz zu schlucken. Deine Hingabe habe ich auch so gespürt, Süße.«

»Wirklich?«

»Aber natürlich. Hast du denn meine Lust nicht gefühlt?

»Doch, aber … ich wollte so gern, dass es etwas ganz Besonderes für dich ist.«

Seine Augen leuchten, erzeugen ein warmes Gefühl in meinem Bauch. »Natürlich finde ich es sehr geil, wenn du das für mich tun willst, aber auch ohne Deep Throat ist es immer etwas Besonderes für mich, wenn du meinen Schwanz in den Mund nimmst.« Er beugt sich zu mir herunter, haucht mir einen Kuss auf die Lippen. »Wenn du allerdings unbedingt willst … dann wüsste ich da eine Möglichkeit …«

»Ja? Welche denn?«

Aus dem Leuchten in Ricks Augen wird ein Funkeln. »Es ist schön, zu sehen, dass du immer noch so ein neugieriges Kätzchen wie früher bist«, sagt er und richtet sich wieder auf. »Hast du schon mal darüber nachgedacht, dass es sehr aufregend sein könnte, wenn du gar nichts tust und dich stattdessen mir überlässt?«

Ich verstehe nicht ganz, was er meint. »Gar nichts tun? Wie soll das gehen?«

»Indem du dich mir einfach hingibst und den Rest mir überlässt. Wenn du willst, zeige ich dir, was ich meine.«

»Ich soll einfach nur hier sitzen bleiben? Ist das nicht langweilig für dich? «

»Langweilig?« Er lacht, wird aber sofort wieder ernst. »Auf gar keinen Fall. Erinnerst du dich an unser Fesselspiel in der Hütte?« Ich nicke. »Da hast du dich mir auch hingegeben. Mir vertraut. Das war sehr erregend. Nicht nur für dich.«

»Hm …« Etwas ratlos schaue ich in sein Gesicht. Ich kann mir noch immer nicht so recht vorstellen, wie das funktionieren soll. Andererseits wüsste ich zu gern, was er vorhat.

»Was ist? Wollen wir es versuchen?«

Das Drängen in seiner Frage gibt den Ausschlag. Ich nicke, und die Freude in Ricks Augen bestärkt mich darin, dass ich die richtige Entscheidung getroffen habe. Gespannt warte ich darauf, was jetzt kommt.

»Nimm die Hände auf den Rücken.«

Ich weiß zwar nicht, was er damit beabsichtigt, aber ich tue, was er sagt. Eine Hand legt sich auf meinen Kopf – sie fühlt sich gut dort an. Innerlich werde ich ganz ruhig, doch gleichzeitig kribbelt mein Körper vor Aufregung. Was für eine seltsame Mischung!

Mit der anderen Hand ergreift er sein Glied, schiebt sie ein paarmal darüber vor und zurück, bevor er mit der Penisspitze die Kontur meiner Lippen nachzeichnet. Automatisch öffnet sich mein Mund, meine Zungenspitze tritt hervor, streift die Eichel. Sofort entzieht er sich mir, nur um die Peniskuppe mit einem schelmischen Grinsen um seine Mundwinkel erneut über meine Lippen gleiten zu lassen. Ich merke, dass er mich necken will, und muss gleichfalls grinsen. Ich mag dieses Spiel.

Beim nächsten Mal weitet er meinen Mund, dringt mit der Eichel ein, zieht sich zurück und stößt wieder vor. Aus dem spielerischen Necken ist plötzlich etwas anderes geworden. Ob ich das mag oder nicht, kann ich noch nicht sagen. Ich sehe ihn von unten herauf an. Irgendetwas scheint er in meinem Blick gelesen zu haben, denn er entzieht sich mir.

»Wie fühlst du dich?«

»Es ist ungewohnt, ich komme mir merkwürdig vor.«

»Warum? Was ist merkwürdig?«

»Dass ich einfach nur dasitze und es geschehen lasse. Ich meine … zuerst habe ich wenigstens noch ein bisschen was mit der Zunge machen können, aber dann … Ich komme mir so … so … wie ein Gegenstand vor. Als wenn du mich benutzt.«

»Und diese Vorstellung gefällt dir nicht?«

»Ich weiß nicht … Ich will kein Gegenstand sein.«

»Das bist du für mich auch nicht. Denk das bitte nie, Jola. Was aber, wenn ich dir sage, dass du gerade, weil du dich benutzen lässt, sehr erregend für mich bist? Was dann? Was, wenn ich dir sage, dass es für mich ein Wahnsinns-Vertrauensbeweis ist, dass du mich das mit dir tun lässt? Dass es mich über alle Maßen erregt, wenn du dich mir so hingibst? Dass es ein sehr, sehr geiles Geschenk für mich ist? Was würdest du dazu sagen?«

So habe ich das noch gar nicht betrachtet. Ricks Worte bringen mich ins Grübeln. Es ist etwas dran an dem, was er sagt. Das Wort Hingabe bekommt plötzlich eine ganze neue Bedeutung für mich. Ich gebe mich im wahrsten Sinne des Wortes hin, ich liefere mich ihm sozusagen aus. Auf einmal fühle ich so etwas wie Stolz in mir – und auch Erregung.

»Lass es uns noch mal versuchen«, beantworte ich seine Frage, wofür er mir ein Lächeln schenkt, das pures Glück ausstrahlt und das stolze Gefühl in mir verstärkt.

»Komm her«, flüstert er mit weicher Stimme, legt eine Hand auf meinen Kopf und führt die Eichel erneut an meine Lippen.

Mein Mund öffnet sich, Ricks Peniskuppe dringt in mich ein, stößt verhalten vorwärts. Es fühlt sich immer noch seltsam an, aber in meinem Kopf höre ich immer wieder, wie er sagt, dass ich ihm damit ein sehr erregendes Geschenk mache. Je öfter ich den Satz gedanklich wiederhole, umso mehr entspanne ich mich.

»Immer noch merkwürdig?«, fragt er mich, als ob er meine Gedanken gelesen hätte. Ich weiß nicht, wie ich ihm mit seinem Schwanz im Mund antworten soll, und schaue zu ihm auf. Er grinst schief und sagt: »Ich nehme an, das soll Ja heißen, oder?« Ich schaue weiterhin zu ihm auf. »Okay, wenn du mich ansiehst, bedeutet das Ja, bei Nein lass die Augen geschlossen. Verstanden?«

Ich blinzele einmal, sehe ihn aber weiter an. Ja, soll das heißen.

»Fühlst du dich immer noch merkwürdig?«

Meine Augen schließen sich. Beinahe unmerklich hat sich etwas in mir geändert. Ich bin inzwischen nicht nur vollkommen entspannt, sondern genieße sogar, was Rick mit mir tut, dass ich es bin, die ihm diese Lust bereitet. Das ist total abgedreht! Was ist nur mit mir los?

»Also gefällt es dir ein bisschen?«

Meine Augen klappen auf, sehen ihn an.

»Soll ich so weitermachen? Oder möchtest du mehr?«

Was ist denn das für eine Frage? Wie soll ich darauf antworten? Ich blinzle mehrere Male hektisch hintereinander und blicke ihn dann wieder an.

»Entschuldige … das war blöd von mir. Also: Soll ich so weitermachen?«

Meine Augen klappen zu.

»Nein? Weniger?«

Ich bewege mich nicht, meine Lider sind geschlossen.

»Also möchtest du mehr? Ich soll tiefer stoßen?«

Jaaa!, schreien meine Augen, denn ich will es tatsächlich. Ich fixiere ihn, schenke ihm einen langen Blick.

»Oh mein Gott, Jola.« Er klingt überwältigt. »Ich liebe deine Gier.«

Seine andere Hand legt sich ebenfalls auf meinen Kopf, wodurch er mir das Gefühl gibt, dass er jetzt ganz und gar über mich verfügen kann. Ohne, dass ich etwas dagegen tun kann. Ein Glücksgefühl rauscht durch mich hindurch, und in diesem Moment weiß ich: Ja! Ich möchte ihm gehören.

Er stößt tief in mich, zieht sich zurück, stößt zu … in einer gleitenden, fließenden Bewegung fickt er meinen Mund. Meine Augen sind geschlossen, ich spüre jede Erhebung, jede Ader an seinem Schwanz. Es ist wundervoll. Nie hätte ich für möglich gehalten, dass ich es so dermaßen genießen könnte. Und wenn er ab und zu dabei leise seufzt und stöhnt, habe ich das Gefühl, dass die Lust aus mir heraustropft.

»Sieh mich an, Jola«, sagt er mit gepresster Stimme.

Meine Augen klappen auf. Ich kann nicht beschreiben, welche Wirkung sein Gesichtsausdruck auf mich hat. Er sieht angestrengt aus. Als ob er mit sich kämpft. Unsere Blicke begegnen sich, woraufhin ein Zucken durch meinen Körper rast. Noch nie hat mich ein Blick so erregt wie der von Rick in diesem Moment.

»Willst du, dass ich in deinem Mund komme, Jola? Willst du es?«

Meine Augen saugen sich an seinen fest, lassen sie nicht eine Millisekunde los. Ich will es. Ja, ich will es.

»Oh Jola!«, presst er gequält hervor.

Im nächsten Moment drücken sich seine Hände fester auf meinen Kopf. Er stößt zu, ich muss würgen, bäume mich auf. Wie durch ein Wunder gibt meine Kehle nach. Ich fühle ihn weiter vorstoßen, versuche zu schlucken. Ein dumpfes Stöhnen dringt an mein Ohr und dann spüre ich Ricks Saft heiß meine Kehle herunterlaufen. Ich fühle mich, als hätte jemand mein Hirn gegen den Inhalt einer Flasche Champagner getauscht, der plötzlich durch meinen Kopf prickelt. Alles dreht sich, ich bin wie berauscht. Dass Ricks Schwanz nicht mehr in meiner Kehle steckt, bemerke ich erst, als ich die Augen aufschlage und ihm ins Gesicht sehe. Er kniet neben mir auf dem

Boden, hält mich fest, bedeckt mein Haar mit kleinen Küssen und streichelt mich.

»Was ist passiert?«, frage ich ihn.

»Ich bin in deinem Mund gekommen.« Seine Hand krault gedankenversunken durch mein Haar. »Geht's dir gut?«, fragt er nach einer Pause.

»Ja. Sehr. Und dir?«

»Mir?« Die Ungläubigkeit in seiner Stimme ist unüberhörbar. »Willst du mich auf den Arm nehmen? Wie sollte es mir wohl nicht gut gehen? Das gerade, das war einfach, so … so unbeschreiblich … so … Wow! Einfach nur …«

»Wunderschön?«, helfe ich ihm aus.

Er sieht mich einen Moment erstaunt an, dann lächelt er. »Ja. Genau das. Wunderschön. Ich hoffe, für dich auch.«

»Ja, Rick. Für mich auch. Als du sagtest, ich solle gar nichts machen und mich einfach nur hingeben, da hätte ich mir nicht träumen lassen, dass es so erregend sein kann, nur stillzuhalten und dich gewähren zu lassen. Es war so geil und … wunderschön.«

»Es war dir nicht unangenehm, dass ich in deinem Mund gekommen bin?«

»Nein. Gar nicht. Ich habe ja kaum etwas davon gemerkt. Nur dieses wahnsinnig geile Gefühl, als es in meinem Hals warm wurde.«

»Und wie fühlst du dich jetzt?«

»Ich weiß nicht genau. Ein bisschen erschöpft, aber gleichzeitig auch aufgekratzt.«

»Bist du zufrieden?«

»Ja.«

»Das war nicht das richtige Wort. Ich meinte: befriedigt?«

»Befriedigt?«

»Also nein«, sagt er und grinst. »Du weißt, was das bedeutet, oder?«

Was? Wie? Was meint er denn jetzt?

»Ich sehe, ich muss deiner Erinnerung ein wenig auf die Sprünge helfen.« Seine Hand gleitet zwischen meine Beine, ein Finger teilt meine Schamlippen, streichelt dabei sanft darüber. »Zwei plus eins, Jola«, kommentiert er seine Geste mit einem Zwinkern.

Schlagartig fällt es mir wieder ein. *Oh nein! Das kann ich nicht. Nicht heute, nach dem langen Flug … und überhaupt …*

»Bitte Rick, nicht! Nicht heute«, versuche ich ihn umzustimmen. »Ich bin befriedigt. Ehrlich. Ich schwöre …«

Sein Finger liegt bereits auf meiner Klitoris und streichelt sie zärtlich. Ich beiße mir auf die Lippe und wimmere. *Oh Gott! Ich explodiere, wenn er nicht gleich aufhört!*

»Lügnerin!« Er grinst. »Ich werde dir schon sagen, wann du befriedigt bist – und vorher höre ich auf keinen Fall auf.«

# Das Halsband

Mir ist so heiß! Daran kann auch die leichte Brise, die vom Meer herüberweht, nichts ändern. Rick ist heute zu einem Fotoshooting in einen Nachbarort gefahren, und ich dachte, es wäre eine gute Idee, ein bisschen Sonne zu tanken, und habe es mir am Pool bequem gemacht. Inzwischen aber glaube ich, es wäre besser gewesen, im Bungalow zu bleiben. Ich brauche dringend eine Abkühlung, sonst zerfließe ich noch vor Hitze.

»Kleine Erfrischung gefällig?«, fragt eine weibliche Stimme neben mir.

Ich beschatte die Augen mit den Händen und blicke von meiner Sonnenliege auf. Vor mir steht Mia, die rothaarige Rezeptionistin, mit zwei eisgekühlten Drinks in der Hand. Mittlerweile weiß ich, dass sie keine Rezeptionistin ist, sondern die Frau von Ricks Cousin Ben, der sich als Eigentümer der Anlage entpuppt hat.

»Garantiert ohne Alkohol«, fügt sie hinzu und streckt mir das Glas entgegen, das ich mit einem freudigen *Dankeschön* ergreife. »Hast du etwas dagegen, wenn ich dir Gesellschaft leiste?«

»Natürlich nicht.« Ich deute auf die Nachbarliege. »Nur zu: Mach's dir bequem.«

Sie stellt ihr Glas auf dem Beistelltischchen zwischen den zwei Liegen ab und öffnet den Sonnenschirm. »Ist hoffe, es ist ok für dich«, sagt sie. »Ich vertrage Sonne nämlich nicht so gut.«

»Ja, danke. Gute Idee! Darauf hätte ich auch von allein kommen können.«

Sie betrachtet die freie Sonnenliege, schiebt sie ein Stückchen weiter, bis sie vom Schatten des Schirms vollkommen bedeckt ist. Dann erst nimmt sie auf ihr Platz und gönnt sich anschließend durch den Strohhalm einen langen Zug von dem Getränk. »Aaah! Das tut gut. Fast wie zu Hause.«

«Wo genau ist denn dein Zuhause?« Ich nehme auch einen Schluck. Der Drink ist köstlich. Nicht zu süß, ein bisschen bitter und vor allem: eisgekühlt. Fantastisch!

»Auf Mauritius«, beantwortet Mia meine Frage. »Wir haben dort eine kleine Villa am Strand. Als ich das erste Mal mit Ben dort war, habe ich auf genau solch einer Liege gelegen und er hat mir diesen Drink serviert.« Sie trinkt noch einmal davon, setzt das Glas auf dem Beistelltisch ab und streckt sich auf der Liege aus. »Es gefällt dir hier inzwischen ganz gut, oder?«

»Ja. Sehr.«

»Ich nehme an, das hat auch mit Rick zu tun. Oder irre ich mich?«

»Nein, tust du nicht. Manchmal kann ich immer noch nicht glauben, dass er lebt und wir hier zusammen sind. Es ist wie ein Wunder.«

»Du hast ihn sehr gern, hm?«

»Ich liebe ihn. Seit ich ihn wiedergetroffen habe, weiß ich erst, wie sehr.«

»Er liebt dich auch. So glücklich wie in den letzten Tagen habe ich ihn noch nicht gesehen, seitdem er … Es war eine schreckliche Zeit für ihn.«

Meine Neugier ist geweckt. Rick schweigt sich mir gegenüber nämlich beharrlich über die Vorfälle in Andibar aus. »Weißt du etwas darüber?«

»Nicht viel. Das bisschen, das ich weiß, hat Ben mir erzählt. Er hat ihn einmal in Andibar besucht und war entsetzt über die Zustände in dem Gefängnis. Und Ben haut so schnell nichts um. Er kann eine Menge wegstecken, aber das ging selbst ihm unter die Haut – Rick ist da noch um einiges sensibler. Er ist ein sehr visueller Mensch. Er liebt die schönen Dinge und mag sich mit ihnen umgeben. Was er in Andibar gesehen und erlebt hat, muss für ihn ein Albtraum gewesen sein: die hygienischen Bedingungen dort, das schreckliche Essen, die Enge in den Zellen … Ich will es mir gar nicht vorstellen. Nachdem er aus der Klinik in der Schweiz entlassen wurde, ging es ihm zwar körperlich wieder besser, aber die acht Monate im Gefängnis haben tiefe Narben auf seiner Seele hinterlassen.«

Ich nicke zustimmend. »Er redet nie davon. Aber ich merke genau, dass er manchmal mit seinen Gedanken woanders ist. Er hat dann so einen abwesenden Blick. Ich bin noch nicht dahintergekommen, was es auslöst. Ich vermute, es ist ein Geräusch oder ein Geruch … Vor ein paar

Tagen zum Beispiel, da wollten wir uns die Klippenspringer in Negril ansehen. Auf dem Weg zum Strand sind wir an ein paar Buden und Ständen vorbeigekommen, wo Essen und Getränke angeboten wurden. Ich weiß nicht genau, wie es passiert ist, aber plötzlich ist jemand gegen eine Mülltonne gestolpert. Als sie umgefallen ist, hat es einen Riesenkrach gegeben, ein Baby hat angefangen zu weinen, überall lag der Müll herum … Rick ist auf einmal wie erstarrt stehen geblieben. Er hat diesen seltsamen Blick bekommen, sich dann ohne ein Wort zu sagen umgedreht und ist gegangen. Auf meine Rufe hat er gar nicht reagiert. Also bin ich hinter ihm hergerannt und habe ihn festgehalten. Ich hatte das Gefühl, dass er wie aus einem Koma erwacht. Er hat mich angesehen, als wüsste er im ersten Moment nicht, wo er ist. Es tat so weh, das mitzuerleben. Ich würde ihm so gern helfen, aber er redet einfach nicht darüber.«

»Du hilfst ihm bereits, Jola«, sagt sie und drückt meine Hand, weil ich sie zweifelnd ansehe. »Doch. Ganz bestimmt. Allein, weil du bei ihm bist. Immer wieder hat er Ben gebeten, dich zu finden. Aber alle seine Nachforschungen haben zu nichts geführt. Als aber deine Freundin Emilia und Mark die Liste der Hochzeitsgäste bei uns abgegeben haben, ist mir dein Name sofort ins Auge gesprungen.« Sie zwinkert mir zu. »Jolanka ist ja wirklich ein ungewöhnlicher Vorname. Natürlich habe ich Ben gleich darauf aufmerksam gemacht, und wir waren uns einig, dass es niemand anderer sein konnte als du.«

»Dann wusste Rick also schon länger, dass ich herkomme?«

Sie nickt. »Ja. Ben hat es ihm direkt erzählt.«

»Aber wieso hat Rick sich nicht bei mir gemeldet? Da wusste er doch, wie er mich erreichen kann.«

»Ja, das stimmt schon, aber er wollte es dir nicht durch einen Brief oder am Telefon sagen. Er wollte dabei sein, wenn du erfährst, dass er noch lebt. Deine Reaktion miterleben.«

»Oh je!« Ich muss lachen. »Ich fürchte, die war nicht so, wie er gehofft hatte.«

Mia schmunzelt ebenfalls. »Ja, da hast du recht. Er hatte sich alles so toll ausgemalt. Wochenlang hat er von nichts anderem gesprochen. Er war wie verwandelt. Ein anderer Mensch.« Sie wird wieder ernst. »Wir haben uns alle so auf dich gefreut. Und dann kamst du hier an und hast Ben im Garten gesehen. Du dachtest bestimmt, es wäre Rick, stimmt's?«

»Ja, stimmt. Einen Moment lang dachte ich es tatsächlich. Bis ich ein paar Unterschiede erkannt habe. Da wusste ich, dass es nicht Rick ist. Allerdings muss ich zugeben: Sie sehen sich wirklich sehr ähnlich.«

»Du warst weiß wie eine frisch getünchte Wand. Ich war schon drauf und dran, dich beiseitezunehmen und dir alles zu sagen. Nur mein Versprechen Rick gegenüber hat mich davon abgehalten. Ich habe an dem Tag noch mit ihm geredet, habe ihm vorgeschlagen, dass ich es dir schonend beibringe – aber das wollte er nicht. Nichts konnte ihn davon abbringen. Er wollte es unbedingt auf seine Art machen.«

»Und statt ihm vor Freude um den Hals zu fallen, bin ich in Ohnmacht gefallen und danach einfach abgehauen. Es tut mir im Nachhinein so leid.«

»Deine Reaktion ist absolut verständlich. Du hattest einen Schock. Das ist doch nicht verwunderlich.«

Ich nehme noch einen Zug von dem köstlichen Getränk, hänge meinen Gedanken nach. Zehn Tage bin ich jetzt hier. Die Hälfte meines Urlaubs ist um. In vier Tagen kommt Emilia und in acht Tagen ist die Hochzeit. Danach heißt es für mich wieder: Deutschland, ich komme. Und dann? Zurück in mein altes Leben? So tun, als wenn das hier alles nur eine nette Episode war? Ein Urlaubsflirt? Ich wünschte, es wäre so. Nein, das ist gelogen. Ich wünschte, dieser Urlaub würde nie zu Ende gehen. Dass ich hier bei ihm bleiben könnte. Oder dass wir zusammen nach Deutschland zurückfliegen. Aber das ist unmöglich. Rick darf nie wieder einen Fuß auf deutschen Boden setzen. Und ich kann nun mal nicht hierbleiben. Ich habe weder ein Visum, das einen längeren Aufenthalt ermöglicht, noch kann ich einfach so, von heute auf morgen, meinen Job hinschmeißen und mir einen neuen suchen. Egal, wie ich es auch drehe und wende, es endet immer in einer Sackgasse. Ich leere das Glas in einem Zug und stelle es mit einem Seufzen auf dem Tischchen neben mir ab.

»Woran denkst du?«, fragt Mia. »Bereitet dir etwas Kopfzerbrechen?«

Ich gestehe ihr, was mich beschäftigt, und merke, dass es mir guttut, mit jemandem darüber zu reden.

»Ich verstehe dich sehr gut«, sagt sie, als ich fertig bin. »Ich habe Ben damals auch in einer ähnlichen Situation kennengelernt. Ich war zwar nicht im Urlaub auf Mauritius, sondern dienstlich, aber nach zehn Tagen hätte ich normalerweise weiterreisen müssen. Zu meinem nächsten Einsatz. Ich hatte zu dem Zeitpunkt genau die gleichen Ängste und Befürchtungen wie du – aber am Ende hat sich alles zum Guten gewendet.«

Mich interessiert natürlich, wie es dazu gekommen ist, und so erzählt mir Mia, wie sie Ben kennengelernt hat. Von Anfang an hat es eine erotische Spannung zwischen ihnen gegeben – und Ben war nicht nur der erste Mann in ihrem Leben, mit dem sie einen Orgasmus hatte, er hat es auch geschafft, sie davon zu überzeugen, die devote Seite in sich zu akzeptieren. Was sie berichtet, macht mich nachdenklich.

»Glaubst du, ich bin auch devot, weil es mir gefällt, wenn Rick meinen Mund … wenn er mich … benutzt?«

»Wie du das für dich nennst, finde ich nicht so

wichtig. Die Hauptsache ist doch, es macht euch beiden Spaß und ihr fühlt euch wohl dabei.« Andächtig berührt sie ihre Halskette aus grün funkelnden Steinen.

»Deine Kette ist wirklich wunderschön. Sie passt sehr gut zu dir.«

»Danke.« Sie schenkt mir ein Lächeln, bekommt einen verklärten Blick. »Ben hat sie mir geschenkt. Sie ist das Zeichen unserer Verbundenheit und ich trage sie mit Stolz. Ich lege sie nie ab.«

Was sie sagt, bewegt mich. »Ihr müsst eine außergewöhnliche Beziehung führen.«

»Ja, da hast du recht. Natürlich ist bei uns auch nicht immer eitel Sonnenschein. Aber wenn wir streiten, dauert es nie lange. Ich liebe Ben viel zu sehr, als dass ich ihm lange böse sein könnte. Und bei ihm ist es zum Glück genauso.« Sie schweigt einen Moment, bevor sie mich ansieht. »Hast du mit Rick mal über deine Gefühle gesprochen? Darüber, wie es mit euch weitergeht?«

»Nein«, gestehe ich. »Irgendwie war dazu bisher keine Gelegenheit.«

»Das solltest du aber, Jola. Bald. Er sollte wissen, was in dir vorgeht.« Sie erhebt sich, greift nach den leeren Gläsern. »Ich muss dich nun leider verlassen. Die Pflicht ruft. Wenn du dir mal deine Sorgen von der Seele reden willst, kannst du mich jederzeit ansprechen, okay?«

Mit den Gläsern in der Hand macht sie sich auf den Weg. Ich sehe ihr noch einen Moment hinterher und entscheide dann, ebenfalls aufzubrechen. Das Strandtuch unter den Arm geklemmt, gehe ich den Weg hinunter zu unserer kleinen Bucht. Sobald ich den Bungalow betreten habe, ziehe ich mir den Bikini aus und stürze mich ins erfrischende Nass. Es tut gut, im Meer zu schwimmen, mein Kopf wird allmählich klarer. In Gedanken lasse ich das Gespräch mit Mia noch einmal Revue passieren. Ich frage mich, ob sie mir tatsächlich nur Gesellschaft leisten wollte, oder ob sie einen anderen Grund hatte, sich mit mir zu unterhalten. Aber welchen?

Ich erklimme die Stufen zur Terrasse, um mich mit dem Badetuch abzutrocknen, als ich Schritte höre.

»Jola? Bist du da? Ich habe dir etwas mitgebracht.«

Das ist Ricks Stimme. »Ich bin hier, auf der Terrasse«, rufe ich ihm entgegen und höre ihn näher kommen.

»Du warst schwimmen?« Er bleibt im Haus stehen, lässt seinen Blick über meinen nackten, noch nicht ganz trockenen Körper wandern. Wie immer habe ich dabei das Gefühl, dass er mich mit den Augen in Besitz nimmt. Ein gutes Gefühl, das ein zartes Prickeln auf meiner Haut hervorruft.

»Ja. Ich habe es in der Sonne nicht mehr ausgehalten. Es ist einfach zu heiß da draußen.«

»Zu heiß?« Er mustert mich erneut von oben bis unten. »Ich sehe hier nur eine Sache, die extrem heiß ist.«

Ich schlinge mir das Badetuch um und versuche, das Kribbeln, das seine Worte in mir ausgelöst haben, zu ignorieren. Denn ich weiß genau: Wenn ich ihm nackt gegenüberstehe, sind meine Chancen, mit ihm ein vernünftiges Gespräch zu führen, gleich null.

»Ich muss mit dir reden, Rick«, sage ich ohne Umschweife und gehe ihm entgegen.

Sofort sieht er besorgt aus. »Ist etwas passiert? Hat dich jemand belästigt?«

»Nein. Alles ist gut. Ich habe am Pool gelegen und mich mit Mia unterhalten.«

»Ah.« Er lächelt erleichtert, zieht einen Gegenstand aus der Hosentasche. »Ich habe dir etwas mitgebracht.« Er hält ein Lederband in der Hand. An den Enden ist eine Art Gürtelschnalle und in der Mitte ein Metallring. »Ich möchte, dass du es trägst, wenn ich nicht da bin«, sagt er und legt es mir an den Hals.

»Wieso denn das?« Ich weiche einen Schritt zurück. *Was soll das? Ich bin doch kein Hund!*

»Zu deiner eigenen Sicherheit, Jola. Wir sind hier an einem Ort, an dem andere Regeln gelten als auf dem übrigen Teil der Insel, vergiss das nicht. Es wäre für jeden hier klar ersichtlich, dass du vergeben bist, wenn du es trägst, und damit müsste ich mir keine Sorgen machen, wenn ich nicht bei dir bin.«

»Was denn für Sorgen?«

Er legt das Halsband auf den Tisch, nimmt

meine Hand, zieht mich an sich. »Komm her, mein widerspenstiges Kätzchen. Es dient nur deinem eigenen Schutz. Damit dich nicht irgendwelche Kerle anbaggern oder sogar angrapschen. Das könnte ich nämlich nicht ertragen.«

Ich muss unwillkürlich schmunzeln und bekomme Lust, ihn ein bisschen zu piesacken, so wie er es gern mit mir macht. »Bist du etwa eifersüchtig? Oder traust du mir so wenig, dass du denkst, ich lasse mich von jedem x-beliebigen Typen anmachen?«

»Mein Vertrauen in dich hat damit nichts zu tun. Ich vertraue dir, Jola. Unbedingt.« Er grinst. »Nur bei meinen Geschlechtsgenossen bin ich mir da nicht zu hundert Prozent sicher.« Das Grinsen verschwindet, er wird wieder ernst. »Außerdem müsste ich dann nicht jedes Mal Mia bitten, ein Auge auf dich zu haben.«

Mia? OH! Mir geht ein Kronleuchter auf. *Deswegen* hat sie mir heute Gesellschaft geleistet!

Bevor ich aber etwas sagen kann, fährt er fort: »Du musst es nicht tragen, wenn du nicht willst. Ich vertraue dir, Jola. Verstehst du?«

Ich nicke. »Rick?«

»Ja?«

»Ich wollte gern etwas mit dir besprechen.«

»Ah, richtig! Weißt du was? Ich springe kurz unter die Dusche, dann bin ich für dich da. Einverstanden?«

Er geht ins Bad. Wenige Augenblicke später höre ich das Wasser aus dem Duschkopf auf den

Boden prasseln. Ich öffne den Kühlschrank und mixe für Rick und mich aus Limette, Rohrzucker, Minzblättchen und Ginger Ale einen alkoholfreien Mojito, den ich auf zwei mit Eis gefüllte Gläser aufteile.

»Ich habe uns etwas zu trinken gemacht«, sage ich zu ihm, als er mit einem Handtuch um die Hüften aus dem Bad zurückkommt.

»Danke, Süße. Genau das habe ich jetzt gebraucht.« Er nimmt mir ein Glas ab, trinkt, setzt sich aufs Sofa und macht mit zwei Fingern eine heranwinkende Bewegung. »Komm her zu mir.« Ich will mich neben ihn setzen, aber Rick stellt das Getränk ab und zieht mich auf seinen Schoß. »Also: Was gibt es so Dringendes zu besprechen?«

Gerade noch war ich voller Tatendrang, aber jetzt, wo ich ihm so nah bin, weiß ich nicht, wo ich anfangen soll.

»Wie war dein Fototermin?«, frage ich, um etwas Zeit zu gewinnen.

»Gut. Sehr gut sogar. Vielleicht habe ich bald mein eigenes Fotostudio. Aber wolltest du wirklich mit mir übers Fotografieren reden?«

»Nein, ähm … Eigentlich wollte ich mit dir über uns reden.« Ich atme tief durch. Es ist heraus.

»Über uns? Gibt es irgendetwas, was dich stört?«

»Nein, das ist es nicht, aber … ich frage mich, wie das mit uns weitergehen soll.«

»Wenn es nichts gibt, was dich stört, dann sehe

ich keinen Grund, warum wir nicht so weitermachen sollten wie bisher.«

»Bitte lass die Witze«, sage ich etwas ungehalten. *Will er mich auf den Arm nehmen?*

»Ich mache keine Witze. Es ist mein Ernst.«

»Aber in zehn Tagen fliege ich zurück nach Deutschland. Und dann? Wie soll es dann mit uns …«

»Moment, Moment«, unterbricht er mich. »Wie kommst du auf die Idee, dass du nach Deutschland zurückfliegst?«

Mir klappt der Unterkiefer herunter. *Wie bitte?* »Weil … weil … weil mein Urlaub dann zu Ende ist und ich wieder zurückmuss«, antworte ich perplex.

»Dein Urlaub mag ja zu Ende sein, aber du musst nirgends hin, wo du nicht hinwillst. Und davon mal abgesehen: Glaubst du wirklich, ich hätte mir darüber noch keine Gedanken gemacht? Denkst du, ich lasse dich so einfach wieder aus meinem Leben verschwinden?« Seine Hand streichelt über mein Bein, das Handtuch rutscht an mir herunter und plötzlich sitze ich nackt auf seinem Schoß.

»Liebst du mich?«, fragt er und sieht mir mit dem besonderen Rick-Blick in die Augen.

»Ja«, entgegne ich mit zitternder Stimme, weil sich in meinem Bauch bereits alles wieder zusammenzieht. »Ich liebe dich, Rick.«

»Ich liebe dich auch«, flüstert er rau. »Wir beide gehören zusammen. Ich brauche dich, Jola. Ich

lasse dich nie wieder gehen. Nie wieder, hörst
du? Und wenn ich dich hier festbinden muss.«

»Du musst mich nicht festbinden. Ich würde
auch so bei dir bleiben, ich weiß nur nicht, wie
das gehen soll.«

»Lass das meine Sorge sein. Ich finde schon eine
Lösung. Versprochen!« Plötzlich blitzen seine
Augen vergnügt. »Vielleicht würde es dir ja gefallen, festgebunden zu werden.« Er lacht, als ich
die Stirn runzle. »Komm, zieh dir was Schönes
an. Wir gehen shoppen.«

Eine halbe Stunde später sind wir auf der
Governor Walsh Highstreet, wo Rick auf ein Be-
kleidungsgeschäft zusteuert. *Proper & Precious*
lautet der Name auf dem Schild über dem Eingang. In den zwei Schaufenstern rechts und links
steht nur jeweils eine Modepuppe. Die Kleider,
die sie anhaben, sehen teuer aus. Extravagant.
Besonders eins, das komplett aus hautfarbener
Spitze ist, die an manchen Stellen stärker und an
anderen weniger stark durchbrochen ist. Wie ich
wohl darin aussehen würde? Drinnen ist es angenehm kühl, die Einrichtung ist in einem zarten
Cremeweiß gehalten, was sehr edel wirkt. In
meinem schlichten, blauen Sommerkleidchen
komme ich mir fehl am Platze vor.

Rick wird von der Verkäuferin mit Wangen-
küsschen begrüßt – offenbar war er hier schon
öfter einkaufen – und stellt mich ihr vor. Die
Verkäuferin, Brihanna, schenkt mir ein Lächeln,

richtet ihre Aufmerksamkeit dann aber wieder auf Rick, der ihr mit ein paar Worten erklärt, was wir kaufen wollen. WIR? ER wäre wohl richtiger, denn ich werde gar nicht gefragt, sondern von Brihanna durch den Laden in den hinteren Bereich geführt. Mir bleibt die Spucke weg. Eine ausgefallenere Auswahl an Dessous als diese habe ich noch nie zuvor gesehen – und ein Stück sieht teurer und edler aus als das andere. Brihanna misst mich mit einem kennerischen Blick und greift zielsicher nach einem Set aus schwarzer Spitze mit Stickerei aus silbernen Fäden und einem Body.

»Ich denke, wir nehmen mal diese beiden«, sagt sie, indem sie mir die Dessous überreicht und mich zu einer Umkleidekabine führt.

Ich probiere beide Outfits an, doch Rick ist nicht zufrieden.

»Zu langweilig«, kommentiert er den Body, und das Set ist ihm zu brav. »Du brauchst etwas Frecheres.«

Während ich in der Umkleidekabine hocke, höre ich die beiden miteinander diskutieren und sich beratschlagen. Dann erscheint Brihanna mit etwas, das ich beim besten Willen weder als BH noch als Body oder sonst irgendetwas identifizieren kann. Es sieht aus wie ein Bündel aus fingerdicken Streifen schwarzen Gummis. Vielleicht ist es auch Latex, ich kenne mich da nicht so aus. Auf alle Fälle ist es elastisch. Großzügig bietet Brihanna mir an, mir beim Anziehen behilflich zu sein: Das ist auch bitter nötig, denn ich verliere in diesem Wirrwarr von Schnüren vollkommen den Überblick. Als wir fertig sind, zieht sie den Vorhang zur Seite, damit ich mich im Spiegel betrachten kann: Es verschlägt mir die Sprache. Ich sehe aus, als wäre ich gefesselt. Aber nicht so, wie man beim Cowboy-und-Indianerspielen jemanden an den Baum fesselt. Es sieht geradezu künstlerisch aus. Irgendwo habe ich so etwas Ähnliches schon mal gesehen … Richtig! Als ich mir die Fotos auf Ricks Laptop in dem Holz-Ufo angesehen habe, waren auch ein paar Bilder dabei, auf denen Seile kunstvoll um die Körper der Frauen arrangiert waren.

Ricks anerkennender Blick sagt mir, dass ich ihm gefalle – und wenn ich ehrlich bin, dann gefalle ich mir selbst auch und fühle mich sehr, sehr sexy.

»Wir nehmen es«, sagt er zu Brihanna und zu mir gewandt: »Lass es gleich an, Kätzchen.«

Kätzchen? Wieso nennt er mich so in aller Öffentlichkeit? Das hat er noch nie gemacht! Ich werde rot vor Verlegenheit und weiß nicht, wohin ich gucken soll.

»Jetzt besorgen wir noch ein paar Accessoires«, fügt er hinzu, als wäre es das Normalste der Welt.

Nur ein paar Meter weiter führt Rick mich in den einzigen Sexshop auf der Einkaufsstraße. Ich weiß nicht, wie solche Läden normalerweise aussehen … Schummrig habe ich mir so etwas vorgestellt. Oder vielleicht auch grell, wie in einer Diskothek. Aber das hier … es wirkt gar nicht wie ein Geschäft, sondern vielmehr wie ein Ausstellungsraum. Überall steht merkwürdiges Mobiliar herum, auf das ich mir keinen Reim machen kann. An den Wänden hängen Ketten, Masken, Peitschen und andere Dinge, von denen ich nicht weiß, wie ich sie nennen soll oder wozu sie gut sind. Ich komme mir beinahe wie in einem Museum vor. Nur, dass man hier keinen Eintritt zahlen muss.

Rick bleibt vor einer Wand stehen und betrachtet ein paar Peitschen und andere Dinge aus Leder. Da mich das nicht sonderlich interessiert, schaue ich mich weiter um und entdecke in einer Ecke eine Liebesschaukel mit einer Schaufensterpuppe darin. Sie sieht ziemlich echt aus, muss ich gestehen und gehe langsam um das Objekt herum. Dabei fällt mir die Szene, die ich am Tag meiner Ankunft im Karussell beobachtet habe, wieder ein. Ich versetze der Puppe einen kleinen Stups, woraufhin sie sachte vor- und zurückschwingt.

»Lust, das Mal auszuprobieren?«, höre ich eine männliche Stimme neben mir und zucke vor Schreck zusammen.

Ich blicke in das Gesicht eines blonden Hünen. Er überragt mich um mindestens zwei Köpfe und sieht aus, als wäre er gerade einem Bodybuilder-Magazin entsprungen. Er trägt ein ärmelloses, hautenges, schwarzes Muscle-Shirt, das seine Oberarme betont und durch das sich die Brustmuskeln deutlich abzeichnen. Dazu eine Art eng anliegende Boxershorts aus Leder, die mit Nieten besetzt ist. Bei jedem anderen Mann sähe das Outfit vermutlich lächerlich aus, doch an diesem muskelbepackten Zweimetermann wirkt es beeindruckend – und auch etwas einschüchternd.

»Wenn du Cindys Platz einnehmen möchtest, kann ich das für dich arrangieren.«

»Cindy?«

Er deutet auf die Puppe. »Unser Model.«

»Oh! Ähm … nein danke. Schon gut.« Lust, das auszuprobieren, hätte ich ja, aber auf keinen Fall lasse mich hier in aller Öffentlichkeit auf so ein Ding fesseln! Zumal ich unter dem Kleid kein Höschen anhabe, sondern nur dieses merkwürdige Gummigeschirr. Für wen hält er mich?

»Trau dich«, flüstert Rick neben mir.

»Was? Nein! Bist du verrückt? Doch nicht hier!«

»Warum nicht? Außer uns ist niemand im Laden und Andrew ist diskret.«

»Aber ich habe nicht mal Unterwäsche an, nur dieses … Dings. Er wird mich nackt sehen …«, flüstere ich Rick ins Ohr.

»Und das wäre so schrecklich?«

Ich nicke. »Es wäre mir peinlich.«

»Dazu gibt es keinen Grund. Dein Körper ist eine Augenweide. Alles an dir. Du brauchst dich nicht zu verstecken. Und das Harness, so nennt man dieses Ding im Übrigen, unterstreicht deine

Schönheit noch.«

»Ich weiß nicht …«

»Du würdest mich unglaublich stolz machen, Süße. Wenn du jetzt nicht willst, musst du nicht. Irgendwann will ich dich aber im Karussell auf der Liebesschaukel ficken, und dann werden wir auf alle Fälle Zuschauer haben.«

»Ich würde dich stolz machen? Wenn ich mich hier ausziehe?«

»Oh ja. Und zwar aus mehreren Gründen, aber hauptsächlich, weil ich Andrew gern zeigen würde, was für einen wunderschönen Körper meine Freundin hat und dass sie mir jeden Wunsch erfüllt.«

Ich schlucke trocken. Oh Mann! Immer sagt er diese Sachen, die meine Entscheidungen ins Wanken bringen.

Ob Andrew unserer Unterhaltung zugehört hat, weiß ich nicht, denn er hat keine Mine verzogen. Allerdings hat er Cindy ohne Aufforderung aus der Halterung befreit und steht nun, die Leder-riemen der Schaukel wie eine Einladung präsen-tierend, mit ausgebreiteten Armen vor uns und sieht mich auffordernd an.

Noch ein Blick in Ricks Gesicht und mein Wi-derstand ist endgültig dahin. Okay, ich gebe mich geschlagen, streife mir das blaue Sommer-kleid über den Kopf und drücke es Rick in die Hand.

Andrew mustert mich mit anerkennend. An Rick gewandt sagt er: »Deine Partnerin ist sehr sexy. Fehlt nur ein Halsband dazu, dann wäre alles perfekt.«

Rick wirft mir einen vielsagenden Blick zu, und ich weiß genau, weshalb. Unsere kleine Diskussion von vorhin habe ich nicht vergessen. Andrew legt mir die Lederriemen an. Es geht recht schnell. Man merkt, er hat das schon Hunderte Male zuvor getan. Er zurrt hier und da etwas fest, lockert an anderen Stellen etwas und fragt dann: »Fertig?«

Wieso fragt er mich das? Er muss doch wissen, ob er mit der Arbeit fertig ist. Ich sehe ihn etwas ratlos an, da ergreift er meine Fußgelenke und zieht sie mit einem Ruck weg. Unmittelbar sacke ich nach unten. Die Riemen, die teilweise vorher noch locker an Armen und Beinen baumelten, straffen sich urplötzlich, mir entfährt vor Schreck ein Schrei, dann baumele ich sitzend in der Luft. Tatsächlich wie auf einer Schaukel. Andrew gibt mir einen kleinen Stoß, sodass ich sanft hin und her schwinge, und ich muss unwillkürlich lächeln.

»Wie fühlst du dich?«, will Rick wissen.

»Gut«, gebe ich zu und lasse die Unterschenkel vor- und zurückbaumeln. »Fast ein bisschen schwerelos.«

»Genug geschaukelt«, höre ich Andrew hinter mir sagen. »Jetzt geben wir der Sache etwas mehr Pep.«

Mehr Pep? Ich höre ihn hinter mir mit etwas hantieren, und im nächsten Augenblick sinkt mein Oberkörper in die Waagerechte, während Po und Beine sich in die Luft erheben.

Wieder quietsche ich vor Schreck – gewöhne mich aber schnell an die neue Lage. *Hoffentlich hält Andrew mich nicht für hysterisch!* Dieses Mal ist es Rick, der die Schaukel in Schwingung versetzt. Er steht am Fußende, zwischen meinen Schenkeln. Als ich mich auf ihn zubewege, presst er sein Becken an mich, so als wollte er in mich stoßen.

»Gefällt es dir?«

»Ja«, gebe ich zu.

Es gefällt mir sogar ausgesprochen gut. Ich fühle mich wehrlos, ihm ausgeliefert, aber auf eine Art und Weise, die sehr aufregend ist.

Ricks Hände gleiten über meine Schenkel, nähern sich meiner Scham. Ich halte die Luft an. *Himmel! Er wird doch nicht …!* Meine Panik ist jedoch unbegründet. Seine Hände streichen über meinen Venushügel, über Hüften und Bauch. Er beugt sich ein Stück über mich, streckt die Arme aus, weil er meine Brüste berühren will, erreicht sie aber nicht. Die Schaukel gibt nämlich durch die Bewegung nach und schiebt mich von ihm weg.

Ohne Kommentar überreicht Andrew Rick einen Gegenstand, den ich nicht genau erkennen kann und der an einer Kette hängt.

»Leg du sie für mich an«, fordert Rick ihn mit einem Zwinkern auf, woraufhin Andrew sich mir nähert.

»Wie stark soll ich sie anziehen?«

Ich blicke irritiert von Rick zu Andrew und wieder zurück. *Anziehen? Was denn anziehen?*

»Nur leicht«, beantwortet Rick seine Frage. »Es ist ihr erstes Mal.«

Andrew nickt. Offenbar hat er genau verstanden, wovon Rick spricht, während ich überhaupt keinen Plan habe.

Andrew nimmt ein Ende der Kette in die Hand und nähert sich damit meiner Brust. *Oh nein!* Mein Herz macht einen Satz. Gesehen habe ich die Dinger in natura zwar noch nie, aber ich weiß sofort, was das ist: Nippelklemmen!

»Bitte, Rick! Nicht!«, flehe ich ihn an.

»Nur ein bisschen. Es wird sein, als wenn ich deine Nippel in den Händen halte. Du kannst Andrew vertrauen. Er kennt sich aus.«

Mir rutscht das Herz in die Hose – obwohl ich gar keine anhabe! Mit verkniffenen Augen und zusammengebissenen Zähnen warte ich darauf, dass sich Schmerz an meiner Brustwarze ausbreitet – aber das ist nicht der Fall. Überrascht öffne ich sie, nachdem Andrew die erste Klemme angelegt hat. Es ist nicht im Geringsten schmerzhaft, ich spüre lediglich einen sanften Druck und entspanne mich wieder. Bei der zweiten Klemme sehe ich sogar zu und bin fast versucht, ihn zu bitten, sie ein wenig fester einzustellen. Die Kette zwischen den beiden Klemmen ist ziemlich lang, und ich frage mich, wieso. Und warum ist überhaupt eine dazwischen?

Die Antwort auf meine unausgesprochene Frage lässt nicht lange auf sich warten. Andrew hakt
die Kette an einem Ring über mir ein und versetzt die Schaukel in Schwingung. Sofort spannt
sie sich, ein leichter Zug setzt an meinen Nippeln
ein, fast so, als wenn Rick sie lang ziehen würde.
Mmmh! Ich beiße mir auf die Lippen. Dabei würde ich viel lieber stöhnen. Es fühlt sich nämlich
unglaublich gut an.

»Es gefällt dir, habe ich recht?«

»Ja. Diese Dinger sind geil. Können wir die mitnehmen?«

»*Du* bist geil«, sagt er heiser, seine Augen funkeln. »Und ich bekomme gerade große Lust, dich
zu ficken. Lass uns hier verschwinden, sonst ga-
rantiere ich für nichts mehr.«

Nur zwanzig Minuten später sind wir zurück in
unserem Bungalow. Rick breitet die Schätze –
oder Accessoires, wie er sie nennt – auf dem Bett
aus: die Nippelklemmen, Handmanschetten aus
Leder, ein Seil, eine Augenmaske und einen
Glasdildo.

»Ich weiß nicht, worauf ich mehr Lust habe:
Dich jetzt sofort aufs Bett zu werfen und hart von
hinten zu ficken oder die neuen Spielsachen an
dir auszuprobieren.«

»Spricht etwas dagegen, dass du beides tust?«,
frage ich ihn provozierend, denn auch ich sehne
mich schon seit heute Morgen danach, ihn in mir
zu spüren.

»Was bist du doch für ein gieriges Kätzchen!«
Er grinst, ich merke, dass ihm meine Antwort
gefällt. »Dreh dich um!«

Mit einem Lächeln auf den Lippen folge ich seiner Aufforderung. »Soll ich mich aufs Bett
knien?«

»Nein. Bleib stehen.«

*Nanu? Sonst mag er es doch, wenn er mich von hin-
ten* … Die Augenbinde legt sich um meinen
Kopf, wird hinten festgezurrt. *OH! Kein Sex?* Er
ergreift meine rechte Hand, etwas Weiches
schmiegt sich um mein Handgelenk. Das muss
die Ledermanschette sein. Unmittelbar darauf
macht er das Gleiche mit der anderen Hand.

»Bleib einen Moment so stehen«, sagt er mit
normaler Stimme.

Ich frage mich, was jetzt kommt, und verharre
regungslos. Ein Geräusch verrät mir, dass er etwas mit dem Seil macht. Ich höre es drei Mal zu
Boden fallen – und Rick beim dritten Mal leise
fluchen. Dann aber scheint er erfolgreich gewesen zu sein, denn ich höre ihn erleichtert *Endlich!*
sagen. Ein paar Sekunden später heben sich meine Arme in die Luft. Ich gehe davon aus, dass
Rick das Seil um eine der Stangen im Vogelkäfig
geworfen und die Handschellen daran befestigt
hat, sodass er nur noch an dem Seil ziehen muss,
damit ich mit gestreckten Armen vor dem Bett
stehe. Mein Herz rast vor Aufregung, zumal ich
wegen der Augenbinde nicht sehen kann, was
Rick gerade tut.

Plötzlich ist seine Hand an meiner Kehle. Im ersten Augenblick bin ich zusammengezuckt, weil ich nicht damit gerechnet habe, dann aber lächle ich. Es fühlt sich gut an, wenn er mich dort berührt.

»Ich liebe dich«, flüstert er, ich spüre, dass sein Gesicht ganz nah vor meinem ist.

Er küsst mich hart. Ohne eine Spur von Zärtlichkeit. Stattdessen fühle ich pure Leidenschaft, Verlangen, Besitzanspruch. Sein Kuss steigert meine Erregung. Mein Körper prickelt, meine Brustwarzen richten sich auf. Eine Hand schließt sich um meine Brust, findet den Nippel, zwickt und zwirbelt ihn, was mich dazu bringt, meinen Rücken durchzubiegen und ihm meinen Busen entgegenzurecken.

»Gieriges, unartiges Mädchen«, zischt er an meinem Ohr. »Was soll ich nur mit dir machen?«

Ein lauter Knall und ein Brennen auf meiner linken Pobacke ist die Antwort auf seine Frage. Mir ist vor Schreck die Luft weggeblieben. Gerade als ich tief ausatme, folgt der nächste Klatscher.

»Aaah«, stöhne ich in einer Mischung aus Lust und Schmerz.

Er greift fest in mein Haar, biegt meinen Kopf nach hinten, küsst mich hart – und teilt mit der anderen Hand meine Schamlippen. Sein Finger gleitet vor und zurück, verteilt die Feuchtigkeit bis zu meiner Klit, die er daraufhin in gleichmäßigen Zügen umkreist. Ein Zucken schießt durch mich hindurch, lässt meinen gefesselten Körper unruhig zappeln.

Er lächelt an meinem Mund, als ich stöhne. »Es ist so erregend, wenn du vor Lust bebst. Mach es noch einmal. Noch einmal für mich«, flüstert er rau und lässt den Finger auf meiner Lustperle tanzen.

Die Reaktion lässt nicht lange auf sich warten: Mein Körper zieht sich blitzartig zusammen, schaukelt hin und her.

»So ist es brav«, murmelt er und fährt fort, meinen Glücksknopf zu reiben. »Willst du, dass ich weiter mit deiner Lust spiele?«

Zu einer Antwort komme ich nicht, denn das nächste Zucken rast durch mich hindurch. Ein spitzer Schrei ist alles, was aus meinem Mund kommt.

»War das ein Ja?« Trotz der Augenbinde höre ich, dass er bei der Frage ein Grinsen im Gesicht hat. »Oder willst du, dass ich dich ficke?«

Mein nächster Schrei erstirbt in seinem Mund, denn er küsst mich gierig und verlangend – ohne den Tanz auf meiner Klitoris zu unterbrechen.

»Ich denke, ich lasse dich noch ein bisschen zappeln, bevor ich dich nehme«, sagt er im gleichen Tonfall, mit dem er sich in einem Restaurant von der Speisekarte ein Menü nach seinem Geschmack zusammenstellen würde.

Plötzlich ändert er seine Taktik, schiebt zwei Finger in mich und reibt mit dem Daumen über meinen Lustknopf. Die andere Hand presst er auf meine Rückenmitte, drückt mich fest an sich, während sein Mund einen meiner Nippel einsaugt. Mein Körper reagiert auf jede seiner Berührungen, und ich weiß nicht, ob ich mich eher wie eine köstliche Speise fühle, von der er mal hier, mal da kostet, oder wie ein neues Spielzeug, das er nach Herzenslust ausprobiert. Es ist eine Mischung aus beidem. Nur er gibt mir das Gefühl, mich so zu begehren, ihm gehören zu sollen, ihm allein – und das ist wahnsinnig erregend. Als der Orgasmus mich kurz darauf überrollt, werde ich regelrecht durchgeschüttelt und zappele herum wie ein Fisch an der Angel.

Ricks Arme halten mich fest, bis sich alles beruhigt hat und ich wieder im Hier und Jetzt angekommen bin. Er nimmt mir die Augenbinde ab, haucht mir einen Kuss auf die Lippen. Mich mit einer Hand weiter festhaltend, löst er mit der anderen den Klettverschluss der Lederhandschellen.

»Geht's dir gut?«

»Ja.«

»Kein taubes Gefühl in den Fingern oder so was?«

Ich schüttele den Kopf. »Nein. Es ist alles gut.«

Rick fixiert meine Augen. Lippen. Augen. Er lächelt verschmitzt. »Knie dich aufs Bett!«

»Aber ...«

»Kein aber! Du wolltest doch, dass ich die Spielsachen an dir ausprobiere und dich dann ficke, oder irre ich mich?«

»Ähm ...«

»Siehst du. Also, knie dich hin.«

Gerade merke ich, dass mir meine große Klappe mal wieder zum Verhängnis wird. Ich wollte ihn doch nur ein bisschen reizen, als ich das vorhin gesagt habe ... Aber ich hätte mir denken können, dass Rick meine Worte für bare Münze nimmt. Notgedrungen – und auch, weil ich zugegebenermaßen immer noch Lust auf ihn habe – tue ich, was er sagt, und krabbele auf das Bett. Er befestigt die Klemmen an meinen Nippeln und lässt das Ende der Kette herunterbaumeln.

»Wo hast du den Plug, Schätzchen?«

»Im Bad. Unter dem Waschtisch.«

Obwohl ich gerade erst einen Wahnsinnsorgasmus hatte, kribbelt es bei dem Gedanken daran, dass Rick gleich in mir sein wird, während ich den Plug im Hintern habe, schon wieder in meinem Schoß.

Er kehrt aus dem Bad zurück und kniet sich hinter mich. Ich recke ihm meinen Po entgegen, warte gespannt darauf, dass die kühle Metallspitze meinen After berührt. Doch das Gegenteil ist der Fall. Statt Kühle spüre ich feuchte Hitze. Ein wollüstiges Stöhnen kommt aus meinem Mund, als Rick über meine Rosette leckt. Ein Finger taucht in meinen Lustkanal, gleitet heraus und streift die gleiche Stelle, die eben noch von seiner Zunge liebkost wurde. In langen, gleichmäßigen Zügen umkreist sein Finger meinen Hintereingang, befeuchtet und massiert ihn. Es ist zum Dahinschmelzen. Meine Knie … mein ganzer Körper wird weich wie Butter.

Zärtlich, aber bestimmt drückt er den Plug in mich, küsst meinen Rücken, beugt sich über mich. »Ich habe schon viel zu lange damit gewartet«, raunt er mir ins Ohr.

Augenblicklich bekomme ich eine Gänsehaut: Ein erregender Schauer rieselt durch mich hindurch, denn ich weiß genau, was er meint.

»Bist du bereit?«

»Ja«, hauche ich.

Er verharrt über mich gebeugt, sein Gesicht ist ganz nah an meinem, nur eine Hand gleitet über meinen Rücken, streichelt meinen Po und lässt den Plug in meinem Hintern so lange tanzen, bis mir vor Lust kleine Schweißperlen auf der Stirn stehen. Dann ist es so weit: Rick zieht den Plug aus meinem Po. Ich höre den Kippverschluss einer Tube knacken, kühles Gel verteilt sich an meinem Anus.

Rick wirft die Tube weg; sie landet am Kopfende des Bettes. Seine Eichel streicht durch meine Poritze, verharrt an meiner Rosette, drückt sich schließlich dagegen. Obwohl ich mir den Buttplug mittlerweile ohne zu zögern in den Po schiebe, ist das hier doch etwas anderes. Ich versuche, ruhig zu atmen. Mich zu öffnen. Für ihn. Ich will es ja. Der Druck, mit dem er sich an mich presst, ist ein ganz anderer, und dennoch scheint er nicht vorzudringen.

Fester!, liegt es mir auf den Lippen – da gleitet

er in mich. Mein Mund öffnet sich zu einem stummen A. Es fühlt sich völlig anders an als ein Sextoy. Wenn ich das einführe, zieht sich mein After danach wieder zusammen, aber jetzt … Rick dringt weiter vor. Langsam und beständig. Mir bleibt die Luft weg. Er zieht sich zurück, dringt erneut vor, nur einen Hauch tiefer als zuvor. Vier, fünf Mal wiederholt er das, beim sechsten Mal ändert sich etwas. Ich spüre, wie mein Anus geschmeidig wird. Weich. Als er sich jetzt in mich schiebt, scheint sein Schwanz kein Ende zu nehmen – aber spätestens, als sein Becken an meinen Hintern stößt, weiß ich, dass er ganz in mir ist. Ich fühle mich so voll, dass es mir den Atem raubt.

»Es ist wundervoll, so in dir zu sein«, höre ich seine rauchige Stimme hinter mir. »Wie fühlst du dich?«

»Vollgestopft.«

Er lacht heiser. »Das ist erst der Anfang, Schätzchen.«

Der Rückzug ist langsam und gemächlich, der nächste Stoß dafür um einiges eindringlicher als bisher. Aus meinem Mund kommt ein lautes Stöhnen. Auf einmal beugt er sich über mich, eine Hand greift an meine Kehle, drückt meinen Kopf in den Nacken.

»Weißt du noch, was ich dir über das Besitzen erzählt habe?«, flüstert er mit einem bedrohlichen Unterton in der Stimme.

»Ja, Rick.«

»Fühlst du es, Jola? Fühlst du, wie ich dich in diesem Moment besitze? Wie ich meinen Platz in dir einnehme? Tief in dir drin?«

Ich schlucke hart. »Ja«, presse ich hervor.

»Ist es ein gutes Gefühl?«

»Ja. Ja, ist es. Bitte fick mich endlich«, füge ich jammernd hinzu. »Bitte!«

Ein kehliges Lachen erklingt an meinem Ohr und Ricks Stimme flüstert: »Ich liebe dich, wenn du so unartige Sachen sagst.«

Er lässt mich los, tupft eine Reihe von Küssen auf meine Wirbelsäule, richtet sich wieder auf, zieht sich aus mir zurück und gleitet erneut in mich. Schnell wird seine Bewegung gleichmäßig – und je öfter er in mich dringt, umso intensiver wird es für mich. Auf einmal entzieht er sich mir.

»Dreh dich um! Ich will in dein Gesicht sehen, wenn du kommst.«

Der Klang seiner Stimme ist gebieterisch. Keinen Widerspruch duldend. Ich habe keineswegs die Absicht, ihm zu widersprechen. Je eher er wieder in mir ist, umso besser. Ratzfatz drehe ich mich auf den Rücken. Rick ergreift die Kette, dann meine Beine, biegt sie hoch, hält Füße und Kette mit einer Hand zusammen und drückt die Schenkel meiner Brust entgegen. Ich kann ihm zusehen, wie er mit der anderen Hand sein Glied anfasst, und spüre sogleich seine Eichel, die sich erneut an meine Rosette drängt. Dieses Mal gleitet er fast wie von selbst in mich und dringt sofort mit tiefen Stößen vor. Es ist wundervoll, denn bei jedem Stoß spannt sich die Kette ein wenig, sodass die Klemmen meine Nippel lang ziehen.

»Reib deine Perle, Süße!«, fordert er mich auf, ohne dabei seine Bewegungen zu unterbrechen.

Mit der rechten Hand berühre ich meine Scham, streiche über die Schamlippen. *Oh Mann!* Ich bin pitschenass! Alles ist total glitschig! Ich kreise mit dem Zeigefinger um meinen Kitzler – und ab jetzt ist es einfach himmlisch. Meine Augen klappen zu, ich nehme nichts mehr um mich herum wahr. Nur Ricks eindringliche Stöße und das Ziehen und Zucken in meinem Bauch, wenn ich mit dem Zeigefinger über die Klit reibe – und in diesen Momenten höre ich Rick dunkel stöhnen.

Seine Lust ist wie ein Katalysator für meine eigene. Aus meinem geöffneten Mund kommt ein Stöhnen nach dem anderen ... Meine Finger beschreiben automatisch immer wieder den gleichen Weg um die Klit. Ich kann nicht aufhören. Es ist wie ein Zwang. Gleichzeitig fühle ich Rick tief in mir, so tief wie noch nie zuvor. Es ist ganz anders, als wenn er sonst in mir ist ... und dieses anders ist einfach nur WOW und ... geil!

Für einen Sekundenbruchteil öffnen sich meine Augenlider. Ich erkenne Rick über mir, der Ausdruck in seinem Gesicht pusht meine Lust ein weiteres Mal. Hat er mich jemals zuvor mit so viel Begehren angesehen? Ich weiß es nicht.

»Mach weiter, Jola«, raunt er, fixiert mich.

»Mach weiter. Genauso will ich dich!«

Sein Blick ist wie ein Magnet, in dem seine Augen der Plus- und meine der Negativpol sind, ich kann mich einfach nicht davon losreißen. Das Ziehen in meinem Bauch wird stärker, verwandelt sich in ein Vibrieren. Sekunden später vibriert mein ganzer Unterleib, mein Rücken drückt sich durch, der Orgasmus schüttelt mich, alles zuckt – und ich meine wirklich alles! Auch an meinem After spüre ich es, spüre, wie ich Ricks Schwanz melke, worauf er mit einem dumpfen Stöhnen reagiert.

Er lässt meine Beine los, zieht sich aus mir zurück, deckt mich mit seinem Körper zu. Schweigend, nach Atem ringend, liegen wir beieinander.

Obwohl – oder vielleicht gerade – weil ich noch überwältigt von dem soeben durchlebten Rausch bin, bemerke ich eine Traurigkeit in mir. Der Schatten meiner Abreise hängt wie ein Damoklesschwert über mir, dessen seidener Faden, an dem es aufgehängt ist, jederzeit reißen kann. Mit Rick zusammen zu sein ist wie ein Traum, der Realität geworden ist. Manchmal denke ich immer noch, dass ich träume. Er gibt mir wirklich alles, was ich mir je von einem Mann gewünscht habe. Genau deshalb kann ich mich mit dem Gedanken, ihn bald verlassen zu müssen, nicht abfinden.

Ich versuche, die aufkommende Panik in mir zu ignorieren, mich zu erinnern, was er versprochen hat: Er will sich etwas einfallen lassen, damit ich hierbleiben kann. Aber was? Was soll das sein?

Millionen und Abermillionen von Sternen funkeln über uns, Sternschnuppen blitzen kurz auf und verschwinden im Nichts – wie ein Feuerwerk, welches das Universum für uns abfeuert. Wir – das heißt Emilia, Mark, Rick und ich – sitzen unter freiem Himmel auf dem Balkon des Speisesaals und essen zu Abend. Emilia und Mark sind gestern aus New York hergeflogen, wo Mark einen Club betreibt, und haben den Bungalow neben unserem bezogen. Fast ein Jahr ist es her, dass ich Emilia zuletzt gesehen habe. Gleich heute Nachmittag sind wir gemeinsam über die *Governor Walsh Highstreet* gebummelt, haben uns tausend Sachen erzählt und uns die Schaufenster angesehen.

Anfangs hatte ich sie im Verdacht, von Rick gewusst und mich ohne Vorwarnung auf die Insel gelockt zu haben. Aber sie schwört Stein und Bein, dass sie keine Ahnung hatte.

»Bist du verrückt? Ich weiß doch, wie sehr du gelitten hast. Wenn ich geahnt hätte, dass dein Rick hier auf der Insel ist, wäre ich die Erste gewesen, die dich informiert hätte. Glaubst du mir etwa nicht?«

Ich glaube ihr. Emilia hat meine Trauerphase miterlebt. Ich habe keine Ahnung, wie ich es ohne sie überstanden hätte. Natürlich hat sie mir alles haarklein über sich und Mark erzählt, darüber, wie sie sich hier kennengelernt haben und auch über die Anfangsschwierigkeiten ihrer Beziehung: »Erst Mark hat mir gezeigt, was echte Demut ist. Ich bin so froh, dass er nicht aufgegeben hat. Mark ist mein Traummann. Ich liebe ihn so sehr. Ich würde alles für ihn tun.«

Bei dem Gedanken daran muss ich lächeln, denn es geht mir mit Rick ganz ähnlich. Die beiden sind wirklich ein hübsches Paar und Mark ist sehr charmant. Ich kann verstehen, dass Emilia sich in ihn verliebt hat.

»Hat Jola dir schon von dem Kleid erzählt?«, wendet Emilia sich an Rick.

»Ein Kleid? Was denn für ein Kleid?« Er sieht mich fragend an.

»Ach nichts.« Ich mache eine abwehrende Handbewegung. »Es ist viel zu teuer.«

Bei unserem Bummel über die *Governor Walsh Highstreet* sind wir auch bei *Proper & Precious* vorbeigekommen, wo Rick das Harness für mich gekauft hat. Ich selbst wäre nie auf die Idee gekommen, das Kleid aus dem Schaufenster anzuprobieren, aber Emilia hat mich quasi gezwungen, in den Laden zu gehen und es anzuziehen. Für einen Moment habe ich mich ein bisschen wie eine Königin gefühlt. Die Spitze war unglaublich seidig und der Schnitt wahnsinnig sexy und aufregend. Vorn und hinten laufen nur zwei breite Streifen Spitze von der Taille über die Brüste bis hoch zu den Schultern und auf dem Rücken den gleichen Weg hinunter. An der Seite ist das Kleid offen und vorn hat es einen langen Schlitz bis kurz vor den Schoß. Durch die hautfarbene, an manchen Stellen golden wirkende Spitze kam ich mir angezogen und nackt zugleich vor.

»Mark, können wir Jola das Kleid nicht schenken? Sie sieht so wunderschön darin aus. Dann könnte sie es zu unserer Hochzeit tragen.« Sie schaut ihn mit einem flehenden Blick an, gegen den selbst ein Welpe verlieren würde. »Bitte!«

Mark will etwas sagen, aber Rick kommt ihm zuvor: »Dein Wunsch in allen Ehren, aber wenn, dann kaufe ich Jola das Kleid selbst. Wie sieht es denn aus?«

»Es hängt im Schaufenster auf der *Governor Walsh Highstreet*. In dem Laden, in dem wir das Harness für mich gekauft haben«, erkläre ich.

»Das mit der Spitze?«

Ich nicke.

»Hast du es anprobiert?«

»Ja, das hat sie. Und es steht ihr großartig«, antwortet Emilia für mich.

»Ich habe aber schon ein Kleid für eure Hochzeit«, versuche ich die Diskussion zu beenden. Es kommt gar nicht infrage, dass Rick so viel Geld für mich ausgibt. Das Kleid kostet fast tausend Dollar! Und das alles nur für einen Tag. Ich glaube, es piept!

»Und dann brauchst du dazu noch ein schönes Halsband. So eins wie meins«, ignoriert Emilia meinen letzten Satz geflissentlich.

Rick wirft mir einen vielsagenden Blick zu. Ich weiß, woran er denkt. Das Halsband, das er an dem Tag mitgebracht hat, als wir in dem Erotikshop waren, liegt seitdem in der Nachtkonsole neben dem Bett.

»Jola hat schon ein Halsband. Aber sie will es nicht tragen.«

»Warum denn nicht?« Emilia schaut mich entsetzt an, so als wäre meine Weigerung ein Verbrechen.

»Ich habe es ihr gekauft, damit sie sich hier auf dem Gelände freier bewegen kann. Aber meiner kleinen Wildkatze sträubt sich bei dem Gedanken daran das Fell, nicht wahr?« Er betrachtet mich mit einem Schmunzeln, seine Augen funkeln jedoch nicht so wie sonst, wenn er mich necken will, und ich frage mich, warum.

»Jola hat ganz recht, wenn sie es deswegen nicht anlegen will«, eilt Mark mir zu Hilfe. »Ein Halsband sollte freiwillig und mit Stolz getragen werden. Es ist ein Ausdruck tiefer Verbundenheit zwischen Sub und ihrem Herrn. So etwas sollte man immer aus Überzeugung tragen und nicht nur, um dem anderen einen Gefallen zu tun.«

Ich atme erleichtert auf – obwohl mir Marks Worte auch zu denken geben. Er sprach von Sub und Herr. Meint er mit Sub etwa mich? Aber das bin ich nicht! Ich bin nicht wie Emilia. Und Rick ist nicht wie Mark. Oder? Außerdem will ich es nicht tragen, um mir eventuelle Liebhaber vom

Hals zu halten. Wenn überhaupt, dann würde ich es tragen, um Rick damit zu zeigen, wie sehr ich ihn liebe.

Meine Gedanken werden durch den Kellner unterbrochen, der die Hauptspeise serviert. Als er den Teller vor Rick abstellt, fällt das Messer dabei versehentlich mit einem scheppernden Krach auf den Boden.

»Entschuldigung«, sagt er und hebt es auf. »Ich bringe sofort ein Neues.«

Rick aber starrt auf den Teller. Er ist kreidebleich. Sein Blick geht ins Leere.

»Was ist mit dir?«, frage ich ihn besorgt, lege die Hand auf seinen Arm.

Er dreht den Kopf in meine Richtung, aber es ist, als wenn er durch mich hindurchsieht. Als wäre ich aus Glas. Ohne ein Wort steht er auf und verlässt den Tisch. Mark und Emilia sehen mich schockiert an.

»Ist es das, wovon du erzählt hast?«, fragt Emilia.

»Ja. Bitte entschuldigt mich. Ich muss mich um Rick kümmern. Bitte esst ohne uns weiter.«

Ich schiebe den Stuhl zurück, eile durch den Saal und gehe die Treppe nach unten, schaue mich suchend nach Rick um. Im Foyer ist nichts von ihm zu sehen. Als ich vor die Tür trete, erblicke ich ihn ein paar Meter weiter unter einem Baum. In einem Bogen nähere ich mich ihm von der Seite, bis ich neben ihm bin.

»Rick?« Meine Hand berührt seinen Arm. »Ist

alles in Ordnung?«

Ganz langsam dreht er den Kopf in meine Richtung, sieht mich an. Ich bekomme einen Schreck. Tiefe Traurigkeit und Verzweiflung stehen ihm ins Gesicht geschrieben.

»Es tut mir so leid, Jola«, sagt er gequält und zieht mich an sich. »Ich dachte, ich hätte es unter Kontrolle, aber manchmal …« Er drückt mich fest, nimmt mir fast die Luft zum Atmen. »Ich kann einfach nichts dagegen tun. Es tut mir so leid, dass ich euch den Abend verdorben habe. Tut mir leid, Jola.«

»Was ist passiert? Willst du es mir nicht sagen? Vielleicht geht es dir dann besser.«

»Ich kann nicht, Jola. Bitte frag nicht. Bitte! Wenn ich darüber rede, wird es noch schlimmer. Ich will diese Dinge vergessen. Sie aus meinem Gedächtnis löschen. Für immer.«

»Aber ich möchte dir so gern helfen. Ich fühle mich so hilflos. Gibt es denn gar nichts, was ich für dich tun kann?«

»Doch«, sagt er mit einem wohlvertrauten Lächeln im Gesicht. »Bleib bei mir. Flieg nicht zurück nach Deutschland. Wenn du bei mir bist, werde ich es schaffen. Ich brauche dich, Jola.«

»Es gibt wirklich nichts, was ich lieber täte, aber ich weiß nicht, wie das gehen soll.«

»Ganz einfach: Steig nächste Woche nicht in den Flieger. Bleib hier. Bei mir«.«

»Du weißt genau, dass das keine Lösung ist. Irgendwann muss ich zurück. Mein Visum ist nicht unbegrenzt gültig, und wovon soll ich hier leben?«

»Ich finde eine Lösung. Wenn du es willst, Jola. Das ist alles, was ich wissen muss. Ich brauche nur ein bisschen Zeit.« Er lässt mich los, lächelt das vertraute Rick-Lächeln, ergreift meine Hand. »Lass uns zurückgehen. Ich habe einen Bärenhunger. Vielleicht sind deine Freunde ja noch da.«

Seit einer halben Stunde sitze ich auf unserer Terrasse und zögere, ob ich tatsächlich mit Lesen beginnen soll. Ich halte keinen Roman in den Händen, auch keine Zeitschrift, sondern ein Tagebuch. Ricks Tagebuch, um genau zu sein. Es lag heute Morgen als Geschenk verpackt auf dem Tisch. Mit einer blauen Schleife darum. Rick ist sehr früh zu einem Fotoshooting am Strand aufgebrochen, weil das Licht um diese Tageszeit angeblich am besten ist, sodass ich ausnahmsweise allein aufgewacht bin. Mir ist das kleine Päckchen zunächst gar nicht aufgefallen. Erst als ich mich mit einer Tasse Tee an den Tisch setzen wollte, habe ich es bemerkt.

Für dich, stand auf einem handgeschriebenen Zettel, der dabei lag. *Vielleicht verstehst du mich dann.*

Nachdem ich es ausgewickelt hatte, habe ich es nur angestarrt. Ich kann es nicht öffnen und lesen, so, wie man ein Buch liest. Dazu ist es etwas viel zu Persönliches, und ich frage mich, warum

Rick es mir überhaupt geschenkt hat. Schließlich hat meine Neugier gesiegt. Ich habe es mir draußen auf einem Liegestuhl im Schatten bequem gemacht und schlage die erste Seite auf.

12. Dezember steht dort. Ich muss einen Moment überlegen, dann fällt es mir wieder ein. Das war der Tag der Weihnachtsfeier. Der Tag, an dem Rick mit zu mir nach Hause gekommen ist und wir zum ersten Mal Sex hatten.

12. Dezember

Ich habe noch nie ein Tagebuch geschrieben, aber heute ist mir danach. Und das liegt eindeutig an der gestrigen Nacht. Es ist endlich passiert: Jola und ich hatten Sex. Hot ist sie, die kleine Kratzbürste. Sie gefällt mir noch besser, als ich dachte. Je kratzbürstiger sie sich gibt, umso mehr spüre ich, dass da eine Verletzlichkeit in ihr ist, die sie zu verstecken versucht. Und was den Sex angeht: Ich glaube, sie sehnt sich nach jemandem, der sie leitet, nach jemandem, der ihr Sicherheit gibt. Sie weiß es nur noch nicht. Ich hoffe, ich bin dieser jemand.

Schon diese wenigen Zeilen hauen mich um. Wie ist es möglich, dass er mich so durchschaut, frage ich mich und blättere auf die nächste Seite.

27. Dezember

Sie hat sich auf mein kleines Spiel eingelassen. Es war nicht schwer, sie dafür zu gewinnen. Ich mag ihre Neugier auf alles Neue und Unbekannte. Ihre Wün-

sche sind außergewöhnlich für eine Frau – das macht sie noch reizvoller für mich. Aber das ist nichts gegen das, was letzte Nacht passiert ist. Sie hat ihre Hand nach mir ausgestreckt, um sich zu überzeugen, dass sie nicht träumt. Sie hat keine Ahnung, wie sehr sie sich damit in mein Herz geschlichen hat. Sie ist eine starke Frau, aber wenn sie ihre verletzliche Seite zeigt, dann ist sie noch anziehender für mich. Ich will sie beschützen. Sie soll mir gehören. Mir allein. Noch nie habe ich eine Frau so sehr gewollt wie sie.

Ich erinnere mich so gut an diesen Moment, als wäre es gestern gewesen. Ab diesem Augenblick, glaube ich, war ich nicht nur verschossen in Rick, sondern habe angefangen, mich richtig in ihn zu verlieben. Dass es Rick genauso gegangen ist, darauf wäre ich nie gekommen. Jedenfalls nicht zu diesem Zeitpunkt.

5. Januar

Ich habe es ihr noch nicht gesagt. In zehn Tagen muss ich mit Maik nach Andibar fliegen. Ehrlich gesagt, habe ich keine große Lust. Dieser Halbirre von Mataraci ist unberechenbar, und die Presse sollte in meinen Augen eine Nachrichtensperre über alles, was in diesem Land vor sich geht, verhängen. Je mehr Aufmerksamkeit dieser Verrückte bekommt, umso wichtiger nimmt er sich doch. Aber natürlich werde ich hinfliegen.

Allerdings werden das die längsten drei Wochen meines Lebens werden. Morgen werde ich es ihr sagen

– und Optimismus verbreiten, obwohl ich ein Scheiß-
gefühl bei der ganzen Sache habe.

Ich lasse das Tagebuch sinken. Dann war ich lso nicht die Einzige, die ein ungutes Bauchgefühl hatte. Seine Zuversicht war nur gespielt. Meinetwegen. *Du wirst sehen: Die drei Wochen sind in Nullkommanichts herum*, klingt es mir noch im Ohr. Ich weiß nicht, ob ich mich deswegen geschmeichelt fühlen soll oder nicht. Ich bin gespannt, was er als Nächstes schreibt und blättere die Seite um.

1. Februar

Verdammt! Ich hätte nicht versuchen sollen, die Aufnahmen von der Schlägerei über die Hotelleitung an die Rhein-Depesche zu schicken. Irgendwer hat Wind davon bekommen. Und an meinen Klamotten ist auch jemand gewesen. Ich suche mir ein anderes Hotel. Hier fühle ich mich nicht mehr sicher. Wenn ich nur wüsste, wie ich Jola das beibringen soll. Ich will nicht, dass sie sich Sorgen macht.

Ich sitze ganz schön in der Scheiße! Alles wegen der Aufnahmen auf der Pressekonferenz. Die Veranstaltung war blanker Hohn in meinen Augen. Nur zuvor genehmigte Fragen wurden beantwortet. Das sagt ja wohl alles. Und dann hat dieser Italiener es gewagt, noch mal nachzuhaken. Das hätte er besser gelassen. Ich werde nie vergessen, wie Mataracis Bodyguards ihn sich zur Brust genommen und brutal auf ihn eingeschlagen haben, als er sich gewehrt hat. Schweine!

Und irgendwie bin ich trotzdem froh, das alles heimlich aufgenommen zu haben. Die Welt muss sehen, was hier los ist. Wie brutal dieses Regime ist.

Ich muss unbedingt mit Jola sprechen. Sie darf mich nicht mehr auf dem Handy anrufen. Es ist zu gefährlich. Ich vermisse sie so sehr.

Das muss einen Tag vor unserem letzten Telefonat gewesen sein. Ich wüsste zu gern, was damals genau passiert ist. Und wer den Hörer am Ende in der Hand gehalten und aufgelegt hat. Ungeduldig blättere ich weiter.

Tag 0 steht auf einem Zettel, der nachträglich in das Heft geklebt wurde.

Ich habe keine Ahnung, welcher Tag heute ist. Ist es drei oder vier Tage her, dass ich überfallen und entführt wurde? Für mich war es eine Entführung. Kidnapping. Denn auch wenn es Staatsbeamte waren, die mich in dem Hotelzimmer zusammengeschlagen haben, so war es doch eine Freiheitsberaubung, die in meinen Augen vollkommen ungerechtfertigt ist. Aber mit logischen Argumenten ist diesen Leuten nicht beizukommen. Sie sind alle dermaßen indoktriniert, dass sie tatsächlich glauben, ich wäre eine Art Landesverräter. Gestatten? Rick Wolfermann, Staatsfeind Nummer eins.- Lächerlich!

Ich weiß nicht, wie lange ich bewusstlos war. Das Einzige, an das ich mich erinnern kann, ist, dass ich ein paar Mal aufgewacht bin und es jedes Mal sofort wieder dunkel um mich wurde.

Mein Handy ist natürlich futsch. Und mit ihm alle Bilder und vor allem alle Kontakte zur Außenwelt. Ich frage mich, was sie mit mir vorhaben, wie lange sie mich hier festhalten wollen.

Tag 10 danach

Es ist verdammt schwer, hier drinnen ein Stück Papier aufzutreiben. Aber zum Glück gibt es in diesem Knast auch ein paar menschliche Wesen. Eine davon ist Sevi, die Wärterin, die mir mein Essen bringt. Sie spricht ein bisschen Englisch und hat mir ein paar Notizzettel hereingeschmuggelt. Ich bin ihr so dankbar und glaube, ich würde durchdrehen, wenn ich meine Gedanken nicht aufschreiben könnte.

Seit Tag 0 bin ich vier Mal verhört worden. Jedes Mal stellen sie die gleichen Fragen. Sie wollen sehen, ob ich mich in Lügen verstricke, wollen mich zermürben. Das ist klar. Aber das wird ihnen nicht gelingen. Ich habe nichts zu verbergen und lüge auch nicht. Und daran wird sich nichts ändern. Ich wünschte nur, ich wäre nicht allein in dieser Zelle. Ich wünschte, ich hätte jemanden zum Reden. Ich wünschte, sie wäre hier. Ich wünschte, ich wäre bei Jola.

Auf der nächsten Seite ist kein Text, sondern ein Bild. Eine Zeichnung, genauer gesagt. Von Rick. Er hat ein Gesicht gezeichnet. Mein Gesicht. Ich bin gerührt und überwältigt von dem Anblick. Es ist eine einfache Grafik, trotzdem erkenne ich mich wieder. Ich wusste nicht, dass er so gut darin ist. Ich blättere weiter, und auch auf der nächsten Seite ist ein Bild von mir, ebenfalls auf einem nachträglich eingeklebten Zettel. *Jola* steht darunter. Sonst nichts. Ich bekomme eine Gänsehaut. *Nur deinetwegen wollte ich weiterleben*, tönt ein Echo in meinem Kopf. Keine Liebeserklärung auf der Welt könnte deutlicher sagen, was Rick für mich fühlt, als diese Bilder. Und es sind eine Menge. Seitenweise. Meistens hat er mich von vorn gemalt, aber es sind auch Profilbilder dabei und eins, auf dem ich auf dem Rücken liege, ihm das Gesicht zudrehe und mich offenbar selbst befriedige. Möchte er vielleicht, dass ich das für ihn tue? Ich blättere weiter, überspringe ein paar Seiten.

Tag 57 danach

Nach wochenlanger Haft hat man mir endlich ein Telefonat zugestanden. Ein Einziges. Wen soll ich anrufen? Die Redaktion? Mutter und Vater? Oder Jola?

Wie sehr ich mich danach sehne, ihre Stimme zu hören! Mehr als von irgendjemand sonst. Ich wünschte, ich könnte mit ihr reden. Ein paar Worte nur. Sie fragen, ob sie mich vermisst. Ob sie mich noch liebt. Es würde mir so viel bedeuten.

Aber ich weiß, wen ich anrufen werde. Ben. Er muss mich hier rausholen. Egal wie. Ich muss mit ihm reden. Zusammen haben wir noch immer eine Lösung gefunden. Ich werde sonst entweder krank oder verrückt in diesem Bunker. Oder beides. Tagsüber ist es so heiß in der Zelle, dass es kaum auszuhalten ist.

Und es gibt nur einen Liter Wasser pro Tag.

Einen Liter! Schon unter normalen Umständen ist das viel zu wenig. Und nachts ist es scheißkalt hier drin. Aber das ist nicht das Schlimmste. Das Schlimmste sind die anderen. Das Jammern und Betteln, wenn sie sich sträuben, aus den Zellen geholt und zum Verhör gebracht zu werden. Das Klappern der Schlüssel. Das Zuschlagen der Gittertür. Das Geräusch schleifender Füße, wenn die Wärter sie in die Zellen zurückschleppen, weil sie selbst zu schwach zum Gehen sind. Der Geruch nach Angst, weil sie sich während der Folter wortwörtlich vor Angst in die Hosen gemacht haben …

Ben muss mich hier rausholen. Er muss!

Es folgen noch ein paar ähnliche Einträge mit sehr ausführlichen Details. Ich schlucke hart, kämpfe mit meinen Gefühlen, mit Tränen, die ich zurückhalte. Schließlich kann ich nicht weiterlesen, lasse das Heft sinken und schaue hinaus aufs Meer. Es ist nur schwer vorstellbar für mich, was Rick dort tagtäglich erlebt haben muss. Seine Zeilen lassen mich innerlich frösteln. Ich beginne jedoch langsam, zu verstehen: die umgefallene Mülltonne. Das heruntergefallene Besteck. Jetzt ergibt es einen Sinn. Es war das Scheppern von Metall, das die Erinnerung an die Gefangenschaft in Andibar heraufbeschworen hat. Von Anfang an hatte ich ein Geräusch im Verdacht. Ob es vielleicht noch andere Auslöser gibt?

Ich wünschte, ich könnte es ungeschehen machen, ihm helfen, es zu vergessen – und dass er diese Dinge vergessen will, kann ich nur zu gut nachfühlen.

Er muss sich wahnsinnig unter Kontrolle haben, um nicht ständig daran zu denken, und dafür bewundere ich ihn.

Tag 163 danach

Ben war hier! Gott, es tat gut, mit ihm zu reden! Und ihn zu sehen! Eine halbe Stunde. Aber für mich war es die beste halbe Stunde meines Lebens. Er sagt, er hätte bereits angefangen, mit ein paar Leuten über eine Möglichkeit der Freilassung zu verhandeln. Wir waren uns schnell einig, dass das Ganze medienwirksam und öffentlich inszeniert werden muss. Es wird aber noch eine Weile dauern, bis er zu den entscheidenden Stellen vorgedrungen ist – und es gibt auch ein Risiko dabei.

»Gib nicht auf!«, hat er gesagt und mir zum Abschied ein Bild in die Hand gedrückt.

Er hat ein Gutes von meinem Rechner zu Hause ausgesucht. Jetzt habe ich sie bei mir. Tag und Nacht. Dieser Blick! Was würde ich dafür geben, wenn sie mich jetzt so ansähe! Oh Jola, du wirst mich so ansehen. Bald! Und dann ist alles gut.

Morgen fange ich an zu fasten.

27. Oktober

Vor drei Tagen bin ich in Davos angekommen. Es tut so gut, wieder Menschen um sich zu haben, welche die gleiche Sprache sprechen und die einen verste-

hen können.

Merkwürdig. Kein Wort darüber, was in der Zeit während des Hungerstreiks passiert ist oder wie er von Andibar in die Schweiz gekommen ist. Ob er wohl zu schwach war, sein Tagebuch zu führen? Die Vorstellung lässt mich erschauern. Das würde bedeuten, dass er wirklich beinahe gestorben wäre. Ich blättere weiter, lese von unbekannten Namen, Leuten, mit denen er sich in der Klinik angefreundet hat – und immer wieder taucht die Frage auf, ob Ben weiß, was aus mir geworden ist. Das letzte Datum liegt nur ein paar Monate zurück:

23. April
Ich wusste es! Ben hat Jola gefunden. Und das Beste: Sie kommt her. In zwei Monaten. Zu einer Hochzeit, auf der ich fotografieren werde. Jetzt wird alles gut. Ich fühle es.

Ich klappe das Heft zu, hole tief Luft und lasse sie langsam durch meine Nase entweichen. In meiner Kehle ist plötzlich ein Stein. Das, was ich da gelesen habe, ist mir unter die Haut gegangen. Manches ist jetzt klarer für mich. So zum Beispiel, dass der Hungerstreik zum Plan gehörte. Rick musste das tun, um aus dem Gefängnis ins Krankenhaus verlegt zu werden. Aber auch, damit die Öffentlichkeit es mitbekommt und sein vorgetäuschter Tod glaubwürdig war. Wie verzweifelt er gewesen sein muss, dass er zu solchen Mitteln gegriffen hat, kann ich mir nur ansatzweise vorstellen.

In meiner Brust liefern sich gerade Traurigkeit, Mitgefühl und Ergriffenheit wegen des großen Vertrauens, das er mir mit diesem Geschenk gemacht hat, einen Wettkampf – und ich habe keine Ahnung, wer oder was die Oberhand gewinnen wird.

»Na, Süße, was machst du? Genießt du die Sonne?« Das ist Rick.

Ich habe ihn nicht kommen gehört und bin deswegen zusammengezuckt. »Was ist mit dir? Du siehst aus, als wärst du einem bösen Geist begegnet.« Sein Blick fällt auf das Tagebuch. »Oh. Du hast es gelesen.« Er setzt sich zu mir auf die Liege. »Ich hätte es dir besser nicht zeigen sollen, oder?«

»Doch«, sage ich mit belegter Stimme und versuche, den Kloß im Hals dabei herunterzuschlucken. »Ich bin froh, dass du es mir gezeigt hast.«

»Wirklich?«

»Ja.« Ich schlucke, aber der Knoten in meiner Kehle will nicht weggehen. »Es tut mir so leid, Rick.« Meine Augen brennen, ich merke, dass die erste Träne gleich überschwappen wird. »Es tut mir so leid, dass du das ertragen musstest. So leid.«

Plötzlich nimmt er mich in den Arm, ein Schluchzer kommt aus meiner Kehle, und dann weine ich all die Tränen, die Rick nicht geweint hat, weine sie an seiner Stelle. Er hält mich fest, wiegt mich an seiner Brust, tröstet mich. Was für eine absurde Situation! Es sollte doch umgekehrt sein!

»Wein nicht, mein Schatz«, flüstert er mit rauchiger Stimme. »Alles ist gut.« Er tupft mir die Tränen mit einem Handtuch fort. »Ich habe gute Neuigkeiten. Willst du sie hören?«

Ich schlucke die letzte Träne herunter und nicke.

»Was würdest du sagen, wenn wir morgen nicht auf eine Hochzeit gehen, sondern auf zwei?«

»Auf zwei? Wer heiratet denn noch?«

Er grinst schelmisch, seine Augen blitzen. »Für eine so intelligente Frau, wie du es bist, hast du eine ziemlich lange Leitung.«

Was? Wie bitte? Ich verstehe gar nichts ... OH! Die Erkenntnis trifft mich wie ein Donnerschlag. »Machst ... machst du mir etwa einen Heiratsantrag?«, bringe ich stotternd hervor.

»Ja, ich glaube, so nennt man das im Allgemeinen.« Sein Tonfall ist neckend und ich muss nun ebenfalls grinsen. »Ich weiß«, fährt er fort, »dazu gehören ein Kniefall und ein Verlobungsring. Aber ich dachte, da unsere Verlobungszeit so kurz ist, suchen wir besser direkt die Hochzeitsringe aus, was meinst du?«

Seine Frage trifft mich so unvorbereitet wie ein Schneesturm an einem Sommertag. Vor Verlegenheit schaue ich auf meine Hände. »Das kommt alles so plötzlich. Ich weiß nicht, was ich sagen soll.«

Er legt zwei Finger unter mein Kinn, bedeutet mir, ihn anzusehen. »Wie wär's mit Ja?«, fragt er dieses Mal mit einem ironischen Unterton.

»Geht das denn so schnell? Ich meine: Müssen wir nicht erst einen Antrag auf einem Standesamt stellen oder so was?«

»Ist alles bereits erledigt, und deine Geburtsurkunde ist heute Morgen hier eingetroffen. Du brauchst nur deinen Reisepass, und schon können wir uns vom Bürgermeister persönlich trauen lassen.«

Ich bin sprachlos. »Wie hast du das geschafft?«

»Das, mein neugieriges Kätzchen, verrate ich dir nicht. Außer, dass ich ein paar Helfer hatte.«

»Und wenn ich dich heirate, bin ich dann Jamaikanerin? Ich meine: Dann kann ich hierbleiben?«

»Nein, tut mir leid. Damit kann ich nicht dienen. Da musst du schon David oder Jayden heiraten.« Er lacht. »Ich habe mit Mia und Ben gesprochen. Die zwei waren seit Ewigkeiten nicht mehr zu Hause, weil die Arbeit hier im Hotel sie so in Anspruch nimmt.« Ich höre ihm gebannt zu, verstehe aber nicht, was das mit mir zu tun hat. Oder mit meiner Aufenthaltsverlängerung auf der Insel. »Könntest du dir vorstellen, ein Hotel zu managen? Keine Angst, du wärst nicht allein. Mark wird dir das erste Jahr mit Rat und Tat zur Seite stehen – und danach in etwas längeren Abständen, so lange, bis du alles im Griff hast. Was sagst du dazu?«

»Ich habe überhaupt keine Ahnung von der Hotelbranche.« *Oh Gott! Ich träume! Das ist nicht sein Ernst. Ich bekomme das gerade nicht geregelt!* »Ich bin Sekretärin. Assistentin der Geschäftsführung, aber doch kein Manager.«

»Das kannst du alles lernen. Schließlich bist du nicht auf den Kopf gefallen. Anfangs arbeitest du für Mark, der Ben versprochen hat, dich zu unterstützen. Und später wäre es so, als wenn er auf Geschäftsreise ist. Das kennst du ja schon aus deinem anderen Job. Außerdem würdest du Ben und Mia einen Riesengefallen tun.« Er sieht mich abwartend an. »Und mir auch«, fügt er hinzu.

Mein kleines Hirn kann nicht so schnell denken, wie die Ereignisse gerade über mich hereinbrechen. *Manager! Hotelmanager! Ich? Und Rick heiraten. Von jetzt auf gleich? So was gibt's doch nur im Märchen. Oder in irgendwelchen Liebesschnulzen – aber nicht im wahren Leben!*

»Also? Was sagst du?«

»Glaubst du wirklich, ich kann das?«

»Ich glaube es nicht, Jola, ich weiß es.«

Die Überzeugung, mit der er es sagt, lässt meine Zweifel schwinden. Das hier ist meine große Chance. Oh Gott! Ich kann es nicht fassen! Ich wäre bei Rick. Für immer. Jeden Tag. Als seine Frau. Ich weiß nicht, was plötzlich mit mir los ist. Meine Gefühle drehen durch. Ich möchte vor Euphorie am liebsten laut lachen und gleichzeitig

Freudentränen vergießen. Ich muss meine Glücksgefühle dringend mit ihm teilen, sonst platze ich – und ich weiß auch wie!

»Warte einen Moment«, entschuldige ich mich bei ihm, gehe ins Haus, hole das Halsband aus dem Nachtschränkchen hervor und kehre damit zu ihm zurück. »Das hier ist zwar kein Verlobungsring«, sage ich und überreiche ihm das Band, indem ich mich vor ihn knie, »aber … würdest du mich bitte noch einmal fragen?«

Er sieht mich verdutzt an, das Fragezeichen steht ihm ins Gesicht geschrieben, sodass ich unwillkürlich schmunzeln muss.

»Kann es sein, dass du für einen intelligenten Menschen eine sehr lange Leitung hast?«, frage ich ihn, mit voller Absicht auf seine vorherige Bemerkung anspielend.

Er runzelt die Stirn, schaut auf das Halsband und wieder auf mich – dann scheint der Groschen gefallen zu sein, denn um seine Mundwinkel zuckt es und seine Augen haben einen neuen Glanz bekommen. Er nimmt es in beide Hände und sieht mir in die Augen. »Willst du meine Frau werden, Jola?«

»Ja, Rick. Das will ich«, erwidere ich mit fester Stimme und beuge den Kopf nach unten, damit er mir das Halsband anlegen kann.

Als es sich um mich schließt, fühle ich Glück und Stolz in mir. Ein Blick in sein Gesicht genügt, um zu wissen, dass es ihm genauso geht.

Er steht auf, streckt die Hand nach mir aus, sodass ich mich erhebe.

»Du machst mich sehr, sehr glücklich, Jola«, flüstert er und beugt meinen Kopf mit den Händen nach hinten.

»Du mich auch«, wispere ich so leise wie er, wobei sich mein Blick in der Hoffnung auf einen Kuss an seinen Lippen festsaugt.

Er grinst. »Ich liebe es, wenn du mich so gierig ansiehst «, raunt er sichtlich zufrieden, bevor der erhoffte Kuss auf meinen Lippen landet und seine Zunge in meinen Mund dringt. »Ich freue mich sehr, dass du das Halsband jetzt doch tragen willst.«

»Ich trage es aber nicht aus dem Grund, den du für mich vorgesehen hast.«

Auf seiner Stirn erscheinen Falten. »Nein? Warum dann?«

»Wegen dir. Hättest du mich vorher schon darum gebeten, es deinetwegen zu tragen, hätte ich bestimmt nicht Nein gesagt.«

»Wirklich?«

»Nein«, erwidere ich mit einem ironischen Tonfall. »Ich dachte nur, es hört sich gut an, wenn ich so was sage.«

Er lacht. »Ich glaube, es wird Zeit, dass ich dem Kätzchen mal wieder das Fell glätte.« Seine Hand gleitet durch mein Haar, berührt das Halsband. Ein Finger hakt sich an dem Ring in der Mitte ein, zieht daran, sodass mein Kopf der Bewegungsrichtung folgt.

»Hey, was soll das?«

»Gewöhn dich schon mal dran.« Seine Augen blitzen vor Vergnügen. Rückwärts gehend zieht er mich hinter sich her, bis wir im Bad angekommen sind, wo er aus der Konsole unter dem Waschtisch etwas hervorkramt. Mit einem Lächeln auf den Lippen hält er eine Kette in der Hand, die er an dem Halsbandring einhakt. »So ist es besser.«

Merkwürdigerweise muss ich ihm recht geben. Ich komme mir nicht degradiert vor, im Gegenteil: Ich fühle mich ihm so nahe wie noch nie zuvor. Er macht zwei Schritte, bis die Leine sich spannt, sodass ich ihm folgen muss, wenn ich nicht hinfallen will. Zu meinem Erstaunen will er nicht ins Schlafzimmer, sondern steuert auf den Ausgang zu. Was hat er vor? Sagte er nicht etwas von Fell glätten?

»Lass uns gehen«, erklärt er schlicht.

»Wohin?«

»Dein Hochzeitskleid bei *Proper & Precious* kaufen. Was dachtest du denn?« Er fixiert meine Augen, durchleuchtet mich mit seinem Blick.

»Ich?« Meine Wangen fangen Feuer, weil ich mich mal wieder ertappt fühle. »Ähm ... gar nichts. Ich dachte, wir ... du würdest ...«

Er tritt auf mich zu, zieht mich in seine Arme. »Es steht dir groß und breit ins Gesicht geschrieben, woran du gedacht hast, meine sexhungrige Sklavin. Und wenn du mich weiter so ansiehst, weiß ich nicht, ob das mit der Hochzeit morgen noch was wird, denn dann zerre ich dich aufs

Bett und ficke dich so lange, bis du um Gnade bettelst.«

Sein Kuss ist hart und gierig, lässt mich spüren, dass ich ihm gehöre. Ruhe und ein tiefes Gefühl der Sicherheit senkt sich auf mich herab und eine Stimme sagt leise *Ja* in mir.

Ende

Jolas Rezept für Cassis-Macarons

Zutaten für ca. 35 Stück

- 1/2 Päckchen Puddingpulver mit Vanillegeschmack (zum Kochen)
- 50 g Zucker
- 5 EL + 200 ml Milch
- 125 g gemahlene Mandeln (ohne Haut)
- 150 g Puderzucker
- 2 Eiweiß (Größe M)
- 1 Prise Salz
- 3–4 EL Cassis-Likör
- 125 g zimmerwarme Butter
- rote und blaue Lebensmittelfarbe
- Frischhaltefolie
- 1 Einmal-Spritzbeutel
- Backpapier

Zubereitung ca. 135 Minuten

Puddingpulver mit Zucker mischen, mit ca. 5 EL Milch glatt rühren. Die restliche Milch aufkochen, vom Herd ziehen. Angerührtes Puddingpulver unterrühren. Unter Rühren aufkochen und ca. 1 Minute köcheln lassen. In eine Schüssel füllen und Pudding direkt mit Frischhaltefolie abdecken. Auskühlen lassen.

Mandeln in einem Universalzerkleinerer sehr fein mahlen, noch einmal durch ein etwas grobmaschigeres Sieb streichen. Puderzucker in eine Schüssel sieben. (Wichtig: Je feiner die Mandeln und der Zucker, umso besser werden die Macarons) Eiweiß und Salz mit dem Schneebesen der Küchenmaschine (Handrührgerät nicht empfehlenswert!!!) sehr steif schlagen. Erst wenn die Masse ganz fest ist, Puderzucker esslöffelweise nach und nach zugeben. Mandeln vorsichtig unterheben. Masse mit Lebensmittelfarbe violett einfärben. In einen Einmal-Spritzbeutel füllen. Spitze des Beutels abschneiden.

Auf 3 mit Backpapier ausgelegte Backbleche ca. 70 Tuffs spritzen. Etwas antrocknen lassen, bis sich eine Haut gebildet hat, dann blechweise nacheinander im vorgeheizten Backofen (E-Herd: 100 °C; Umluft und Gas nicht geeignet) ca. 30 Minuten backen. Auskühlen lassen.

Weiche Butter mit den Schneebesen des Handrührgerätes weiß-cremig aufschlagen. Pudding noch einmal glatt rühren und nach und nach esslöffelweise unterrühren. Likör unterrühren. Falls die Creme noch nicht dem gewünschten Farbton entspricht, noch etwas Lebensmittelfarbe unterrühren. Auf die Hälfte der Macarons je einen Klecks Buttercreme geben. Restliche Macarons daraufsetzen und vorsichtig andrücken. Fest werden lassen (Wartezeit ca. 2 Stunden). Macarons luftdicht verschlossen an einem kühlen Ort lagern.

Die Literaturwissenschaftlerin Annabel Rose kam erst über Umwege zum Schreiben erotischer Literatur. Warum ausgerechnet erotische Literatur? Weil ihrer Meinung nach Erotik und Sex wichtiger Bestandteil im Leben eines jeden Menschen ist.

Annabel Rose liebt liebt Frankreich und den Süden, Katzen, intelligente Gespräche, Musik und Tanz, neue Menschen kennenlernen, Sonnenschein am Meer - und lesen, lesen, lesen. Ihr Lebensmotto lautet: Lebe mit Lust!

Website: www.annabel-rose.jimdo.com

Facebook: www.facebook.com/annabel.rose.352

Instagram: www.instagram.com/annabelrose3103